변경_{에서의} 일년

변경에서의 일년

자기만의
여행-1

변경에서의 일년

[박혜란의
중국일기]

도서출판 **또 하나의 문화**

마음 한구석이 늘 아려 와

워낙 세상 일이 변화 무쌍하다 보니 어제도 옛날 같은가 하면 30년 전 일도 바로 어제 같이 느껴지곤 한다. 이제부터 슬슬 치매에 대한 걱정이 고개를 드는 나이에는 나만 그런 게 아니라 길을 걸어가는 남녀 노소를 붙들고 물어 봐도 다 그렇다고 하는 걸 보면 우리가 사는 이 땅, 이 세월이란 게 아이들 말대로 정말 장난이 아닌가 보다.

중국에서 보낸 한 해도 어떨 때는 아주 옛날 일인 듯싶다가도, 또 어떨 때는 바로 어젯밤에 연길역을 떠난 것 같은 기분이기도 하다.

나는 1993년 6월부터 다음 해 4월까지 연변에서 살았다. 이화 여대 한국 여성 연구원(당시에는 여성 연구소)이 추진중이었던 이화 여대-연변대 학술 교류 프로그램에 따라 연변 대학의 초빙 교수로 중국에 갔다.

따져 보면 겨우 만 4년밖에 안된 일이지만 지금처럼 한중 관계가 복잡하고 밀접해지기 직전이었기 때문에 그 당시 중국에서 1년이나 되는 기간을 여자 혼자 머문다는 것은 듣는 사람에게 본능적인 불안감을 일으키기에 충분했다.

한마디로 중국은 무언가 투명하지 않은 느낌을 주는 나라였다. 10억이 넘는 인구가 40년 동안을 죽의 장막을 쳐 놓고 저희들끼리 복닥거리더니 어느 날 갑자기 개혁 개방을 한다고 호떡집에 불난 듯이 들끓어 대며 세계를 휘젓고 있지 않은가. 오랜 세월을 중국과 부대꼈던 우리로서는 선뜻 친밀감을 느끼기 어려웠다는 것이 솔직한 표현일 것이다.

　일상으로부터의 탈출 욕구를 심하게 앓고 있던 마흔여덟 살의 여성, 나는 아이들 셋에게 살림을 맡겨 놓고 중국 길림성 연길시로 떠났다. 그리고 그곳에서 '살았다.' 많은 사람들을 만나고, 많은 음식을 먹고, 많이 느끼고, 그리고 조금 일했다. 내가 여성학을 한다는 사실을 이때처럼 행복하게 느껴 본 적도 없다. 여성학을 했기 때문에 그나마 나의 꽉 막힌 가슴에 틈새가 생길 수 있었으며, 또 너무나 신기하게도 중국 사람들에게 여성학은 신선함과 호기심을 함께 일으키는 것 같았다. 덕분에 나는 남의 땅에 와서 주눅 들지 않아도 되었을 뿐더러, 대단한 성취감까지 맛볼 수 있었다.

　내가 중국에 살던 1년 동안 중국과 한국 사이의 길은 급속도로 넓어졌다. 정치 · 경제 · 문화적 교류가 홍수처럼 흘러 넘쳤으며 특히 중국 땅을 밟는 한국인의 수는 폭발적이었다. 그 해 여름 연길시는 온통 한국인들로 메워졌고, 백두산으로 통하는 도로에는 한국인을 가득 채운 차들이 길게 꼬리를 물고 이어졌다.

불길한 예감은 언제나 들어맞는 법이다. 한국인 러시와 한국행 열기로 터질 것만 같은 연변에서, 경계선상에 선 자로서 불안감에 시달렸다. 한국 가요 일색인 노래방에서, 한 집 건너 들어서는 사우나탕에서, 그리고 고리채를 얻어 브로커에게 건네고 기약 없는 초청장을 기다리느라 탈진한 농촌에서, 나는 분노와 허탈, 그리고 절망의 끝을 본 기분이었다. 최근 불거지고 있는 한국인과 중국 동포들 사이의 악연은 이미 처음부터 배태된 것이었다.

94년 봄, 일단 서울로 돌아온 나는 그 해 김일성이 죽던 여름 다시 중국에 갔다. 숙명 여대와 이화 여대가 함께 북경 대학과 학술 회의를 열었으며 곧이어 이화 여대-연변대 학술 회의가 열렸다. 북경에서 김일성 사망 소식을 들었다. 연변대에 오기로 한 북한 여성들은 불참을 알려 와서 우리를 허탈하게 만들었다.

이후 3년 동안 나는 다시 중국에 가지 않았지만 연변에서 인연을 맺은 여성들은 여러 경로로 한국에 자주 다녀갔다. 특히 연변대 여성 문제 연구 중심의 멤버들은 학술 교류로부터 통일 모임까지 다양한 영역에서 한국 여성들과 친밀한 끈을 맺고 있다.

중국으로 떠나기 전부터 《여성신문》에서는 내게 중국 이야기를 써 달라고 주문했다. 그러나 정작 글을 쓰기 시작한 것은 돌아와서도 한참 지난 94년 가을부터였다. 중국 체험이 아직 생생하게 기억될 동안에는 쓴다는 일이 너무 가볍게 느껴졌기 때문에 못썼었는데, 막상 기억이 희미해지자 무언가 내 인생의 중요한 부분이 속절없이 사라지는 게 아닐까 하는 두려움이 일었다.

가을부터 연재한 중국 이야기는 이듬해 4월 서른세 번으로 마감했다. 이야기를 풀어나가는 순간, 나는 이렇게 하고 싶은 말이 많았는데 그 동안 어떻게 입을 다물고 살았나 스스로 생각해도 신기했다. 길을 떠나기전 큰애가 하던 말이 하나도 틀리지 않았다. 타고난 수다꾼에 일단 발동이 걸렸으니 무한정 쓸 수 있을 것도 같았으나 갑자기 서른셋이라는 숫자가 매력적으로 보였기 때문에 끝내 버렸다.

그리고 또다시 번잡한 서울 생활의 한복판에서 허우적거리는 동안 간신히 짬을 내어 연변에서 채록한 여성들의 구술사를 정리한 논문과 짤막한 몇 편의 논문을 썼다. 이어서 작년에는 여성 연구원에서 계속한 프로젝트의 일환으로 북한 여성의 생활 문화에 대한 글도 마무리했다.

삼 년 전에 돌아온 중국, 그리고 두 해 전에 마감한 중국 체류기를 책으로 묶어 펴내자니 새삼스럽다. 다른 분야와 마찬가지로 책 내는 일도 유행을 심하게 타는 일인지라 자칫하면 버스 지난 다음에 손 흔들기가 될지도 모르는데 '또 하나의 문화' 동인들의 순수하기만한 뜻이 고마워서 덜컥 달려들었다.

중국에서 내 눈은 항상 두만강과 압록강을 건너 들녘에 머물렀었다. 그 북녘 땅, 우리 아이들이 지금 영양 실조로 가시나무 같은 몸을 하고 힘없이 누워 있다. 그리고 큰딸이 중국에 간다니까, 풍을 맞아 떨리는 손으로 북녘의 부모 형제 이름을 한자 한자 적어 주시던 나의 아버지는 올 4월 일흔다섯의 나이로 세상을 뜨셨다. 아버지는 칠순이 되던 여름 백두산 천지에 올라 고향 하늘을 오래오래 바라보다가 내려오셨다.

중국, 그리고 연변은 언제까지 내 마음 한구석에 남아 나를 아리게 만들 것인가.

1997년 5월 글쓴이

차례

변경에서의 일년

내가 중국에 간대
— 구르는 바퀴를 멈추고 싶다

사람이 시건방져지는 게 눈 깜짝할 사이라는 것
을 나는 확실히 안다. 그 시건방진 사람이 바로
나 자신이기 때문이다. 한때 나는 '날마다 생전
처음 하는 일을 한다'면서 마치 나날이 새로운
삶을 사는 듯 자랑을 해대서, '오늘이 어제 같
고, 내일은 또 오늘같이 사는' 대부분의 친구들
을 기죽게 만들 정도로 건방을 떨었더랬다. 한
치 앞을 못 보고.

《연변 여성》전 총편 김세영 선생과
백두산 천지에서

새로운 시작도 어느새 10년

그도 그럴 것이, 매일이 그날 같았던 전업 주부 생활 10년 만에 다시 시
작한 사회 생활이고 보면 하루하루가 어찌 새롭지 않으랴. 게다가 내가
얼김에 뛰어들었던 여성학이란 분야가 꼭 나에게 마침한 일거리를 마련
해 주는 것이 자신의 임무라는 듯이 나와 더불어 맹렬한 속도로 성장해 나
간 지난 10년이었으니, 웬만큼 무르익은 인간이 아닌 다음에야, 우리 막
내 말마따나 '갈수록 푼수가 되어 가는' 나 같은 주제에 어찌 기고 만장하

지 않을 수 있겠는가.

일 중독에 걸린 내가 싫다

그런데, 그런데 말이다. 참 이상하게도 10년쯤 지나니 더 이상 하늘 아래 새로운 것이 없다는 깨달음이 저절로 일어났다. 그것이 자기 성찰을 통한 자각이었으면 오죽이나 좋으련만, 솔직히 말해 익사하기 직전의 본능적인 위기감 같은 성격의 것이었다. 일은 결코 적당하게 주어지지 않는가 보다. 일을 하는 주체는 분명 나이건만, 나중에는 일 자체가 나를 부려먹는 게 일과 사람의 관계인 모양이다. 처음에는 내가 하고 싶은 일만 골라서 할 수 있었는데 어느 만큼 가다 보니까 그게 아니었다. 선생님이 아니시면 누가 하겠느냐는 달콤한 말에 스스로를 팔아 가면서, 어느새 나는 일 중독자가 되어 버렸다. 내가 끔찍이도 싫어했던. 나는 점점 일과 얽히지 않은 인간 관계를 불필요하게 생각했고, 모든 전화에 '용건만 간단히'를 요구하게 되었다. 그런 내가 싫었다. 몸도 마음도 고달펐다. 내가 이 수레를 멈추려면 급병이 생겨서 입원을 하거나, 아니면 굉장한 결단력이 필요하다는 것을 알고 있었다. 그러나 병원에 가는 걸 죽기보다 싫어하는 나로서 몸이 아프다는 건 상상만 해도 견디기 힘들고, 보기 싫은 신문 하나도 못 끊을 만큼 우유 부단의 화신인 주제에 결단은 무슨 결단….

출로는 엉뚱한 방향에서 열렸다. 어느 날, 좀더 정확하게 말하자면, 92년 11월 말, 이화 여대에 있는 한국 여성 연구소 소장직을 맡고 있던 장필화 선생에게서 온 한 통의 전화.

전화 한 통으로 시작된 출로

"어떻게 지내세요?"

"……"

"여전히 바쁘시죠?"

"죽지 못해 삽니다."

"제가 쉬게 해 드릴까요?"

"왜요, 중국에라도 보내 주실 건가요?"

"어머, 어떻게 아셨어요?"

알기는. 그냥 해본 소리였다. 그러나 '그냥'이라는 것의 정체는 무엇일까. 나이가 들어 갈수록 산다는 게 만만치 않다는 느낌과 동시에 하잘것없어 보이는 우리 인간들, 특히 여성들에게 숨어 있는 영험한 힘을 확신하게 된다. 불확실성의 시대에서 가장 믿을 만한 것으로서의 나의 예감… 이런 버팀목이 있기 때문에 우리는 살 맛을 아주 버리지 않는지도 모른다.

중국. 나는 해외라면 제주도도 못 가 본 촌년(놈이라고 쓰면 괜찮게 들리는데 년이라고 하니 갑자기 훨씬 더 촌스럽게 들린다. 촌놈이라는 말에는 세련되지는 않았으나 어딘가 '인간적'인 구석이 남아 있는 사람이라는 의미가 느껴지는 반면, 촌년에는 세련되지도 않으려니와 무지하고 '동물적'이라는 분위기가 강하다. 이것도 고정 관념?)이다. 아니, 거짓말이다. 재작년 여름인가 어느 대기업체에서 요청한 특강을 하러 거제도에 다녀온 적은 있으니까. 하지만 비행기를 타고 사천 비행장에서 내려 바로 승용차로 갔기 때문에 섬에 갔다는 기분, 즉 바다를 건넌다는 기분이 전혀 없었다. 우리 또래가 흔히 그렇듯 내게도 마흔여덟을 먹는 동안 외국에 갈 기회는 꽤 많이 열려 있는 편이었다. 어느 땐가는, 남편이 미국에서 살아 보면 어떻겠냐고 진지하게 물었던 기억도 있다. 또는 전혀 예기치 않게 옛 은사님에게서 독일에 한 달 간 완전 공짜로 다녀오지 않겠냐는 제의를 받은 적도 있었다. 그러나 나는 단기간이고 장기간이고 외국에 간다는 데 대해서 별 매력을 느낄 수 없었다. 그

보다는 우리 나라의 구석구석을 샅샅이 훑어보고 싶다는 욕망이 더 강했으니까. 이런 나를 친구들은 신기하게 여기곤 했다.

20년 전부터 가 보고 싶던 단 한 곳

그런데 단 한 곳, 20년 전부터 나를 끌어잡는 나라가 있었다. 바로 중국이었다. 중국이 중공이라는 이름으로, 그리고 죽의 장막으로 우리에게 버티고 있었을 땐데, 나는 친구들에게 늘 내가 외국을 간다면 중국이 그 첫 나라여야 한다고 고백했다. 만리 장성이 나를 부른다고.

비현실적인 것이 가장 현실적인 것일까. 더욱 묘한 것은 남편은 이미 92년 7월부터 중국에서 공장을 열고 있었다. 몇 년 전부터 배를 타고 중국을 들락거리더니, 결국 천진과 북경에서 얼마 안 떨어진 하북성 창주라는 곳에 자리를 잡은 것이다. 창주는 수호지에 나오는 임충이 귀양 가던 곳으로 인심이 사나운 좀 삭막한 지방인데 어쩐지 남편은 거기를 골랐다. 남편은 조그맣게 가죽옷 수출로 생업을 삼고 있었는데, 중소 기업체들이 겪는 문제들, 특히 인건비로 인한 생산비 앙등 때문에 더 이상 여기서 버틸 수 없었던 것 같다. 상업을 하지만 구제할 길 없는 인문주의자인 남편은 늘 그렇듯이 중국에 관한 거의 모든 책을 사들였고, 또 새벽마다 중국어 학원에 다녔다. 그런데 테이프에서 흘러나오는 중국어 소리가 왜 그렇게 상스럽고 귀에 거슬렸는지, 남편이 밤늦게 들어와 복습을 할 때마다 나는 듣기 싫으니 이어폰을 끼고 하라고 구박을 해댔다. 불과 1년 만에 내가 그짓을 하게 될 줄은 꿈에도 모르고.

특별한 과제가 없다니, 금상 첨화

장 선생의 말에 의하면, 이화 여대와 연변 대학의 교수 겸 연구 교환 프로그램을 기획하고 있는데 이쪽에서 내가 와 주었으면 한다는 것이다. 중국이라는 나라가 이미 충분히 매력적이었을 뿐만 아니라 금상 첨화로 그 어떤 특별한 과제도 없다니… 생각해 보겠어요, 라고 한껏 신중한 척했지만 이미 내 마음은 가겠다는 쪽으로 엎어졌다.

그 순간부터 나는 출로를 찾은 나방처럼 부비적거리기 시작했다. 아, 그래, 이런 수가 있었어. 구르던 바퀴를 멈추는 데는 이 방법이 제일 하기도 쉽고 보기도 좋지. 그리고 이거야말로 태어나서 처음 하는 일이니 얼마나 멋진가. 나는 신이 났다. 그런데… 나는 세 아이의 엄마고, 막내는 고등학교 2학년밖에 안됐다. 나는 아이들에게 의견을 들어 봐야 한다는 의무감을 느꼈다. 물론 늘 이기적인 엄마답게, 아이들은 엄마에게 적극 찬성하리라고 믿으면서.

"얼마나 많은 게 보이시겠습니까?"

아이들은 한편으로 놀라고 한편으로 애매한 표정을 지었다. 저희들이 태어나서 21년 내지 17년 동안 이제까지 한번도 사흘 이상 떨어져 본 적이 없던 엄마가, 붙박이 장롱처럼 언제나 늘 그 자리에 박혀 있던 엄마가 1년 동안이나 자기들에게서 멀리 떨어져 나갈 거라는 사실이 실감나지 않는 채로, 그들은 각자 한마디씩 했다. 막내는, "저를 버리고 가실 거예요?"라는 투정으로, 둘째는 "동윤이 대학 들어가면 가시죠" 식의 점잖은 충고로. 그러나 그들은 이미 엄마가 자기네 의사를 묻는 게 단지 요식 행위에 지나지 않는다는 걸 간파하고 있었다. 큰아이의 말이 확증이다. 그 아이(대학교 졸업반을 아이라고 부르니 무척 민망한데)는 이렇게 말했다.

"아, 어머니 나이에 그 경륜에 그곳에 가시면 얼마나 보이는 것이 많겠습니까?" 부러워하는 표정을 지으면서. 고백하건대 큰애의 이 말은 그 다음 열 달 동안 나를 지지해 준 가장 든든한 기둥이었다. 고맙다, 이 녀석들아. 국제 전화선 저편에서 남편은 모호하게 허허 웃는 걸로 놀람과 불편함을 표현했다. 그 이상 그가 무슨 말을 하랴.

나는 그 이튿날 당장 중국어 학원에 등록하는 걸로 만리 장성을 향한 첫걸음을 뗐다. 아니, 만주를 향한 대장정을.

막상 떠나려니, 발목을 잡는 것들

―이웃들의 첫 반응은 "아이들이 불쌍하다"

살다 보면 때로는 나 자신보다 나를 더 걱정해 주는 사람들이 많다. 아니 나 자신은 별로 문제라고 생각하지 않는 것들의 심각성을 깨우쳐 주는 이웃들이 많다. 그래서 사람 사는 것이 덜 적막한 것도 사실이다. 혼자가 아니라는 느낌은 꽤 괜찮은 경험이니까.

태왕릉 앞에서. 자칭 장수왕 후손이 라고 주장하는 고씨 청년과 함께

그러나 나의 이웃, 또는 가족에 대한 우리의 걱정은 정말 상대방이 걱정스러워서 생기는, 문자 그대로 이타적인, 따뜻한 배려의 소산일까, 아니면 남들도 자신과 똑같이 살아야 한다는 기대가 깨어지는 걸 못 참는 데서 오는 일종의 폭력일까. 참 구분하기 힘든 문제인 것 같다.

'이기적인 엄마' 라는 비난에 맞서기

아주 가까운 가족의 경우, 그들의 조언은 내가 받아들일 만하건 그렇지 않건 간에 반감이 들지 않는다. 따라서 상처를 받을 필요도 없다. 그러나 어쩌다가 집안에 대사가 있을 때만 부딪칠 정도의 안면밖에 없는 친척들이 내뱉는 말들에서 나는 인간의 심술스러움을 확인하는 경우가 있다. 예를 들어 내가 중국에 1년 동안 갈 거라는 말을 들은 시이모 한 분은 대뜸 "아이고, 무섭다 무서워, 아무리 돈이 좋기로서니 아이들을 서이나 내팽개치고 외국에 가다니…" 하며 나를 탓했다.

나는 졸지에 돈이라면 모성이고 뭐고 다 버리는 못된 배금주의자로 추락하고 말았다. 말도 안되는 소리임에도 어리석게도 나는 자존심이 상해서 얼굴이 달아올랐다. 나는 서둘러 돈 때문이 아니라는 변명을 하고 말았다. 그러자 그분은 또 돈이 아니면 무엇 때문에 가느냐고, 이젠 당당하게 나를 야단쳤다. 못된 엄마에서 이젠 바보 같은 여자로 급전 직하된 것이다. 글쎄, 못됐다는 욕보다는 어리석다는 욕이 조금 나은 건지….

대부분의 가까운 친척들은 아이들 걱정을 하며 나의 이기심을 비난해 댔다. 모두들 아이들이 불쌍하다고 말했다. 나는 그렇게 걱정되면 나 없을 때 한번만이라도 들여다봐 달라고 응수함으로써 나의 못됨을 한층 더 확인시켰다. 우리는 흔히 '쓸데없는 걱정' 이라는 말들을 많이 쓰는데, 이것처럼 정확한 표현도 없는 것 같다. 정말이지 모든 걱정은 쓸데없다. 그것이 말로만 하는 걱정이라면.

거동이 불편하신 시어머니는, 내가 1년 동안 중국에 간다는 말을 한 그 순간부터 나만 보시면 아이들이 불쌍하다고 눈물을 훔치셨다. 거의 반년이나 되는 준비 기간 동안 내내. 떠나기 전날 드디어 이 못된 며느리는 한 마디 하고 말았다. "어머니, 이왕 떠나는데 한번 잘 다녀오라고 하시면 안 돼요?"

떠나는 사람, 남은 사람 모두에게 새로운 경험
아이들이 불쌍하다… 거의 모든 사람들의 첫 반응이었다. 떠나는 나에게도 새로운 경험이지만, 동시에 남은, 아니 나를 보낸 아이들에게도 새로운 경험이라는 발상을 하는 사람들은 단 한 명도 없었다. 내가 언제부터 그렇게 좋은 엄마였다고. 아무튼 엄마는 아이들 곁에 있어야 한다는 것이다. 아이들이 엄마 곁을 떠나는 건 괜찮지만 그 반대의 경우는 절대 안된다는 것이다. 아이들을 피해자로 만들지 말라는 거다. 더 키운 다음에 떠나야 한다는 것이다. 그런데, 그런데 말이다. 아이들을 다 키웠다고 판단하는 기준은 과연 언제일까.

아이들이 모두 남자들이라는 사실이 상황을 더욱 비극적으로 보이게 만드는 모양이었다. 딸이라도 하나 있다면, 그래도 좀 나을 텐데… 한결같이 딸도 없는데 내팽개치고 가는 나를 괘씸해 한다.

그렇지만 딸이 있을 경우는 또 다른 종류의 걱정으로 내 발목을 더 잡으리라는 걸 누가 모르랴. 이 험한 세상에, 성폭력이 횡행하는 이 시대에 무슨 배짱으로 어떻게 딸을 놔 두고 가느냐고, 나의 철심장이 또 얼마나 두드려 맞으랴.

아이들 자신은 스스로를 불쌍해 하지 않는데 주위에서는 그들을 마구 불쌍하게 몰아 간다. 불쌍하게 생각하지 않는 것까지 못된 엄마에게서 세뇌된 탓이라고 더 불쌍해 한다. 도대체 누구를 위한 걱정인가.

아무튼 나는 될 수 있는 한, 아이들이 살림하기 쉬운 체제로 집안을 바꾸기 시작했다. 우선 10여 년씩 줄기차게 써서 성능의 일부분들이 크게 떨어진 냉장고와 세탁기를 개비하고 물걸레 달린 진공 청소기를 새로 구입했다. 전화 요금과 보험료 등은 자동 이체로 돌렸다.

아이들도 자연스레 내가 음식을 만들 때 전보다 관심을 갖고 기웃거리기 시작했다. 특히 찌개와 국의 조리법에 열심이었다. 늘 밥상에 있었던 것이지만 김치 찌개 이외의 것은 한번도 해본 적이 없기 때문이다.

제일 큰 걱정거리는 막내의 도시락

내가 제일 걸렸던 문제는 막내의 도시락이었다. 형 둘이 책임지고 할 가장 큰일도 그것이었다. 그런데 대학생과 고등학생의 시간 운영 방법이 너무 다르다는 사실을 알기 때문에, 특별히 부탁을 하고 갔던 건데 아니나다를까 반년 만에 와서 중간 점검을 해본 결과는, 본인이 직접 싸 가는 경우가 대부분이었다고 한다. 자정을 넘어서야 귀가하는 형들로서는 아침 다섯 시에 일어난다는 것 자체가 불가능한 주문이었다.

살림은 누구에게 맡길 거냐는 질문마다 아이들에게요, 라고 말하긴 했지만 나에게는 아주 든든한 '믿는 구석'이 있었다. 바로 큰동생이었다. 나는 너무 남에게 부탁이란 걸 안해서 깍쟁이란 소릴 많이 듣는 편이지만, 어쩐지 이 동생에게만은 늘 뻔뻔할 정도로 기대게 된다. 이 동생(아이들에게 큰이모가 되는)은 아이들이 엄마보다 좋아하는 성격을 두루 갖추고 있다. 우선 푸근하고 명랑하고 손크고 시원시원해서 우리 아이들은 어렸을 때부터 엄마보다 이모가 훨씬 더 좋다고 말하곤 했다. 요즘은 동생도 전업 주부로 집에만 있고 아이들도 많이 컸으니, 나는 더 마음놓고, 김치와 밑반찬을 부탁했다. 속으로는 그 이상을 기대하면서.

떠남이 좋은 이유는 새로운 눈을 갖게 되는 것

처음엔 3월이면 떠날 수 있으려니 했는데 중국과의 모든 일이 그렇듯이, 그리고 처음 프로그램이라 진행상의 미숙함으로 자꾸만 일이 지연됐다. 석 달의 기간은 좀 지리하긴 했지만, 결과적으로 보면 여러 가지 의미에서 아주 좋았던 것 같다. 나에게는 숨차게 달려온 지난 10년을 어정쩡한 위치에서 돌아볼 수 있는 뜻밖의 여유 시간이었고, 아이들에게는 무슨 수습 기간 같은 시간이었다. 떠나지도 안 떠나지도 않은 경계선의 시간이었다. 그 사이 둘째는 생일날 친구들에게 아주 멋있는 앞치마까지 받아 놓고 내가 떠나기만을 기다렸다. 아이들은 이 시간을 덤으로 받아들이면 서 내게 뭔가를 해 주려고 애를 썼다. 아주 떠나 버렸을 때의 아쉬움을 아 직 안 떠났으면서도 느끼는 것 같았다. 이런 경험은 쉽지 않다.

떠남을 앞두고 있기 때문에, 쏟아져 들어오는 여러 가지 일 중에서 마 음에 드는 일을 골라서 할 수 있었던 것도 꽤 괜찮은 기분을 만들어 주었 다. 몇 개의 특강을 그 기간 안에 할 수 있었다. 그리고 마지막으로 101장 짜리의 원고를 이틀 만에 쓸 수 있었던 것도 떠남을 앞에 두었기 때문에 가능한 일이었다.

떠남이 좋은 가장 큰 이유는, 우리에게 새로운 눈을 갖게 해 주기 때문 이다. 사물들, 그리고 관계에 대해서. 우리 부모는 함경북도 출신의 실향 민이다. 내가 연변에 간다는 것은 지금으로선 부모의 고향에 가장 가까이 접근하는 유일한 길이다. 나는 비감한 심정으로 우리 부모의 형제분들의 이름을 적어 달라고 아버지께 말씀드렸다. 사실 아버지는 통일에 대해서 이미 희망을 포기한 지 오래다. 너무도 여러 번 속았다고 생각하기 때문 에. 그리고 이젠 너무 늙어 버렸기 때문에. 3년 전 칠순 때 부모님은 백두 산에 올라 멀리 남쪽을 바라보고 오셨다. 그것만으로도 작은 위안일까.

가벼운 풍을 맞으셨기 때문에 가뜩이나 떨리는 손으로 여섯 분의 형제 들 이름을 하나하나 힘들게 써 나가시는 아버지를 보면서 나는 가슴이 저 려 왔다. 나는 부모를 얼마나 알고 있나, 알려고 해본 적이나 있던가….

'여자 혼자 살아가기엔 너무 힘든 곳' 이라지만
4월에 현재 연길에서 연구 작업을 하고 있는 교수 한 분을 만났다. 그 분은 왜 하필이면 지금 연길이냐면서, 여자 혼자 살아가기엔 너무 악조건이니 몇 년 있다가 오라고 충고했다. 못 견딘다는 것이다. 남자에게 힘든 일은 당연히 여자에겐 더 힘들다고 생각하는 것이 일반적이다. 그러나 남자에게 힘든 일이 여자에겐 뜻밖에도 아무 일이 아닌 경우가 얼마나 많은가. 그 반대의 경우도 많고. 그분은 그 말을 들으면서 내 속에 솟아오르는 도전욕을 눈치채지 못하는 것 같았다. 나는 간다.

뒤죽박죽 북경, 몇 가닥의 인상들…

―코카콜라, 오리온 초코파이, 미어터지는 백화점

6월 18일 드디어 비행기를 탔다. 그러나 혼자 가 아니었다. 마침 남편이 출장을 왔다가 함께 나가게 되었기 때문에 나는 모든 수속을 내 손으로 하지 않고도 비행기를 탈 수 있었다. 그는 계속 나의 운 좋음을 배아파하면서, 동시에 우쭐해 하면서 나를 도왔다. 우쭐할 기회를 준 것만도 고마워해야지… 이건 속으로만의 내 말이었다.

만리 장성에서 남편과 함께

'휘황' 개혁 15년의 중국, 돈 독 오른 사람들

중국 민항을 타니, 중국 냄새가 난다. 승객은 마찬가지겠지만 음식이 다른 탓일 게다. 그 냄새는 전에는 한번도 맡아 보지 못한 아주 복합적인 것이었다. 이 낯선 냄새를 난 단순하게 '중국 냄새'라고 이름 붙였다. 그리고 이 명명은 과히 빗나가지 않았음을 그 다음의 중국 생활에서 확인할 수 있었다. 한여름에 들렀던 흑룡강성의 허름한 국수집에서도, 또 한겨울 계림의 호텔 식당에서도 이 냄새를 어김없이 맡을 수 있었으니까.

천진까지는 불과 두 시간 반. 그것도 상해를 돌아와서 그 정도다. 이렇게 지척에 있는 나라가 왜 그리 멀어야 했는지. 하긴 더 가까운 땅이 아직도 세계에서 가장 먼 곳으로 남아 있는 것이 우리 현실임에야. 숫자가 무슨 의미가 있다고 여전히 낡은 표현을 쓰는가.

우리 나라 기업인 삼성에서 공짜로 준 밀차를 그들은 돈을 받고 빌려주고 있었다. 전통적으로 상인 기질이 강한 이 나라가 최근 15년(그들은 개혁 개방 15년을 흔히 휘황이란 말로 수식하는데) 동안 보여 준 돈에 대한 열망은 휘황이라는 어휘로도 모자랄 만큼 지독하다고 한다. 남편은 문자 그대로 돈독이 잔뜩 오른 중국과 중국 인민들에 대해서 이미 두손을 바짝 든 상태였다. 처음 중국에 들렀을 때, 남편은 중국인들의 순수성에 감탄을 했었는데 불과 5년도 지나지 않아서, 입만 열면 나오느니 욕뿐이다. 한국에서는 운전대만 잡으면 쌍소리를 배운다더니 여기서는 자전거도 타지 않았는데 쌍소리부터 터져 나오는 모양이다. 중국에서 사업하다가 돈은 못 벌고 성질만 나빠져서 돌아오게 되는 건 아닌지 은근히 걱정스럽다.

내가 처음 만난 중국 여성은 출국 전 석 달 동안 다닌 중국어 학원의 강사였는데 20대 후반의 대만 화교였다. 얼마나 또랑또랑하고 예쁜지, 반하지 않을 수 없었다. 등록 첫달에는 대만에서 만든 교과서를 썼고, 따라서 발음 기호도 대만식 기호인 주음 부호를 썼는데, 그 다음달에는 벌써 중국 북경에서 만든 교과서를 썼다. 발음 기호도 한어 병음을 쓰고. 이런 초고속 변화야말로 현재 중국의 변화, 그리고 한중 관계의 변화를 알려주는 지표라고 할 수 있다. 강사 장 선생도 중국 본토와 거래를 튼 여행사로 직장을 옮길 준비를 하고 있었다. 나는 늘 선생운이 좋다는 믿음을 갖고 있는데 불과 석 달의 중국어 학습도 예외는 아니었다. 이때 배운 정확한 북경어 발음은 그 다음 두고두고 칭찬거리가 되었으니까.

당당한 여성들, 웃지 않는 복무원들

아무튼 중국 여성에 대한 내 첫인상은 아주 당당하고 주체적이라는 거였다. 그리고 상냥하다는 면도 덧붙여진다. 그러나 중국 땅에서 내가 만난 여성들은 거의 당당하기는 했지만, 결코 상냥하지는 않았다. 천진 수정궁 호텔의 프런트에서 복무하는 여성들은 키가 늘씬하고 자신만만해 보였지만, 굉장히 불친절했다. 기분 상해 하는 나에게 남편은 이 정도면 중국에선 상지상(上之上)이라고 약을 올렸다. 일급 호텔이기 때문에 복무 태도가 아주 좋은 편이라는 것이다. 나는 웃으면 어디가 덧나나? 하고 볼멘 소리를 했는데, 남편의 말이 사실이리라는 예감은 어쩔 수 없었다.

서울에서 전화로 북경 대학의 윤신숙 교수에게 호텔을 잡아 달라고 부탁했었는데 그는 자기 기준대로, 그리고 내 주머니 사정을 짐작해서 별이 세 개밖에 안되는 호텔을 잡아 놓았다. 남편은 이런 데는 불편하고 더러울 뿐만 아니라 여러 위험이 따른다고 못마땅해 했지만, 나는 당신은 사업을 하니 최고급 호텔에 들어도 되지만 벌이가 시원치 않은 나야 이것도 감지덕지라고 어거지를 쓰고 버텼다. 덕분에 가장 덥고 습하다는 북경의 초여름을 단단히 겪어 내지 않으면 안되었다. 냉장고도 없고, 에어컨은 너무 낡아서 소리만 요란하고, 수도 꼭지는 쓸 때마다 고장이 났으니까. 더워서 잠을 못 이뤄 보기는 난생 처음이었다.

바가지에 불친절까지 ― 백화점은 시끌벅적

삼류 호텔답게 소위 야진(押金)이라고 해서 보증금 같은 걸 미리 받았다. 방 열쇠를 주면서도 40원인가 얼마를 야진이라며 받아 냈다. 모두 외환권으로. 93년까지 중국 화폐는 내국인들이 쓰는 인민폐와 외국인들이 쓰는 외환권의 두 종류였는데, 그렇게 한 이유는 오로지 철저하게 외국인

북경대 외국인 유학생 숙사
식당에서(왼쪽부터 정필준
리옥결 · 윤신숙 선생과 함께)

을 이중 삼중으로 빨아 내기 위한 것이라는 것쯤은 거의 모든 한국인들도
알고 있던 사실이다. 이것도 94년부터 인민폐 하나로 단일화되었는데,
그렇다고 해서 외국인에게 씌우던 바가지까지 벗겨 준 건 아니다. 바가지
에 불친절에, 모든 게 외국인에게 첩첩 산중인데 왜 모두들 중국으로, 중
국으로 몰려드는 것일까. 이 땅이 갖고 있는 마력이 무엇인가. 지금까지
도 후련히 풀리지 않은 문제이고, 또 그만큼 심술이 나는 문제이다. 우리
는 택시 운전사 이외에는 외국인에게는 끔벅 죽는데… 물론 우리보다 잘
사는 나라의 외국인에게 한정되긴 하지만.

북경 백화점에 가 봤다. 평일의 대낮인데도 발 디딜 틈이 없을 정도로
사람, 사람으로 미어터졌다. 마치 전 백화점 동시 바겐 세일 첫날의 서울
같았다. 판매원은 99퍼센트가 여성들이었다. 백화점 입구에는 분명 '미
소 복무'라는 팻말이 있었건만 아무도 웃지 않았다. 그들은 물건 사러 온
사람들이 귀찮아 죽겠다는 표정을 노골적으로 드러내고 있었다.

다리미를 파는 데서는 실제로 다리미질을 하면서 호객을 하는가 하면,
야채칼을 파는 남성은 계속 당근을 썰면서 떠들고 있었다. 백화점이되 우
리 남대문 시장 같은 시끌벅적한 분위기였다. 여기가 사회주의 나라 중국

32

인가. 코카콜라도 종이컵에 담아 한 잔에 3원씩 받고 팔았다. 과자 가게에는 오리온 초코파이가 한 통에 30원이라고 적혀 있었다.

호텔의 복무원들은 과연 한번도 웃지 않았다. 그들은 자기들끼리는 큰 소리로 떠들면서 손님이 다가가도 절대로 먼저 쳐다보지 않는다. 여러 번 불러야 할 수 없이 응대를 한다. 나는 서울에 살면서 늘 서울이 뒤죽박죽 도시라고 생각했는데, 여기 북경에 오자마자 갑자기 서울이 꽤 괜찮은 곳이었는데 내가 너무 투정을 했다는 반성이 들었다. 너무 빨리 애국자가 되면 곤란하잖아….

사흘 동안 북경에서 남편과 지내면서 만리 장성에 올랐다. 하도 많이 들어서 그런지 언젠가 한번 올라왔던 것 같은 착각이 들었다. 일본의 고등학생들이 눈에 많이 띄었다. 그래, 재들은 고등학교 때부터 세계를 돌아다니는데… 부러움이 솟았다. 국력, 그것은 바로 이런 데서 나타나는 거다.

북경 대학에서 만난 여성들의 이심 전심

남편을 창주로 보내고, 윤 선생과 북경 대학에 들렀다. 제1차 한중 여성 학술 대회에 대한 진행 관계 때문이었다. 북경 대학 여학생들은 멋쟁이들이었다. 발랄한 인상이었다. 옷차림이나 표정이 조금도 구김이 없었다. 평지에 펼쳐진 캠퍼스는 상상 이상으로 아름다웠고 아기자기한 멋을 풍겼다. 마치 공원 같은 풍경 속에 군데군데 들어앉은 건물들은 우리 눈에 너무 친숙했다.

북경대 여성 연구 중심의 정필준 교수와 아태 연구 중심의 리옥결 선생 두 분은 서로 다른 분위기를 풍겼지만, 중국 여성의 특징들을 보여 주는 좋은 예로 삼아도 무리가 없을 것 같다. 정 교수가 내실 있는 단단한 전문직 여성의 기품을 갖고 있다면, 리 선생은 사회주의 사회에서 활동가로 단련된 힘과 고집스러움이 두드러진다.

우리는 유학생 숙사 1층의 식당에서 만났는데, 낮인데도 세계 각국에서 몰려든 온갖 색깔의 학생들이 술을 마시며 떠들어대서, 말이 안 들릴 지경이었다. 나는 한국어와 그 동안 배운 중국어와 짧은 영어를, 정 교수는 중국어와 유창한 영어를, 그리고 윤 선생은 중국어와 조선어를, 리 선생은 중국어를 썼는데, 의사 소통이 너무나 자유로워서 서로 놀라고 말았다.

그리고 곧 어느 나라 어떤 체제를 막론하고 여자끼리는 그들만의 얘깃거리, 바꿔 말해서 여성만의 보편적인 경험 세계가 존재한다는 사실을 확인했다. 우리는 아이 키우기의 어려움, 특히 일 가진 여성의 육아에 대해서 서로의 어려움을 털어놓았고, 여자들을 배제하는 일터의 구조에 대해서 금방 통할 수 있었다. 정 선생이 내린 결론, "여자끼리 만나면 금방 통해서 너무너무 행복해요." 모두들 이하 동문.

되는 일도 없고 안되는 일도 없는 나라라더니

―최신형이라던 비행기는 깡통 프로펠러기

북경에서 장춘까지는 비행기, 장춘에서 연길은 기차를 타고 가기로 했다. 연길 공항이 확장 공사를 하느라고 폐쇄되었기 때문이다. 윤 선생은 처음부터 기차를 타고 갔으면 하는 눈치였으나, 물경 서른 시간이 넘는다는 말에 지레 질렸던 나는 단호하게 비행기 타기를 고집하였다.

서울에서 부산까지라고 해봐야 겨우 다섯 시간이면 닿는 나라에서 온 사람에게 서른 시간을

명 13릉 관광 코스에서 만난
이름 모를 동물인데…

기차 속에 갇혀 지내라는 것은 상상만으로도 숨막히는 일이 아닌가. 더구나 이런 여름 날씨에. 화장실은 어떡하며, 그 냄새는 또 어떡하라고(현실은 상상보다 훨씬 견딜 만하다는 사실을 나는 그로부터 두 달도 안 지나서 몸으로 확인할 수 있게 되었다. 그 다음부터는 예순 시간을 기차로 간다 해도 아무렇지 않을 만큼 금방 적응이 되어 버렸다).

비행기표 사는 일이 너무 힘들어

그런데 그 비행기표 사는 일이 만만치가 않았다. 중국에 관한 한 대선

배인 남편은 북경에 머무르던 며칠 동안 계속 주의를 주었었다. 한국 같은 줄 알면 큰코 다친다, 여기 사람에게 맡기지 말고 여행사에 부탁해라. 하지만 나는 윤 선생이 걱정 말라고 거듭 다짐했기 때문에 일단은 그분을 믿어 주는 것이 예의일 것만 같아서 중국 사람이 더 잘 알아서 하겠지, 하고는 남편의 말을 대수롭지 않게 여겼다가 결국 비싼 수업료를 내고 만 셈이 되었다.

비행기 회사에 전화를 해보면 자기네는 예약을 안 받으니 직접 와서 구입하라고 하더니 정작 택시를 타고 쫓아가 보면 '메이 요우'(沒有: 없다), 다 팔렸다면서 딴청이다. 나중에 알았지만 그런 식으로 보통 사람(여기선 노백성이라고 한다)이 제 값에 비행기표를 산다는 일은 아예 꿈도 꾸지 말아야 될 일이었다.

일이 이쯤 되자 윤 선생은 내가 미안할 정도로 당황해서 나름대로 열심히 여기저기 전화를 해보았다. 리옥결 선생은 발이 넓으니까 쉽게 구해 줄 줄 알았는데 웬걸, 부녀 연합에서 경영하는 여행사에 부탁했다는데 돌아온 대답은 확보한 표가 없으니 그냥 짐을 가지고 공항에 나가서 혹시 빈자리가 나면 타라는 황당한 내용이었다.

서울에서 예습한 대로 중국에서는 비행기표나 기차표를 살 때도 콴시(關係: 우리 식으로 말하면 '백')를 잘 활용할 줄 알아야 한다더니 정말이었다. 콴시가 없으면 돈을 많이 써야 한다는 것이었다. 노백성인 윤 선생이 콴시가 있을 리 없었고, 여행사에 부탁하면 1,20퍼센트의 웃돈을 수속료로 내야 하는데, 윤 선생으로서는 배가 아파서 도저히 그쪽을 택할 수도 없었던 거다. 세상 돌아가는 물리를 인정하고 싶지 않은 윤 선생의 순수한 고집 때문에 나는 예정된 날짜보다 이틀이나 더 북경에서 머무적거려야 했다. 그것도 에어컨이 고장난 낡은 호텔방에서.

북경의 여름은 서울보다 견디기 힘들었다. 떠나야 하는데 발이 묶였다는 생각에 북경은 이제 참을 수 없는 도시로 다가왔다. 습한 기후에 곰팡내를 풍기는 호텔방, 밖에 나가면 온통 벌거벗은 채 수박을 먹으면서 아무 데나 씨를 뱉어 내는 남자들, 공중 변소에서 흘러 나오는 오물의 흔적, 자동차 경적 소리, 차와 자전거, 마차들이 엉킨 도로들… 넘치는 사람들, 넘치는 자동차, 넘치는 자전거… 12억 인구가 몽땅 북경으로 모여든 것 같았다.

조선족 해결사의 수단

이러다가 북경을 벗어나지 못하는 게 아닌가 하는 불안이 엄습해 왔다. 윤 선생은 은근히 기차를 타자는 쪽으로 말을 꺼냈다. 그러나 그 표 역시 구하려면 이틀 이상을 기다려야 했다. 짜증이 난 나는 드디어 윤 선생한테 기대지 않기로 했다. 중국에서는 중국식으로 나가야 하는 것이다. 윤 선생은 중국 사람임에 틀림없지만 급변하는 중국 사회와는 별 상관이 없는 사람이었다.

나는 비장의 번호로 전화를 걸었다. 서울에서 장필화 선생이 만약의 경우 도움을 청하라면서 가르쳐 준 번호였다. 해결사라는 별명을 가진 최씨 성을 가진 조선족 청년에게. 장황하게 상황 설명을 해대던 나에게 그는 간단 명료한 말로 답했다. "걱정 마십시오, 원하는 시각의 표를 구해 드리겠습니다."

윤 선생은 자기가 기대를 걸었던 부녀 여행사도 표를 구하지 못했는데 그 사람이 무슨 힘으로 할 수 있겠느냐, 중국 사람들은 원래 거짓말을 잘 하니 믿지 말고 기차로 가자며 나를 달랬다.

나는 당신이 이제까지 공산당의 비리에 대해서 그토록 분노하고 비판해 왔으면서도 이 물리를 모르겠느냐, 결국 국가와 민간이 짜고 조직적으로 웃돈 거래를 하는 게 아니겠느냐고 반문했다. 윤 선생은 아무리 그래도 그 정도까지 됐을라구, 우리 중국은 원래 인구가 너무 많아서 무슨 표든지 사기 바쁘다(어렵다)고 하면서 긴가민가하는 표정을 지었다.

이튿날 아침 표는 어김없이 손에 들어왔다. 30대 초반밖에 안돼 보이는 최씨는 별 다섯 개짜리 호텔에다 멋진 여행사를 가진 중국형 신세대 사업가였다. 어떻게 표를 구했느냐는 질문에 그는 자기네는 고객이 부탁만 하면 이제 막 이륙하려는 비행기 안에서 다른 사람을 내려놓고라도 그 고객을 태워 드린다면서 큰소리를 쳤다. 문제는 그 큰소리가 단순한 허풍처럼 들리지 않는다는 데 있었다. 자신의 능력에 대한 자부심이 그의 말에서 눈에서 풍겨 나왔다. 나는 한다면 하는 놈입니다.

표값은 정식 가격에 정확하게 20퍼센트를 추가한 금액이었다. 외국인의 경우 원래 80달러인데 96달러를, 내국인의 경우 350원인데 410원을 요구했다. 당당하게, 조금도 주저함 없이. 개혁 개방을 내건 중국에서 남보다 먼저 쉽게 돈버는 구멍을 찾아낸 이 젊은이는 인상도 쭈굴스러운 구석 하나 없이 여유 만만이었고 게다가 보기 드문 미남이었다.

지금 중국에서 폭발호(爆發戶: 벼락 부자) 대열에 끼여든 사람들은 거의 이런 또래의 대학 나오고 빠릿빠릿한 청년들이라고 한다. 나머지 나이 많고 어리어리한 사람들은 졸지에 빈곤 계층으로 추락하고 있고.

"모두가 도둑놈들"

윤 선생은 분해서 어쩔 줄을 몰라했다. 개방을 하기는 해야 한다, 그렇지만 이런 면에선 옛날이 훨씬 좋았다, 공산당이 이렇게 만들었다, 모두가 도둑놈들이다, 사람이 아니다, 라면서 치를 떨었다. 돈도 돈이려니와 중국인으로서 자기 나라 비행기표 한 장도 마음대로 못 사 주는 자신의 능력이 안타까웠기 때문에 분노가 더 증폭되는 것 같았다. 오히려 내 쪽에서 이런 건 자본주의 도입 과정에서 필연적으로 따라오는 자연적인 현상이니 너무 마음쓰지 마시라고 계속 위로를 해야 했다.

그러나 내 속이라고 무슨 강철이랴. 웃돈이니 프리미엄이니 하는 소릴 몇십 년 동안 신물나게 들어 온 이 자본주의의 주부가 어떻게 느긋하기만 할 수 있단 말인가. 다만 경험의 선배로서 이 순박한 사회주의 국가 노백성을 위로하는 여유를 부렸을 뿐이지 속에서는 계속 쓰디쓴 물이 올라왔다. 싫다 싫어.

그 해결사는 우리가 타고 갈 비행기가 최신형이라고 말했었다. 분명히. 이 점에서 그는 중국인다운 기질을 마냥 발휘했었나 보았다. 웬만한 일에는 놀라지 않기로 굳게 마음먹었음에도 불구하고 북경 공항에서 나는 입이 딱 벌어지고 말았다. 깡통을 우그러뜨려 만든 것 같은 조그만 프로펠러기. 아니 이걸 타고 가? 하는 소리가 저절로 터져 나왔다. 그러자 바로 뒤에서 굵은 한국말이 들려 왔다. "저 정도면 좋은 비행긴데요." 돌아보니 한눈에도 한국인으로 보이는 3, 40대 남성들 몇이 빙글빙글 웃고 있었다. 중국은 참 이상한 나라인가 보다. 몇 번만 드나들면 모두들 중국인처럼 표정이 느긋해지니 말이다.

제2차 세계 대전 때에나 쓰였음직한 비행기는 30명 정도의 승객을 태우고도 하늘로 떠오르지 못해 한참 동안을 낑낑 맸다. 요란한 소음을 내면서. 기내는 흡사 피난민 수용소 같았다. 한국에서는 아직도 비행기 승객이라면 그래도 차림이 어느 정도는 되는데, 여기는 마치 막일꾼만 태운 게 아닌가 싶게 옷차림도 누추하고 새까만 얼굴에 생전 빗질이라곤 모를 성싶은 봉두 난발에, 또 그 땀냄새라니… 스튜어디스들의 그 무뚝뚝한 표정은 어떻고. 나는 갑자기 내가 인간이 아니고 무슨 짐짝이나 짐승 같은 생각이 들었다.

부당한 대우에 길들여진 사람들

비행기는 처음 떠오르기는 힘들었어도 일단 오른 다음에는 신기할 정도로 잘 날아갔다. 거의 두 시간 가까이 날더니 심양에 왔으니 내리란다. 장춘의 날씨가 너무 나빠서 반시간쯤 쉬었다가 간단다. 저녁 일곱 시경에 출발했으니 바깥은 한밤중이었다. 복무원들이 다 퇴근해 버린 대합실에서 맥없이 30분쯤 기다렸더니 다시 타라고 했다.

그러나 40분을 날은 비행기는 결국 장춘에 내리지 못하고 다시 심양으로 돌아왔다. 비행기는 요동쳤다. 금방이라도 떨어질듯이. 연길에는 가 보지도 못하고 엉뚱한 데서 죽는 게 아닌가 겁이 났다.

심양 초대소라는 곳에서의 하룻밤. 아마 여긴 영원히 못 잊을 것이다. 침구가 뿜어 내는 암모니아 가스 냄새에 코가 얼얼하고 눈물이 솟구쳤을 뿐더러 반수세식의 화장실, 모기떼. 그리고도 승객들에게서 20원씩의 보증금을 받아 내는 저 상술이라니.

옷을 입은 채로 누워서 오늘 하루 나를 제일 놀라게 한 것이 무엇이었는지를 되새겨 보았다. 그건 중국 인민들이었다. 극도로 불친절한 복무원들, 형편없는 비행기, 비인간적일 정도의 초대소 환경, 이 모든 악조건에 중국인들은 그저 묵묵히 따르기만 할 뿐이었다. 단 한마디의 불평도 없었다(내가 못 알아들었을까, 그렇지 않다). 오히려 초대소 방 배정을 먼저 받으려고 소리 없는 몸싸움을 벌였다. 자기 돈 내고 탄 비행기인데도 소비자 권리 따윈 생각지도 않고 그저 조용히 시키는 대로 하는 이 사람들.

이런 것이 원래 중국인의 기질일까, 아니면 어떠한 부당한 지시일지라도 결코 반발하지 않도록 길들여진 사회주의적 기질일까. 이런 사람들이라면 12억이라도 정치하는 게 어렵지 않을 것 같다는 엉뚱한 생각을 해본다.

같은 방에 든 윤 선생과 중국인 여성 둘은 코를 골면서 잘도 자는데 별로 예민하지 못한 이 한국 여성은 중국인들의 저 순종적인 태도에서 받은 충격 때문에 평소에는 염두에 두지도 않았던 온갖 상념에 꼬박 밤을 새운다.

북경에서의 첫 편지

―움츠러든 지식인들, 문화 혁명 때의 시련이 공포로 남아

똑같은 건물들이 지루하다 싶을
정도로 계속되는 자금성에서

보고 싶은 훈, 준, 윤.

더운 날씨에 어떻게 지내니? 훈이와 준이는 학기가 끝나서 좀 가뿐하겠지만, 윤이는 더위에다 무거운 가방을 메고 다니느라 짜증깨나 나겠구나. 밥은 잘들 해먹는지 도시락은 어떻게 싸 주는지 궁금하기도 하고 걱정되기도 하지만, 일단 모진(?) 마음 먹고 떠난 이상 생각을 끊기로 했다. 그런데 호텔 침대 머리맡에 세워 놓은 사진을 보며 편지를 쓰노라니 갑자기 눈물이 나오지 뭐냐, 웃기지?

계획과 달리 북경에는 내일까지 있어야 한단다. 아버지에게 듣던 대로 중국에서는 비행기표, 기차표 사는 게 보통 어려운 일이 아닌가 보다. 그러고 보니 내일이 6·25. 북경 한복판에 앉아 6·25를 맞다니 기분이 착잡하구나.

오늘로 두번째 가 본 북경대는 서울에서 상상할 때와는 전혀 다른 모습이었어. 정문에서 젊은 남녀 군인들이 날카로운 눈빛으로 사람들의 출입을 검사하는 것 외에 대학 구내는 한국의 대학 분위기와 거의 같다고 생각

하면 틀림없어.

그런데 얘들아, 참 재미있는 일이 있어. 이 엄마가 서울에선 얼마나 촌스러운 축에 드는 사람이냐. 윤이 말대로 스타일이 펭귄형인데다가 모양도 안 내고 다니니. 한국학 연구 중심의 양통방 선생은 어제 날 보자마자 "중국인(한족)처럼 생겼다"면서 신기해 했는데, 정문의 초병들은 어김없이 날 제지하더라고. 외국인은 기록을 하고 들어가야 한다는 거야.

윤 선생은 그때마다 떼를 쓰더라만 소용없었어. 내가 그냥 기록을 하니까, 윤 선생은 굉장히 안타까워하신다. 윤 선생은 무언가를 기록한다는 데 대해서 본능적인 공포감을 갖고 있는 것 같아. 문화 혁명 때 혹독한 시련을 겪었던 선생으로서는 단 한 글자라도 무언가를 남긴다는 것이 영 싫은 거야.

윤 선생은 그 인생 자체가 중국 역사야. 그 분은 육십 평생 아무에게도 털어놓지 않았던 자신의 인생을 요 며칠간 나에게 털어놓으면서 어떤 해방감을 맛보는 것 같은데, 솔직히 나는 벌써 그 고통의 무게에 짓눌려 더 이상 참기 힘든 상황이란다. 그렇다고 그만 말하라고 제지할 수도 없으니 약간 고민이란다. 왜 나는 번번이 남의 삶을 다 들여다봐야 하는 자리에서게 될까. 서울 생활이 벌써 재현이 되면 어떻게 해.

그저께 자금성에 갔는데, 몇 걸음 걷지 못하고 벤치에 앉았다가 또다시, "한마디로 억울하다"는 푸념을 시작으로 그 인생살이를 다 들어 주느라고 결국 얼마 못 보고 그냥 나오다시피 했단다.

윤 선생의 생애사를 듣고 있노라면, 특히 문화 혁명 때 농촌에 내려가 노동하며 구박받던 일, 동생들이 평양에서 굶주리던 얘기를 들을 때면, 나는 우리가 너무나 편하게 살아온 것이 미안해서 괴롭단다. 그분은 한마디로 사회주의 체제는 몇몇 사람의 특권을 위한 정치 조작극이라고 심판해 버린단다. 작년에 연세대에서 1년 동안 신학 공부를 했는데, 그때 내린 결론이라고 한다. 한국에는 요즘에도 학생들이 시위를 한다고 전했더니, 단번에 그것은 북의 지령에 의한 것이라고 단언할 정도야. 몸서리를 치면서.

형제들이 모두 중국에서 대학을 나온 최고 인텔리들인데 모두들 너무 가난하고, 움츠러들었다는 거야. 중국에서 이름 있다는 심양 공대를 나온 여동생 하나는 꿈에 부풀어 평양으로 갔는데, 막바로 농촌에 배치당했다는 거지. 형제들 중에서는 그래도 윤 선생이 제일 잘사는 축인데, 역시 북경대 조교수인 사위가 아직 집을 못 얻었기 때문에 딸과 함께 방 두 칸짜리 자기네 집에 얹혀살 정도로 생활이 너무 곤란하다고, 그래서 도저히 나를 자기 집에 초대 못한다면서 아주 분해 한단다.

남편과 아들은 미국에 갔는데 중국에는 안 들어올 거라면서 헤어져 산다는 것에 대해서는 별 감정이 없는 것 같아. 자기는 인생에서 단 한번도 재미있는 기억이 없기 때문에 한번도 크게 웃은 기억이 없다는 말… 마음속의 말을 누구에게도 해보지 않고 사는 데 익숙하기 때문에, 서울에서도 우리 연구소 사람들을 알게 될 때까지 연대 기숙사에만 가만히 들어앉아 있었는데, 어느 땐가 한 번, 여성학회 월례회 끝난 다음 저녁 먹는 자리에 끼었을 때, 무지무지 놀랬대. 어떻게 여자들이 저렇게 밝게 웃을 수 있는 가 하고. 여성 해방의 나라 중국에서 사는 여성이 한국 여성을 부러워하다니.

들고 다니는 가방이 나일론 천으로 만든 너무 낡은 것이기에 자금성 앞에서 기념으로 산 5원짜리 헝겊 가방을 드렸더니 사양은 하면서도 굉장히 좋아하시더라. 중국의 보통 사람들은 자기 돈으로는 제대로 된 음식점에서 밥을 사 먹을 수가 없단다. 그냥 길거리에서 아무 거나 사 먹거나 집에서 한두 가지로 떼우는 정도야. 윤 선생만 해도 외식은 접대를 받을 때만 하는데, 그럴 때는 굉장히 많이 시키고 그 엄청난 양을 다 먹는단다. 매끼마다.

드디어 어젯밤에는 나의 강철 같은 위장도 거북해져 버렸기 때문에 호텔로 들어오면서 중국 라면을 두 개 사 왔는데, 그건 아깝다고 안 잡수시는 거야. 두었다가 나 혼자 먹으래. 2원 50전짜린데. 곳곳에 수박이 산더미같이 쌓여 있는 북경인데도, 한번도 사 본 적이 없다길래 내가 5원짜리를 하나 샀더니, 그냥 도망가시더라. 과일 먹는 거는 사치라고 생각하는 것 같아.

사람마다 돈을 쓰는 행위가 다르게 나타나게 마련이고, 또 무엇이 합리적인가 하는 기준이 과연 있을까 싶기도 하지만, 윤 선생과 같이 다니면서 굉장히 혼돈스럽고 한편으로 생각할 거리가 끊임없이 생긴단다.

제일 가슴 아픈 것은 같은 북경대 교수고 같은 여성임에도, 한족들은 아주 자신 만만하게 보인다는 거야. 주류로서의 삶에서 오는 차이겠지.

북경 거리는 인도는 자전거와 자동차로 채워진 주차장이고, 차도는 자전거, 자동차, 그리고 사람들로 뒤죽박죽이다. 가끔 가다 신호등이 있긴 한데, 아무도 지키지 않지. 그냥 눈치보고 막 가는 거야. 또 인도는 자그

마한 노점들로 점령당해 버렸기 때문에 걸어 다닐 공간이 없어서 할 수 없
이 차도로 다녀야 한단다. 서울 같으면 거저 주어도 안 입을 듯한 싸구려
옷가지, 야채 장사, 반찬 장사들이 바글거린다. 어디를 가나 사람들이 바
글바글해. 12억 인구가 여기만 몰려 드는 것도 아닐 텐데.

멋쟁이들이 가끔씩 눈에 띄는데, 초미니에 자전거를 탄 모습이 아슬아
슬하게 보인단다. 대부분은 정말 초라한 차림이지만. 엄마가 묵은 호텔
은 옛날 동네에 있기 때문에 주위가 아주 더럽단다. 남자들은 모두 웃통
을 벗고 돌아다니고, 아무 데서나 수박을 먹고….

어제 북경대에서 구내 서점을 들렀을 때는 일종의 비애를 느끼지 않을
수 없더구나. 세계는 정보화 시대니 전자 출판이니 하면서 저만치 앞서
가고 있는데, 여기는 마치 내가 대학 다니던 60년대 중반 같은 정도의 인
쇄 문화 수준인 것 같더라. 종류도 그렇고, 인쇄 수준도 그렇고. 북경대
전체에 팩스가 딱 한 대밖에 없어서 한번 보내려면 닷새가 걸린다는 말도
놀랍고.

아무리 중국이 경제적으로 낙후했다 하더라도, 그래도 바깥 사람들은

중국에 대해서 문화적 환상을 갖고 있기 때문에, 적어도 북경대라면… 하는 기대가 있었는데, 정작 들여다보면 여러 면에서 엉망인 거야. 교수들은 정부가 그동안 지식과 지식인을 경시해 왔던 결과라고 자조하더구나. 교수들도 옛날에 당했던 기억 때문에 요즘 들어 구박 안 당하는 것만으로도 고마워하고, 연구에는 마음 안 두고 그저 어떻게 하면 중국 붐을 이용해서 외국으로부터 돈을 끌어올 수 있을까만을 궁리하는 것처럼 보인다.

어제 간 자금성은 정말 그 규모면에서는 대단하더라만, 나는 왠지 감동이 전혀 일지 않더구나. 그저 크기만 해. 그 큰 문을 조선의 사신은 기어 들어왔다지. 마지막 황제 부의가 앉았던 의자도 봤지. 모든 것이 혼란스러운 북경에서 그나마 정돈된 지역이 있다면 고궁들이다. 입장료 수입이 엄청나대. 결국 조상을 잘 만난 덕분에 후손이 먹고 사는 셈이지. 문화 혁명 때 두드려 부수려던 흔적이 곳곳에 남아 보는 이로 하여금 저절로 혀를 차게 만드는데, 그들까지도 그 덕을 입게 되었으니….

93년 6월 24일 북경에서, 엄마가.

기차역마다 흘러 넘치는 사람, 사람, 사람…

― 개방이 불러들인 인구 대이동, 전쟁터 같은 북경역

연길 시외에서 개장국을 파는 조선족 음식점

중국에 사람이 얼마나 많은지를 실감하고 싶으면 기차(여기서는 火車라고 한다)역에 나가 보라. 남편이 창주로 떠났을 때 기차로 가게 됐었는데 여행사에서 기차표를 한 장 더 사다 줬기 때문에 환불받기 위해서 북경역에 가 본 적이 있었다. 말 그대로 인산 인해였다. 역사 안은 말할 것도 없고 광장까지 사람들이 시루 속의 콩나물처럼 빼곡이 들어차 있었다.

한마디로 전쟁터였다. 모두들 낡아빠진 가방에 보따리, 무슨 자루 같은 것을 들고 메고 초조한 표정으로 바닥에 널브러져 있었다. 젊은이들은 다급한 눈길로 지나가는 사람들을 핥듯이 노려보며 담배 연기를 내뿜고, 조금 나이든 사람들은 가족으로 보이는 사람들과 한무리를 이루어 동그랗게 앉아 있었다.

윤 선생은 나에게 가방을 조심하라며 계속 주의를 주었다. 모두들 화적

떼나 진배없어 언제 달려들어 가방을 낚아채 갈지 모른다는 것이다. 역사 안에는 아예 길게 누워 잠을 자는 사람들이 많았다. 바닥이고 층계고 어디든지 사람으로 가득 차 있었는데, 특히 놀라웠던 광경은 2층으로 올라가는 난간 위에까지 길게 누워 있는 모습이었다. 그야말로 묘기 대행진이었다. 어떻게 저기서 떨어지지 않고 저렇게 코까지 골며 달게 잘 수 있는지. 중국이 서커스가 유명하다더니 보통 사람들도 굉장하구나 싶었다.

도시로 도시로 몰려드는 사람들

개방하기 전까지는 유동 인구가 적었기 때문에 역이 이렇게 복잡하지 않았다고 한다. 중국은 사회주의 국가로서 거주 이전의 자유가 없었으므로 북경 같은 곳은 오고 싶다고 해서 아무나 올 수 있는 곳이 아니었다. 지금도 역시 기차표 한 장을 사더라도 반드시 등기를 해야 한다. 그리고 호구(일종의 주민 등록)도 마음대로 옮길 수 없다. 최근에는 도시에 따라 일정액의 돈을 받고 호구를 팔기도 하지만, 아직까지 일반적인 현상은 아니다. 만약 호구 제도를 없앤다면 그날로 모든 인구가 다 도시로 몰려들어 대혼란을 초래할 거라고 모두들 입을 모은다.

여러 가지 구속이 다 풀어진 게 아님에도 개방은 대규모의 인구 이동을 불러왔다. 일자리와 돈을 찾아 남부 여대해서 농촌을 떠나 도시로 도시로 몰려드는 흐름을 중국 정부로서도 완전 봉쇄할 수는 없는 지경에 이른 것이다. 현재 농촌 인구를 보통 8억으로 보는데 사람에 따라서는 2억 정도는 이미 이동중이라고 말하기도 한다.

일자리를 찾는 사람들뿐만 아니라 본격적인 공업화가 개시됨에 따라 업무상 국내를 여행해야 하는 사람들도 급증하게 마련이다. 교통 수단은 제자리인데 사람은 늘어나니 기차표나 비행기표를 구하는 일 자체가 전쟁이

되어 버릴 수밖에 없는 거다. 중국에서 살던 기간 동안 표를 사 달라고 부탁할 때마다 항상 듣는 얘기는, "요즘 표가 긴장(緊張)합니다"라는 거였다. 실제로 그 '요즘'은 1년 사시장철을 의미했다.

그러니 돈 없고 콴시 없는 노백성들은 그저 죽자구나 하고 기다릴 셈으로 역 앞에서 노숙을 하고 있는 것이다. 아무렇게나 끼니를 때우면서(그런데 93년 여름까지 광장을 메웠던 사람들이 94년 여름에 가 보니 훨씬 줄어들었다. 작년에 올림픽 유치를 위해 전국력을 쏟다시피 한 정부에서 대대적으로 북경시 정화 작업을 벌였는데 그 이후 단속이 심해졌다고 한다).

장춘역 역시 마찬가지였다. 이름이 그래서 그랬는지 장춘 역사는 굉장히 길었다. 그 긴 역사가 발 디딜 틈도 없이 사람들로 가득 찼다. 찜통 같은 역사는 사람들이 뿜어 내는 땀냄새로 숨조차 제대로 쉴 수 없을 지경이었다. 북경에서 멀리 떨어진 탓인지 사람들의 옷차림도 너절하기 그지없었다. 6·25 직후 우리의 모습 그대로였다.

더구나 나를 괴롭힌 것은 담배 연기였다. 한국에서도 주위에 늘 담배 피우는 사람들이 많기 때문에 난 비교적 담배 연기에는 관대한 편인데, 중국에서는 정말 견디기 어려웠다. 나중에 알고 보니 중국 담배가 한국 담배보다 훨씬 독하다는 것이었다. 우스개 비슷한 얘기 가운데, 중국 사람들이 한국 제품이라면 뭐든지 좋아하지만, 싫어하는 게 딱 두 가지 있다고 한다. 하나는 한국 술이고 하나는 담배란다. 둘 다 너무 싱거워서 중국인 기호에 맞지 않는다는 것이다. 만만디라는 사람들이 술과 담배는 화끈한 걸 좋아하나 보다. 아니면 경제 사정 때문에 그렇게 됐는지도.

너구리 잡는 굴처럼 담배 연기 가득

아무튼 이 사람들 담배는 알아줘야 한다. 거의 모든 남자들이 다 담배를 피워대는데 그 거대한 장춘 역사가 마치 너구리 잡는 굴처럼 연기가 자욱하다. 벽에도 가래침 뱉지 말라는 경고문은 곳곳에 씌어 있지만 금연 표지는 어디에도 없었다.

장춘은 여러 모로 불쾌한 기억을 남겨 준 곳이다. 공항에서 시내로 들어올 때부터 인상이 나빴다. 아주 친절하게 굴면서 짐을 싣던 운전사 부부는 20대의 젊은이들이었는데 요금을 120원이나 청구하는 것이었다. 이건 정말 바가지도 너무 큰 바가지였다. 윤 선생이 화를 벌컥 내면서 당장 내리겠다고 하니 그 다음엔 80원에 해주겠다나. 윤 선생은 이 부부가 아주 악질인 것 같다며 내리자고 하는데 마침 시동이 꺼졌다. 중국에는 당장 폐차장에 들어가야 할 차들이 어엿이 영업 행위를 하는 경우가 많다.

지나가는 차를 세워 요금을 물으니 40원을 내라고 했다. 그러자 이 부부는 그 운전사에게 손님을 빼앗아 간다며 자기네한테 10원을 내라고 으르렁거렸다. 눈빛이 유난히 선량해 보이고 뻐드렁니가 순박해 보이는 그 운전사는 어처구니없어하면서도 순순히 10원을 내주었다.

윤 선생은 차 속에서도 흥분이 가라앉지 않아 중국말로 상황 설명을 하면서, 저런 사람들이 이렇게 외국인들을 바가지 씌우면 중국의 인상이 얼마나 나쁘겠냐고 하자, 그는 자기가 대신해서 나한테 사과를 한다면서 정중하게 인사를 하는 것이었다. 그러면서 사람이 사는 게 돈이 다가 아닌데 너무들 급하게 돈을 벌려 한다면서 그렇지만 대부분은 좋은 사람들이니 나쁜 인상을 갖지 말아 달라고 덧붙였다.

나는 속으로 좀 켕기는 구석이 있었다. 사실 우리 나라는 중국보다 20년을 앞섰느니 30년을 앞섰느니 하지만, 외국인에게 바가지를 씌우는 관행은 지금도 세계적으로 악명이 높지 않은가.

이 운전사도 겨우 스무 살을 넘긴 것 같았다. 중국에서는 택시 기사가

장춘에서 연길까지 가는 도중에 있는 전형적인 작은 역들

고소득 직업이기 때문에 대학 나온 젊은이들이 아주 선호한다고 한다. 대학 교수 수입의 열 배 이상을 번다고 한다. 이 청년의 인상이 아주 좋았으므로 우리는 장춘에서 남는 한나절의 시간을 그의 안내로 관광했다.

장춘은 한때 만주국의 수도였던 도시답게 꽤 규모도 컸고 계획적으로 설계된 느낌을 주었지만, 거의 쓰러질 듯한 낡은 회색 건물들, 신축중인 빌딩들, 파헤쳐진 도로, 거리를 메운 인파들로 북경보다 훨씬 더 뒤죽박죽, 거의 얼이 빠질 지경이었다.

'마지막 황제'였던 부의가 살았던 집, 부의 박물관은 생각 밖으로 조그만 규모였는데, 생전의 그의 유품들과 사진들이 진열되어 있을 뿐 거의 모든 공간이 상점들로 꾸며져 있었다. 흑백 사진 속에서는 절정과 치욕 사이를 왔다갔다한 한 인간의 62년에 걸친 인생이 거칠게 정리되어 있었다.

특히 사회주의적 인간으로 개조된 후의 모습들을 많이 모아 놓고 설명을 길게 달아 놓았다. '행복한 생활'이라는 제목을 달아서. 주은래는 인간을 개조하는 데 성공했다고 자랑하고 있었는데, 모든 것이 억지 같았다.

여기서도 기차표는 또 어긋났다. 원하는 표도 못 얻었을 뿐만 아니라 값도 꼭 배를 더 냈다. 그것도 윤 선생이 미리 부탁해 놓은 조선족 여성한 테서. 우리가 원한 건 네 사람이 한 칸에 타는 연석 침대(軟臥)였는데 정작 타 보니 3층짜리 침대가 한 칸에 쭉 늘어선 경석 침대(硬臥)였다.

윤 선생은 점심까지 사 준 젊은 것이 이렇게 우리를 속여 먹을 수가 있 냐고 펄펄 뛰었지만 어쩌랴, 차는 이미 떠나는데.

초가 지붕의 벽돌집

망연 자실해서 눕지도 못하고 앉아 있으려니 여기서도 한국인은 티가 나는지 조선족 청년 역무원이 은근히 접근해 왔다. 같은 민족의 입장에 서 선생님 고생하시는 걸 못 보겠어서 도와드리고 싶다는 미명 아래. 말 인즉슨 웃돈을 내면 연석 침대로 옮겨 주겠다는 거다. 그런데 그 웃돈이 란 게… 나는 깨끗이 포기하고 남들 자는데 나라고 왜 못 자겠느냐고 윤 선생을 위로하면서 2층으로 올라갔다. 그리고 꼬박 아홉 시간 동안을 잘 도 잤다.

새벽 네 시였다. 단단하게 보이는 붉은 벽돌집들 사이로, 벽은 벽돌이 지만 초가 지붕을 인 집들이 창문 밖에서 휙휙 지나고 있었다. 이제 모내 기가 막 끝난 듯한 논들, 오밀조밀한 텃밭들이 추억 속의 풍경처럼 펼쳐 지고 있었다.

무언가 이제까지 보던 중국과는 다른 것 같았다. 드디어 다 왔구나. 만 주에. 갑자기 눈시울이 뜨거워졌다.

불신의 일상화, 믿을 건 권력과 콴시뿐?

―미미한 희망의 조각조차 걷어 버린 사회주의의 현실

연길시 연변 빈관 앞에서 리봉련(연변 조선족 자치주 인민 대표 회의 상무 부주임), 윤신숙 선생과 함께

아래층 침대는 30대 중반이나 되었을까 싶은 조선족 남성의 차지였다. 그는 내가 기차에 오를 때부터 노골적으로 훑어보는 등 관심을 갖는 것 같더니 "한국분이십니까?" 하며 너스레 말을 걸어왔다. 눈초리도 삐딱하려니와 말투도 어딘가 빈정거리는 기미가 느껴져 기분이 별로 좋지 않았다. 그러자 윤 선생은 그 사람이 눈치챌 정도로 나를 쿡 찔렀다.

아무도 못 말리는 호기심 발동

이번 여행에서 새삼 확인한 바지만 나라는 사람은, 도대체 사람에 대한 호기심이라는 면에서는 대책이 없는 종류의 인간이었다. 아마도 어렸을 때부터 이런 기질이 농후했을 테지만 교육이라든가 환경이라든가, 또는 내가 충분히 나이를 먹지 않은, 그래서 스스로 온갖 울타리를 쳐 놓아야 안심이 되는 '젊은 여자'였기 때문에 그닥 드러나지 않았던 게 틀림없다.

단지 다른 여성들과 비교할 때 조금은 사교적이라는 평을 들을 정도의 기질을 보였을 뿐이었다.

여행이라는 것이 결국 '자기를 찾아가는 먼 길'임을 나는 이번의 경험에서 그야말로 몸으로 겪었다. 마흔아홉의 나이에서 오는 이점은 예상보다 훨씬 컸다. 들뜨기엔 조금 늙고 가라앉기엔 아직 젊은 환상적인 나이, 사람을 보면 그의 전체가 한눈에 들어올 정도로 시력이 좋아지는 나이, 때문에 사람에 대한 두려움이 사라지는 나이, 자신이 남보다 뛰어난 존재이며 뛰어나야 한다는 착각에서 벗어난 나이, 그래서 사람들이 더 좋아지는 나이. 뭐 그런 게 아닐까.

중국에서 지내는 동안 나는 조선족 친구들의 만류에도 불구하고 많은 사람들과 거리낌없이 대화를 나누었다. 한족이건 회족이건 조선족이건, 그리고 남녀 노소를 불문하고. 일부러 찾아갈 필요도 없이 자연스럽게 마주치는 사람들만 해도 엄청난 숫자였다. 기차에서 비행기에서 학교에서 시장에서 관광지에서 우리는 얼마나 많은 사람들과 옷깃을 스치며 눈길을 나누며 살아가는가.

이런 나의 태도는 주위 사람들에게 위태위태하게 보이는 듯했다. 윤 선생뿐만 아니라 나와 가까웠던 모든 조선족들이 나를 제지하곤 했다. 그들은 말했다. 여기는 한국과 달라서 사람들을 믿을 수 없으니 조심해야 한다고, 내가 너무 순진하다고. 나는 그런 말을 들을 때마다 솔직히 서글펐다. 그들의 그 조심성 내지는 인간에 대한 불신의 뿌리가 어디 있는가를 나름대로 얼마든지 짐작할 수 있었음에도 불구하고.

중국 조선족의 이민사를 한번만 들여다 보면 그들이 얼마나 억척스럽게 고난으로 점철된 삶을 끌고 여기까지 왔는지 쉽게 이해될 것이다. 전쟁과 가난. 일제 시대부터 문화 혁명기에 이르기까지 그들은 끊임없는 혼란의 소용돌이에 휩쓸려 왔다. 자기 자신 이외의 사람을 믿지 못하게끔 인간과 인간의 배신은 일상화되고 만 것 같다.

윤 선생의 눈치가 안 좋았지만 나는 친절한 대답으로 그 사람의 호기심을 풀어 주었다. 성씨를 묻자 윤 선생은 자신을 김가라고 말하고 외면했다. 그는 임업 관련 연구소에 근무한다고 자신을 소개하면서 대뜸 한국이 아주 잘살게 되어서 참 자랑스럽고, 조선도 그렇게 잘살았으면 더 좋겠다며 한국의 경제 상태에 대해서 이것저것 물어 보았다.

문화 혁명 세대의 피해 의식

그는 88올림픽 전까지만 해도 한국은 거지가 득실득실하고 미군들이 온통 행패를 부려대는 가난한 나라라고 배웠는데 올림픽 때 뗸스(電視: 텔레비전)를 보고 깜짝 놀랐다는 말을 되풀이했다. 한국인을 만난 것은 내가 처음이라면서 내가 입은 옷과 운동화가 참 좋다, 한국이 물건을 잘 만든다, 우리 나라(중국)는 너무 뒤떨어졌다면서 내게 중국은 너무 어지럽지요(더럽지요) 하고 물었다.

이야기가 진행되면서 어느새 그의 말투에 섞였던 빈정거리는 투가 사라지고 표정도 아주 순해 보였다. 그 역시 자기 세대는 시대의 희생물이라고 억울해 했다. 고중(고등학교) 시절에 문화 대혁명을 겪었기 때문에 아무것도 못 배워서 모두들 너무 무식하다고 했다.

어렸을 때 조선 역사를 좀 배웠냐고 하니까, 전혀 안 배웠다면서 지금 생각하니 너무 창피한 일인데 어디서도 가르쳐 주지 않았기 때문에 가장 기초적인 것도 모른다고 미안한 표정까지 지었다.

예를 들어 단군이 누군지도 몰랐다. 자기네 세대는 오로지 투쟁만 했기 때문에 특히 더하다는 것이었다. 이렇게 모두 머저리를 만들어 놓았으니

연길 시내만 지나면 이런 초가집을
혼히 볼 수 있다

아무리 개혁 개방을 한다 해도 중국이 한국을 따라잡으려면 멀었다며 자
조적인 웃음을 짓는 모습이 너무 쓸쓸하게 보였다. 아직 젊은데 다 살아
버린 듯한 저 표정이라니.

　연길역에 도착했을 때 그는 내 짐을 선뜻 들어 주었는데 미처 고맙단
말을 할 새도 없이 군중 속으로 사라졌다.

어느새 익혀 버린 '잘 나가는' 인사 식별력

　연길. 사방에서 투박한 우리말이 들려 왔다. 방금 내린 승객 중에는 한
눈에 한국인임을 알아볼 수 있는 사람들이 꽤 있었다. 그들은 옷차림에서
금방 드러났다. 반바지와 조끼, 모자와 운동화, 그리고 화려한 색깔의 배
낭들. 그들이 모여 있는 곳에선 뭔가 자유롭고 풍요한 분위기가 풍기고
있었다. 순전히 상대적인 인상이었을 테지만.

　역에 나와 주기로 한 사람은 연변 자치주 여성 중에서 가장 고위급이라
고 할 수 있는 인민 대표 회의 상무 부주임 리봉련 씨였다. 여기 사람들 말
을 따르자면 '모모한 인사'에 속하는 여성이었다. 나는 군중 속에서 한 여
성을 찍어 냈다. 대부분 누렇게 뜨거나 새까맣게 탄 얼굴들 속에서 그 여

성은 유난히도 희고 여유 있어 보였다. 어느새 나는 사회주의 국가에서 '잘 나가는' 자리의 사람들을 식별할 수 있을 만큼 중국에 대한 그림을 머리 속에서 완성시켜 놓았던 것이다. 정확했다.

승용차까지 대기시키고 기다린 리 주임은 한국에 데려다 놓아도 전혀 표가 안 날 정도로 세련된 차림새였다. 이렇구나, 중국이. 반갑다기보다 씁쓸한 기분이 나를 사로잡았다. 나는 왜 이 모양인가. 중국에서 처음 타 보는 승용차인데 마음놓고 즐기지도 못하고 또 엉뚱한 감정에 빠지다니. 정말 천성이 궁상인가 보았다.

인간은 구조의 수인인가?

중국에는 "권력이 있을 때 행사하라. 아니면 곧 작폐될 것이다"라는 유행어가 있다. 높은 자리에 있을 때 최대한으로 권력을 이용해 먹으라는 말이다. 공연히 양심적인 체하다가는 나중에 후회할 테니.

나는 중국에서는 원칙도 상식도 통하지 않는다는 것, 여기서는 그저 권력을 쥔 사람과의 콴시가 만병 통치라는 사실을 날이면 날마다 확인하면서도, 또 날이면 날마다 중국과 중국인들을 욕하면서 살았다.

사람 사는 곳이 어딘들 별 수 있느냐고 그냥 넘겨 버리면 간단할 텐데, 그리고 한국도 그에 못지않게 썩지 않았느냐고 생각하면 그만일 텐데 나는 왜 그렇게 열 달 내내 속상해 했을까. 더욱이 나한테는 손해날 것 하나 없었는데. 오히려 많은 경우 그런 콴시 때문에 덕을 입었는데.

그것은 우리가, 아니 내가 지난 10년 동안 한국 사회의 병폐를 논하고, 또 여성 문제의 심각성을 운위하면서 이런 문제들은 너무 복합적이기 때문에 단칼에 해결할 수 있는 방도는 없을 것이라고 주장하면서도 어딘가 마음 한구석에서는 이 모든 것은 결국 자본주의에서 비롯된 것이다, 사회주의 사회에서는 한결 덜할 것이라는 희망을 품고 있었기 때문이었다. 비록 젊은 마르크시스트 여성 운동가들에 비하면 훨씬 미미한 희망의 조각에 불과했을지라도.

때문에 사회주의가 인민의 삶을 경제적으로 풍요하게 만드는 데는 실패했지만 정신적 풍요라는 점에서는 성공했을 거라는 기대를 저버릴 수 없었던 것이다. 이미 러시아라든가 동구의 실상을 알리는 기사에서 이런 기대가 얼마나 헛된 것인가에 대하여 어느 정도 예습했다 쳐도 사람이란 참 묘한 존재라 자기가 직접 경험하기 전에는 도저히 실감을 못하는 법이다.

나는 사람에 대한 강한 기대감 때문에 항상 이 사람은 예외일 거라는 기대를 가지고 접근했다가 역시나 하고 물러앉기를 중국에 있는 기간 내내 줄기차게 되풀이했다.

과연 인간은 구조의 수인(囚人)일 뿐인가.

연길로부터의 첫 편지

—갑자기 찾아온 풍요, 그러나 빈부 격차가 몰고 온 위화감

최근 몇 년 사이에 보급된 중앙 난방식 아파트 실내. 대부분 침대 생활을 한다.

동훈, 동준, 동윤아.

이 여름에 사흘 동안이나 머리도 안 감고 목욕도 안했는데 별로 께름칙하다는 느낌이 없는 것 보면 엄마가 맹렬한 속도로 중국인화하는 것 같지 않니?

연변 빈관에서 이리로 옮긴 지 벌써 사흘째다. 이 아파트(여기서는 층집이라고 부르지)는 현재까지는 연길에서 가장 고급에 속하는 시설을 갖추고 있다고 하는데 내 눈에는 건물 자체부터 너무 날림으로 지은 것 같다. 벽 두께를 보면 놀랄 정도로 얇단다. 베란다 바깥으로 빨래를 널다 보면 엄마의 육중한 체중에 벽이 무너져 내릴 것만 같아 마음껏 몸을 기대지 못하겠다.

바로 앞에서는 지금 또 다른 층집 공사가 한창인데 떠꺼머리 산동성 노동자들이 작업을 한다는 게 그저 붉은 벽돌을 한 겹씩 쌓아 올리는 거야. 철근은 구경도 못하겠더라고.

중국식 주택 제도는 대개 단위(직장)를 중심으로 가까운 지역에 분배하

기 때문에 직장과 집이 거의 붙어 있고, 또 거의 모두 서로 아는 사람들이 함께 들어 있단다. 우리식으로 보면 직장 주택 조합 비슷한 것인데 직장 과의 거리가 아주 가깝다는 게 차이라고 할까.

이 아파트는 3년 정도 지난 집으로 고급 간부들에게 분배된 거란다. 이 집 남자 주인은 돌아가셨는데 연변에서 가장 높은 관리였단다. 연변 자치 주 주장이셨거든. 재직중에 마흔여섯인가 하는 나이로 병사(간암)하셨다 니 정말 아깝다. 그분 재직 때부터 연길시가 본격적으로 개발되기 시작했 다고 하더라. 동훈이처럼 건축을 공부한 분이더라.

여자 주인은 연길시 재정국에서 회계일을 맡아 보다가 요즘은 재산 평 가 작업을 하고 있는 씩씩한 여성이야. 이 집에 들게 된 건 정말 행운이라 고 생각한다. 다른 모든 것은 차치하고라도 이 여자 주인의 당당한 모습 은 내게 사회주의의 긍정적 요소를 되새기게 하기에 충분하단다.

서로 다른 배경을 가진 두 여자가 만난 지 첫날밤에 의기 투합해서 서 로 언니 동생 하기로 했다면 좀 우습게 들리니? 그렇지만 실제 상황이란 다. 내가 두 살 위라 언니가 됐지. 아침 열 시에 처음 만났는데 점심때는 벌써 손님 접대를 함께 할 정도로 친해졌단다. 손님은 가을에 개교할 예 정인 연변 과학 기술대의 학장인 김진경 박사였어. 이분은 또 재미 교포 로 전형적인 '열려 있는' 학자의 풍모를 가진 분이라 엄마는 굉장히 유쾌 했단다.

려운 엄마(중3짜리 딸 이름이 려운이란다)는 평소에 김 박사를 대접하고 싶 었지만 남의 말에 오를까 봐 인사를 못 차렸는데 나를 만나자 이 기회를 살려야 되겠다고 자리를 마련했대. 백산 호텔에 새로 생긴 한국식 식당에 서 먹었는데 무려 3백 원이나 나오더라. 불고기와 비빔밥 정도였는데. 정 말 천문학적 숫자야.

지금 엄마가 얘기한 내용에서 연변에 대한 여러 가지를 알 수 있겠지. 그래, 여기는 열려 있는 것 같으면서 또 지독스레 봉건적인 가치관이 공존하고 있단다. 또 채소나 고깃값이 엄청나게 싼 반면 음식값은 천차 만별이고.

얘들아,

우린 요즘 뭐가 뒤죽박죽이면 쉬운 말로 포스트모던하다고 웃어 넘기지 않니. 그런 의미에서 연길이라는 도시는 정말 포스트모던하다고 할 수밖에 없을 것 같다. 어쩌면 중국이라는 이 거대한 땅덩어리 전체를 그렇게 말해도 좋지 않을까. 나중에 저 남방까지 두루두루 살펴야 결론이 나겠지만, 직관이란 것도 있으니까.

연변에 왔다간 사람들이 쓴 글을 읽어 보면 대개는, '우리의 60년대와 비슷한 경제 수준에 전통적인 조선 문화를 잘 간직하고 있으며 사람들이 순박하다'는 데 일치하지. 그리고 연변이 우리에게 열려진 초창기(불과 10년도 안됐지만)에 누구보다 먼저 다녀간 사람들은 정말 격정에 가득 차서 이곳을 묘사했었지. 백두산에 오른 감격과 겹쳐서.

그 후 친척 방문이란 명분으로 조선족들의 한국 방문이 폭발적으로 늘어나면서 금방 여러 가지 부작용들이 나타나고, 그래서 92년도부터는 친척 방문을 아주 엄격히 규제했는데, 내가 보기에 그런 상호 교환이 문젯거리를 만든 건 이쪽이 훨씬 심한 것 같다. 아무리 눈을 씻고 봐도 초기 방문자들이 그린 연변은 보이지 않으니 말이다.

내 눈앞에 펼쳐진 연변, 그 중심지 연길시는 혼란 그 자체라고 할까. 아무튼 지금으로선 너무 어지럽다. 이 아파트만 해도 중앙 난방식의 5층짜리 현대적 건물이지만 마당은 없고 그 자리에 단층짜리 창고들을 지었어. 김치독도 묻어 두고 무나 배추, 파 등을 갈무리하는 곳이야. 겨울이 긴 곳이라 집집마다 채소를 저장해 두던 습관이 남은 거지. 그러나 최근 몇 년 사이에 여기 사람들 말로 '돈만 있으면' 한겨울에도 싱싱한 야채를 얼마든지 사 먹을 수 있게 됐기 때문에 요즘은 이렇게 별도의 창고를 짓지 않는다고 해.

연길의 변화는 너무 빨라서 여기 사는 사람들조차도 어리둥절할 지경이란다. 2년 전만 해도 단위가 아닌 개인 집에 전화를 놓는다는 건 특권층이 아니면 상상도 못했는데, 지금은 명함에 개인 전화 번호를 안 쓴 사람이 없단다. 냉장고나 컬러 TV 역시 보급률이 엄청나고.

아버지가 계신 창주에서는 아직도 개인 집에 전화가 있다고 하면 '방귀 깨나 뀌는 사람'으로 치부하던데… 이게 모두 한국과의 관계에서 생긴 특수 현상이란다.

연길에는 60년대에서 90년대까지의 현상이 공존하고 있다고 보면 정확하다. 홍콩 스타 TV가 그냥 들어오는데 프로그램도 프로그램이지만 거기 딸린 광고를 보면 정말 여기 현실과는 상관없다 싶어. 우리도 한때 그랬겠지. 그렇지만 우리가 2, 30년 동안 이룬 변화를 여기선 불과 2, 3년 안에 겪으니까 혼돈이 더할밖에.

여기 사람들도 분열을 겪고 있는 것 같아. 그들은 어느 날 갑자기 찾아온 물질의 풍요에 놀람과 만족감을 동시에 느끼면서 한편으로는 또 갑자기 드러나기 시작하는 이웃과의 빈부차에 심각한 위화감을 느끼고 있단다.

엄마는 짧은 시간 동안 《연변 여성》과 《천지》 잡지사 등에서 식사 초대를 받았는데 음식이 풍성하다 못해 낭비를 즐기는 수준이었어.

우리가 이 정도는 먹고 산다는 일종의 과시도 섞여 있었지만, 지금의 이 풍요를 최대한 만끽하고 싶은 순진한 심리도 작용하는 것 같았다. 불과 얼마 전까지만 해도 이렇게 하얀 쌀밥은 구경도 못했는데 어느새 이렇게 버려도 괜찮을 만큼 잘살게 되었다는 사실을 확인하고 싶은 거지.

그들은 문화 대혁명기의 배고픔에 대해서 진저리를 치면서 되새긴단다. 너희들 할머니 세대들보다 더 가슴 아프게. 그때는 정말 먹을 것이 없어서 풀죽을 쑤어 먹었다는 거야. 강냉이밥도 못 먹어서. 한국에서는 박정희가 반만 년의 가난을 물리치겠다고 경제 개발에 나설 때 자기네는 혁명을 완수한다고 모든 걸 때려 부수기만 했다는 거지. 그때 너무 배가 고파서 북한으로 건너간 가족들이 많이 생겼는데, 오늘날에 와서 중국이 개방하니까 오히려 이쪽이 더 잘살고 건너간 사람들은 굶고 있으니 정말 안타깝단다.

먹을 것이 풍부해지고 또 옷도 화려해지고. 그리고 무엇보다 공동 변소가 아닌 개인 변소를 집 안에 두고 살 수 있게 되었다는 사실이 꿈처럼 생각되지만 사람의 욕심이란 끝없이 계속되게 마련 아니니. 똑같이 못살 때는 속이 편했지만 지금은 개인의 능력에 따라 얼마든지 부자가 될 수 있는 세상이 되었으니 사람들 속은 부글부글 끓을 수밖에. 그러니 화제도 그저 돈, 돈이다. 엄마가 전업 주부 시절, 그러니까 한국이 급성장을 하던 70년대에 사람들이 모이면 그저 돈, 돈 하는 데 질렸던 기억이 되살아난다.

약삭 빠른 사람들은 '골을 잘 돌려서'(머리를 잘 써서) 잠깐 사이에 숱한 돈을 끌어 모은단다. 예를 들면 의사들 중에서도 재빠른 사람들은 국가 병원을 나와서 개인 병원을 차린단다. 이 아파트 바로 앞에도 신축 건물에 '박성렬 중의과 의원'이란 아크릴 간판이 서울 뺨치게 세련된 모습으로 걸려 있어. 여기 사람들 말로는 골이 좋은 의사는 다 나와서 이렇게 병원을 차려 돈을 벌고 골이 안 좋은 의사들은 그냥 국가에서 먹여 주니 편하게 앉아서 감기약이나 조제하고 있단다.

실력 있는 사람은 자기 실력을 발휘해서 먹고 살고, 그렇다고 아직은 국가가 실력 없는 사람을 내쫓지는 않는 때니까, 결국 바로 이 순간의 중국이야말로 오랫동안 꿈꿔 왔던 태평 천국이 아닐까. 얼마나 오래 갈지는 미지수지만.

동윤이 도시락 잘 싸 주겠지.

7월 2일 금요일 밤에 연길에서, 엄마가.

심장처럼 펄펄 뛰는 시장, 바가지와의 전쟁

―남대문 시장과 똑같은 장터, 함경도 또순이들

도문시 교외에서 만난 조선족 농촌 할아버지들.
한어(중국말)는 할 줄 모른다

처음부터 집을 얻어 자취를 하지 않고 하숙을 구한 데에는 내 나름대로의 생각이 있어서였다. 연변의 실상과 분위기를 조금이라도 더 빨리 파악하기 위해선 가정에서 살림하는 모습을 직접 보는 게 지름길이라고 믿었기 때문이었다. 밥 해먹고 아이들 기르고 출근하고 시장 보고 친척들과 만나고… 이런 일상 생활 속에서 여기 사람들을 격의 없이 몸으로 부딪치고 싶었다.

여러 사람들이 남자면 하숙을 '해야 하지만' 여자는 자취를 하는 것이 좋다고 권했다. 이유는 똑같았다. 불편하기 때문이라고 한다. 남자의 불편은 물리적인 것이고 여자의 불편은 심리적인 것이라는 차이가 있지만. 물론 혼자 따로 살림을 하면 여러 가지로 편리하고 조용하겠지만 아무래도 여기 사람들의 생활과는 어느 정도 유리되게 마련이다. 어느 만큼 이곳 생활에 익숙해지면 그때 혼자 살기로 하고 하숙할 집을 구한 것이다.

허드렛일은 한족이 도맡아

연변은 조선족 자치주지만 조선족만 사는 게 아니다. 오히려 인구수를 따지자면 한족이 더 많다. 그러나 연변을 그저 스쳐 지나가는 사람이라면 연변에는 몽땅 조선족만 사는 게 아닐까 싶을 정도로 한족과 만날 기회가 거의 없다. 큰 백화점이나 음식점 등은 거의 우리 말이 통하니까. 그리고 대부분의 방문객들은 늘 조선족 안내인을 대동하고 다니게 되므로 한어(중국어)를 알 필요도 없다. 남쪽 지방을 여행하면서 고음의 중국어에 짜증과 주눅이 든 한국인들이 여기 연변에 오면 외국이라는 기분을 전혀 안 느끼고 몇십 년 전에 떠난 고향 같은 기분에 한껏 기고만장해지는 것도, 그래서 어처구니없을 정도로 건방을 떠는 것도 어찌 보면 이해가 가는 일이다.

그렇지만 여기서 여기 사람들 살듯이 한번 살아 보면 일상에서 한족들과 자주 부딪치지 않을 수 없다. 택시 운전사나 극장 안내원, 그리고 조그만 장마당에서 물건 파는 사람들 중에는 한족이 많기 때문이다. 연변에도 벌써 3D현상이 나타나서 청소부나 공사장 인부, 또는 빙과 장사 등 남 보기에 천하다고 생각하는 일들을 기피하기 때문에 이런 일들은 거의 다 한 족들이 도맡는다고 한다.

이 집 바로 앞에 신축중인 아파트 공사장의 인부들도 모두 산동성이나 사천성에서 온 사람들이었다. 베란다에서 아래를 내려다보면 숙사로 쓰는 허름한 창고 마당에 있는 커다란 녹슨 드럼통에 소금물을 채워 놓고 무를 가득 담아 놓은 모습이 보였다. 일종의 짠지인 모양인데, 려운 엄마 말로는 그게 유일한 반찬이라고 한다. 그리곤 바로 옆에서 소변을 보아 댄다며, '아무튼 한족은 문명하지 못하다'는 게 려운 엄마의 지론이었다. 대부분의 연변 조선족은 그들이 한족보다 문명 수준도 높고 경제 수준도 높다는 데 자부심을 느끼는 것 같았다.

나는 매일 오후만 되면 려운이와 함께 시장을 보러 갔다. 하루라도 시장을 안 보면 당장 그날 반찬이 없었다. 한국처럼 사시 사철 밑반찬을 만들어서 냉장고에 넣어 두고 먹는 습관이 없기 때문이다.

오랜 세월 동안 한족과 함께 살면서 조선족들은 한족 문화에 상당히 동화되어 갔다. 음식 문화 하나를 보더라도 무엇이든지 콩기름에 볶는 걸 좋아한다는 점이 우선 눈에 띈다. 거의 모든 음식에 콩기름이 들어간다. 둥근 프라이팬에 우선 기름을 부어 연기가 날 때까지 태운 다음에 고기를 볶든지 야채를 볶든지 한다.

시내에 둥둥 떠다니는 기름 냄새

담백한 무침 요리는 거의 없다. 콩나물도 볶고 토마토도 볶고 고추도 볶고… 그저 볶는다. 콩기름을 항아리에 넣고 퍼 쓸 정도로 콩기름이 필수적이다. 연길 시내 어디를 가도 이 콩기름 타는 냄새가 둥둥 떠다니는 느낌이다.

두 달 동안 가장 많이 먹은 음식은 감자와 열콩 볶음이었다. 원래 감자를 좋아했기 망정이지 그렇지 않은 사람이면 아마 이 여름의 경험 때문에 일생 감자만 봐도 구역질을 했을 거다.

려운 엄마는 자기가 워낙 조선 요리를 배운 게 없어서 한족 음식을 많이 하게 된다고 미안해 했는데 나중에 다른 집에 가 봐도 대동 소이했다. 그러나 어느 집이나 장물(된장 찌개나 된장국)을 끓여 먹는 것, 고추장을 담가 먹는 풍속은 여전하였다. 재미있는 건 찌개나 국이라는 말이 없어지고 한마디로 장물이라고 한다는 점이었다. 김치는 집집마다 매우 달랐다. 려운네 집에선 아예 김치를 먹지 않았으며 담글 줄도 모른다고 했다. 다른 집들도 겨울에는 김장을 많이 담가서 창고에 묻어 놓고 몇 달씩(거의 반 년 동안) 먹지만 다른 계절에는 거의 안 먹는다고 했다.

최근 들어서 한국에 다녀온 사람들이 많아지면서 김치 문화가 다양해지기 시작했다. 전에는 길고 시퍼런 중국 배추만 있었는데 지금은 한국 배추를 재배, 사시 사철 배추 김치를 담글 수 있게 된 상황을 신기해 하면서 조금씩 즐기는 분위기가 확산되고 있다. 한국에는 정말 김치 가짓수가 많더라는 게 한결같은 소감이었다. 또 많은 여성들이 한국 식당에서 일한 경험을 살려 식당을 차리게 되면서 김치를 밑반찬으로 내놓는 것도 신풍속도이다. 원래 중국의 식당에는 공짜로 내놓는 밑반찬이 없었다.

곳곳에 생겨나는 장마당과 바가지

밑반찬이 없으니까 매일 한두 가지라도 채(菜: 요리나 반찬이라는 뜻의 중국 말)를 만들기 위해선 장마당에 나가야 한다. 장마당은 사람이 많이 지나다닌다 싶은 곳이면 어디나 할 것 없이 곳곳에 생겨나고 있다. 어디나 시장은 사람의 심장처럼 펄펄 뛰는 곳이지만 중국의 시장은 기가 질릴 정도로 끓는 곳이다.

각종 채소, 과일, 빵 종류에서부터 고무줄, 비누, 냄비 등에 이르기까지 많지도 않은 물건을 펴놓고 저마다 손님을 불러 대는데 모두 다 옥타브 높은 한어로 떠들어대니까 오죽하랴. 금방 머리가 띵해 온다. 집에서 가까운 하남 시장 근처의 난전들은 대부분 연길 시외 지역에서 재배한 농작물을 직접 가져다 파는 곳이다.

이곳의 상인들은 거의 한족들인데 옷차림과 얼굴로 금방 구분이 된다. 조선족에 비해서 훨씬 초라하고 지저분하기 때문이다. 차림과 표정만 보면 아주 순박하다 못해 어리석을 듯한데 천만의 말씀이다. 내가 값을 물어 보면 이제까지 호객할 때 부르던 값은 다 어디로 갔는지 갑자기 바가지를 씌우고 저울을 속이는 게 오히려 당하는 사람의 낯이 뜨거울 정도다.

중국은 무엇이든지 근으로 달아 판다. 우리처럼 배추 한 포기, 무 한 개, 시금치 한 단 하는 식이 아니라 쌀부터 생선까지 모든 물건을 저울에 달아서 값을 매긴다(한 근은 5백 그램). 그런데 그 저울이라는 게 우리 옛날식 대저울이라 정확한 근수를 알기 어렵다. 감자 한 가지를 사더라도 살 때마다 같은 근수를 사도 양이 번번이 다르다. 려운이는 이모가 외국인이라고 얼러먹으려고 든다면서 시장에 갈 때마다 "이모는 입 다무시오"라고 다짐을 해댔는데 얼굴만 보고도 그들은 한국인인지 금방 알아보는 모양이다. 아주 태연스레 근을 속이면서, 한국은 부유한 나라라는 말을 꼭 덧붙인다.

'잡숴 보오'를 외치는 서시장 아주머니들

서시장은 연길에서뿐만 아니라 동북 지방에서 제일 큰 시장이라고 불릴 만큼 규모가 대단하다. 뒤쪽으로 야채와 떡을 파는 가건물이 있는데,

나는 앞쪽의 옷과 약재, 그 밖의 잡화를 파는 번듯한 건물보다 그곳에 가는게 좋다. 특히 제일 구석에 자리잡은 음식 매대는 정말 매력적이다.

연길에 도착한 첫날 점심에 떡을 사 먹자고 그곳에 들렀을 때의 그 충격이라니. 순대와 떡과 우무를 파는 풍경은 여기가 남대문 시장이 아닌가 하는 착각을 불러일으키기에 충분했다.

흰 가운과 모자를 쓴 수십 명의 아주머니들이 사람이 지나갈 때마다 손에 손에 순대와 떡을 들고 '잡숴 보오'를 외치고 있었다. 그 투박한 북녘 사투리와 건강한 몸집들, 그리고 사람 좋은 웃음들….

찰떡(인절미), 쉰떡(증편), 팥떡(시루떡)이 매대마다 가득한가 하면 순대국 냄새가 구수하게 풍기는 좌판에서는 사람들이 저마다 한 뚝배기씩 차지하고 앉아서 열심히 먹고 있었다. 순대 한 근에 2원, 떡 한 근에 1원, 정말 싸기도 하지. 함경도 또순이들이 다 여기 몽켜 있는 거 아냐?

중국의 조선족을 여기까지 끌고 온 힘. 그것이 바로 여기에 있구나. 그 순간 갑자기 떠오르는 얼굴이 있었다. 월남한 지 50년이 지났어도 투박한 함경도 사투리를 못 버리는 여성, 가난 속에서도 평생 당신보다 행복한 여자 있으면 나와 보라고 늘 옥타브 높은 웃음 소리로 자식들의 시름을 걸어 내던 여성, 함경도 명천 산골의 신랑과 짝을 지어 단둘이서 남한으로 내려왔던 함경도 길주의 새애기, 단 한번도 고향에 다시 가 보지 못한 우리 어머니.

"거저 딱 새끼 서이 껑지겠다는 게 목적이죠"

―서시장 순대 장사 박숙자 씨의 생애사

용정시 교외의 그림 같은 초가 마을. 냇물에서 빨래를
하는 여성이 정답게 느껴진다. 마치 자매처럼.

아이구, 내 어릴 때부터 부모 없이 숱한 고생한 거 어떻게 다 말하겠습니까. 내 두 살 때 우리 아버지 항미 원조(抗美援朝: 6·25전쟁) 전쟁에 나가서 돌아오지 않았어요… 그래서 어머니 혼자 우리 3남매 데리고 숱한 고생하다, 내 열여섯 살 때, 젖암으로 사망됐습니다. 수술해 갖고, 연변 병원에서… 사십둘이지 뭐.

시집가서 일주일부터 가마니 짜고… 우리 시어머니는예, 집이 어간에, 채소도 못 심는 집에 있습디다. 그래 1년에 3천 장씩 짜고, 그 다음 시누이 시동생이래 버는 돈을 합해 가지고요, 그 이듬해 집을 지었어요. 막 이래 공지가 너른 데 나가 가지고… 집을 짓자고 내가 주장해 가지고… 거기 나가 가지고 돼지를, 1년에 네 개, 여섯 개 또 먹였죠. 또 그래 그 다음에 시동생도 장가보내서 집 사 주고, 살림 내주고 이래고, 시누도 또 시집보내고….

빈몸에 아이 서만 달라고 그랬지요

그래고 나도 또 자식이 서이 있지요 뭐. 그래 우리 남편은 그때 대대에서 지부 서기질도 하고예, 이래 간부질도 계속하던 게, 서른두 살 남편이 먹던 해, 술중독이 걸려 갖고요, 대대에서 간부질을 하던 게, 대대에서 교육을 해도 안되고… 그러니까 병이 걸리니까 방법이 없어요 뭐. 좋다는 약 써도 안되고, 차츰차츰 생산 대장으로 내려오고… 술중독이란 게 점점 더하지요 뭐. 거저 한시도 술 안 먹으면 안되죠 뭐. 그래 마지막에는 사업도 못하게 되니까….

모두 친척들이 토론한 게, 거기 있어 봤자 자식들이 뭐 발전성도 없고 남편도 그렇지… 나오라는 게지. 우리 언니가 그러지 뭐. 굶어 죽어도 같이 굶어 죽고 살아도 같이 살자면서리 오라 하지 뭐. 어렸을 때 고생한 게 뭐….

그래 집을 팔고서리… 우리 6남매래요, 그런데 둘째죠, 시어마이하고 20년을 같이 있었어요. 그런 게 설에 다 모다서 토론을 했죠. 나는 어머니를 못 모시고 가겠다고서리. 남편이 이렇게 술중독이 걸려서, 내 아이들 서이 건지자고 가는데… 정말 이혼도 못하지… 이러니까 아아 서이, 나는 빈몸에 아아 서만 달라고 그랬지요.

나는 집도 뿌요(不要: 필요없다)고, 물건도 다 뿌요라고서리. 아 서이, 사람을, 내 데리고 있어야만 사람을 만들지. 나는 이 한족 고장에서 꼭 데리고 나가겠다고서리.

…그래 연길에 나왔는데, 농촌에다가 20원씩에 세를 맡아 가지고서리 다 이래 합동서(계약서)까지 썼다가서리… 요 순대 장사를 하는 젊은 각시가… 그 집이 어찌 되는가 하면, 우리 남편이 지부 서기질하며, 이 사람이가 영 아때 도둑질을 많이 했죠 뭐. 그래 야를 사람 만들겠다고 우리 남

편이가 군대를 내보냈죠. 그래 군대를 나가서 사람 됐죠. 그래 내 이 최대장이 술중독 걸렸다 해 가지고 이사를 온 데 모른 것처럼 해선 아니 된다 하며 직접 우리 집꺼지 왔어요. 그래 연변까지 나와서 어찌 농사를 하겠느냐면서리, 이 개방 도신데 우리 순대칸에 오라는 게지, 매대를 사면 된다면서리.

그래 한 달에 90원씩 세를 반년 맡아 이래는데… 고생이래서 말할 수 있나요. 채구(음식 재료 구입)를 하라면 그 돈으로 다 술을 마시고….

첫해는 고생이래서 뭐 거저… 한심하죠. 일할 줄도 모르죠 뭐, 처음 이래 노니까. 순대를 할 줄도 모르지. 거저 이래 밸을 씻는다는 게, 자꾸 이래 너무 씻고, 막 곱을 뜯는다는 게, 뜯을 줄 몰라 요만하고 요만하게….(웃음)

그래 밸을 열한 시까지 씻고, 열한 시부터는 또 순대를 옇지요. 그래 한 눈도 못 붙였어요. 그래 가지고 이튿날에 나와 가지고 팔면, 다른 사람들은 자꾸 해 놓으니까 솜씨가 있어 놓으니까는 막 산뗴미만큼 하는데 나는 거저, 나른하게 되고, 되게 되고 막 이러죠 뭐. 어, 막 눈물이 나죠.

거저 막 온 게 후회가 나고 기 딱 맥혀요

일은 시작은 했지, 아덜은 공부시켰지. 거저 막 온 게 후회가 나고 기 딱 맥혀요. 이 시내 와 산다는 게 간단하지를 않지. 그래도 내 극복해 나가야지. 남이 하는 노릇을 못하겠는가고….

…자네 아부지가 또 간염 복수에 걸려 가지고요, 간경화에 걸려 가지고… 배 부르며 막 이래 가지고서리. 입원시킨다고 우리 오래비, 여기 정신 병원에 댕겨 봐도… 거기 가서 검사해 보고 또 이짝에 결핵 병원에 갔댔죠. 가니까 5천 원 야진(押金: 보증금)하라고 그래요. 기 딱 맥혀요. 입원

시장을 보고 집으로 돌아가는
농촌의 주부

하는 거 입원한다 해도, 입원하면 내가 밥을 쑹(送)해야 되지, 그러면 있
는 돈도 다 들어가야 되지, 벌지 못하지, 지내 어떻게 살겠어요.

마침 청소하던 할머니가… 고삼이란 약을 써 보라고 이랩디다. 그래 어
떻게 쓰는가 하니까, 이렇게 가룰 보드랍게 해 가지고서리, 밀가루에다
환을 지어 가지고 두 알씩 먹으면 제일 좋다며 이러죠….

그래 부은 게 다 내려 가지고 이젠 사람이 회복된다 하는데 글쎄… 우
리 시누이 이사간 데 내가 갔는데, 우리 고 작은딸이 글쎄 아부지를 점심
을 준다는 게, 우리 먹는 밥에다가 달걀을 거저 이래 굽어 가지고 줬는데
그게 얹혀 갖고예, 그날 저녁으로 풍을 맞았어요….

그때 새향(사향)도 쓰고 능담(웅담)도 쓰고, 차츰차츰 낫고 그러니까 피
를 수혈할까 하다가서리, 어린아이 유산한 거 있잖아요, 고 석 달 다섯
달… 고거 다섯을, 하나에 50원씩 샀어요.

그런 게 이날 이때꺼지 걸음도 제대로 못 걷고, 말도 하는 게 좀 제대로
못해요. 그러면서도 술은 이날 이때꺼지도 계속이라요. 거저 없으면, 내
이래 순대 팔러 나온 연에 쌀을 가져다가 상점에 갖다 주고는 술도 마시
고… 마시면 하루 종일 누워 자는 게 일이에요. 누구하고 싸우고 그런 일

은 없는데 계속 자지요. 한잠 자고 나면 또 마시고, 한잠 자고 나면 또 마시고.

우리 작은딸, 3학년꺼지 댕기다가 나왔어요. 초중 3학년꺼지 댕기다가 이래지요. 남을 꾸하니까(쓰니까) 맞지를 않지 해 노니까 자기 나오겠다고 서리. 아무래도 나는 대학 못 가겠는 거, 엄마하고 같이 하겠다고… 그 다음부터는 순대하는 게요, 제대로 되기 시작했지요. 고 하는 게 영 솜씨 있게… 제 집이 돼 노니까 잘하지요 뭐.

꼭, 섯 중에서 하나는 대학 보낼라고…

큰딸한테는 계속 한 달에, 장춘에, 양백 원(2백 원)씩 부쳤어요. 야가 장춘 고중에서 계속 장춘 시적으로 4등을 해서 갔어요. 공부는 1학년 때부터 계속 최우등이래요. 이제 스물둘이래요. 계속 최우등을 하고, 학교에서 어문과 대표질을 하고, 수학에도 계속 1등을 유지했어요. 그래 거저 무조건 대학 가려니 했지요 뭐. 그런 게 장춘 고중에서 한 명도 간 게 없어요. 그 해에. 그래니까나 이듬해 가겠다고, 그렇게 울며불며 하는데… 내가 집세를 맡아 가지고 하니까… 한 달에 120원씩….

곱게 생겼어요, 우리 딸. 자기 절로 뗀스 광고랑 듣더만, 글도 잘 써요, 글씨도 잘 쓰고. 요 시장께 상해 사람들이 와서 하는데 이래 보더니만 자기네 비서질 해 달라고… 전화 받는 거, 이래 반공실(사무실) 있으니까, 타자하는 거 하고, 그거 해요.

아들도예, 한족 학교를 2학년 댕기다 말았어요. 안쪽에서요. 그래 그저 한어를 쓸 줄 알고 볼 줄은 아는데… 조선 학교는 소학교꺼지 댕기고 한족 학교는 2학년꺼지 댕기다가 말았죠. 저 아부지가 술만 마시다 나니까는… 그래 큰딸은 꼭, 섯 중에서 하나는 대학 보낼라고… 내 공부 못해

가지고 이래 고생하니까는 꼭 대학 보낼라고 애썼는데, 첫 해 못 붙다 나니까는 글쎄… 그래 지금도 울며 계속 나한테 불만이죠.

엄마도 부모 잘못 만나서 이렇게 공부 못했는데, 엄마도 어디 가면 똑똑하다고 해도 공부 못했는데, 우리 또 아버지 때문에 이렇게 공부 못하는가. 그래도 나는 어쨌든 공부 못해도 시내 와서 시집 장가 보내겠다는 게 있어요. 그래 우리 아아덜 환경이 이래 이렇지, 아덜은 지내 어디 나가면 다 환영을 받아요. 지금. 농촌에서 왔다 이래도, 사적에서(사방에서) 서로 딸을 줄라고 서로 이래요.

우리 육촌 동생이 꿔모(國貿)에 총경리라요. 그래 우리 아들을 거기서 채구원(물품 구입원)을 시키고예, 그리고 우리 작은딸, 가락지 만드는 데, 금가락지랑 귀걸이랑 만드는 데를, 사람 너이 쓰는 데 자꾸 오라고, 그래 거기 들어갔어요. 갸도 올해 스무 살이라요.

작년부터 시장에서 환발제를 했죠. 이틀 하고 이틀 쉬는. 그래 이틀 쉬는 어간에 내절로 씻어 가지고… 아침에 사 가지고, 씻어 가지고, 쌀룬차(삼륜차)를 아침에 쏭하는 데 2원 주고, 또 점심에 순대물을 쏭하는 데 2원 주고….

홧병이 올라와도 방법이 없지

순대는 오후 두 시면 다 팔아요. 혹시 잘 안 팔리는 날에는, 거저 저녁에 네 시 되면 바깥에 나와요. 길가에서 팔지 않아요? 그 채소랑 이래 길에… 거기 나오면, 1원 70전에도 팔고 80전에도 팔고 이래면, 그러니까 조금 적게 벌죠. 어떤 때는 떡도 바꽈 먹고, 과실도 바꽈 먹고… 장시끼리 서로 바꽈 먹고 이래죠. 그러니까 이 순대는요, 뭐 데지는(버리는) 게 하나도 없어요. 집에 남아 오는 게 없어요. 그래고 이 순대는요, 눅어도 팔고

되도 팔고, 그저 쌀이 설지만 않으면 돼요. 거저 생쌀만 아니믄 되죠….

그러니까 3년 전에요, 집을 한 채 샀어요.(웃음) 그런 남편 데리고 아덜 공부시키메 거저 쪼금쪼금 이래 저축에다 계속 넣었죠 뭐. 한 달에 얼마씩이래도 쓰고 나머지 있으면 또 걷어 넣고 걷어 넣고 해 가지고서리, 저 하남에…1만 5천 원에 샀어요. 3년 전에.

순대칸에 사람들이 다 이래지 뭐. 저런 나그네(남편)하고 맨날 이렇게…야 성질도 어쩜 저리 좋은가. 우리 같으면 홧병이 올라 못산다는 게지. 홧병이 올라와도 방법이 없지. 거 내가 그러면 어찌는가. 정신 차려서 새끼 서이 껑겨야 죽어도 눈을 감지 어찌겠는가서리.

내가 부모 잘못 만나서 이렇게 고생하는데, 아아덜한테도 어떻게 고생시키는가고. 시방껏 거저, 딱 목적이. 거저 새끼 서이 껑지겠다는 목적이죠.

"부자가 되어 돌아온 바람난 아버지?"

—그들의 창에 비쳐진 우리들의 빛과 그림자

"한국 여성들은 기본상 다 제삼자가 있다는데, 옳습니까?"

려운 엄마가 나와 서로 마음을 터놓자 마자 궁금해 죽겠다는 표정을 지으면서 이렇게 물었다.

"제삼자? 그게 뭔데요?"

농촌의 여성들. 한국에 한번 가보는 게 꿈이라는 순박한 여성들. 가운데 나하고 머리를 대고 있는 여성은 46년생 개띠로 나오는 동갑내기.

"아이, 왜 그 나그네 말고 따로 연애하는 남성 말이오." (나그네: 연변에서는 남편을 나그네라고 불렀다. 나보다 조금 늦게 연변에 취재차 왔던《혼불》의 작가 최명희는 이 나그네란 명칭이 얼마나 절묘한 표현이냐며 감탄에 감탄을 거듭했다. 바람처럼 휙끗 들렀다가 훌쩍 떠나 버리는 존재로서의 남편. 한국 여성들은 남편을 '우리 주인'이라고 부르는데…)

"응, 애인 말이에요?"

"아니, 애인이 아니고, 뭐라나, 응, 정부…." (여기 또 설명이 필요할 듯. 중국에서는 부부가 상대방을 다 애인이라고 부른다. 아내도 애인이고 남편도 애인이다)

이쯤 되면 같은 동포들 사이에도 통역이 필요하지 않을까(중국에서는 통역이라는 말 대신 번역이란 말을 쓰지만).

제삼자 두고 이혼도 안한다

그런데 말도 말이지만, 이 말의 내용이 더 문제다. 어떻게 이런 지식이 이 고지식하고 순박한 려운 엄마에게까지 들어왔을까. 려운 엄마 얘기로는 자기는 한국에 못 가 봐서 눈으로 보지는 못했지만, 주위에서 한국 다녀온 사람들은 백이면 백 다 그렇게 말한다는 거다. 한국 부부들은 나그네는 나그네대로 안까이(여기서는 아내를 '안까이'라고 부른다. 어원이 뭔지는 잘 모르겠지만 어감은 굉장히 불쾌감을 일으킨다)는 안까이대로 제삼자를 두고 살면서도 서로 이혼할 생각은 안한다면서, 한국 사람들은 작풍(作風)이 아주 더럽다는 게 그들끼리 하는 이야기란다. 물론 그런 더러운 작풍은 미국 사람의 영향을 받았기 때문이고.

졸지에 이런 누명(?)을 쓰고 보니 얼마나 황당한지. 그러나 흥분은 금물. 사실 나는 왜 이런 종류의 이야기들이 이렇게 널리 유포됐는지를 쉽게 이해할 수 있었다. 좀 다른 예이긴 하지만, 연변에 처음 온 날 받은 질문 가운데는 한국 여성들은 모두 눈썹 문신을 한다는데 너는 왜 안했느냐, 또 네 쌍꺼풀은 굉장히 자연스러워 보이는데 손댄 거냐 아니냐는 식의 예상 못한 것들이 많았다.

연변에 와서 짧은 시간에 많은 여성을 만나면서 내가 가장 놀란 것은 그들이 거의 다 짙은 화장에 눈썹 문신을 하거나 쌍꺼풀 수술을 한 점, 그리고 노인들도 머리를 새까맣게 염색하고 다닌다는 점이었다. 맨얼굴의 여성은 려운 엄마가 처음이었다. 려운 엄마도 아마 자기 같은 여자를 보기 힘들 거라며, 자기는 남편이 상사난(사망한) 다음부터는 화장하기도 싫고 옷도 해 입기 싫어서 안한다고 했다. 그러나 대부분의 연변 여성들은 그저 앉으나 서나 옷 타령 화장 타령을 하는데 이런 게 다 한국에서 불어온 바람이 아니겠느냐고 반문했다.

서로 이질적인 문화가 접촉할 경우 좋은 면보다는 나쁜 면을 더 많이 받아들인다더니, 사실이었다. 그럴 수밖에 없는 것이 개방 초기에 연변에서 한국에 나간 동포들이 어디에서 일하며 살았나 생각해 보라. 대부분은 막노동판 아니면 유흥업소나 접객업소에서 일했을 테고, 거기서 보고 들은 내용이란 게 그야말로 적나라한 퇴폐 문화일 수밖에 없잖은가.

사회주의 국가인 중국에서는 아직도 부부라는 증명서가 없으면 남녀가 한방에 투숙할 수 없다. 그런데 한국 여관은 대낮에도 쌍쌍 손님으로 가득 찬다. 북경이나 상해처럼 주택난도 그다지 심하지 않은 서울에서 비싼 돈 팔면서 낮에 여관에 드는 남녀가 부부일 리는 없을 테고, 당연히 한국 사람들은 남녀를 불문하고 외도를 하는 것이 보편적인 현상으로 비칠 밖에. 중국에서는 부부의 한편이 외도를 하는 경우 이혼이 쉽게 이루어지는데, 한국은 생각보다 이혼율이 그리 높지 않은 걸 보면, 서로간에 성의 자유를 인정하는가 보다라는 것이 조선족 동포들의 결론이었다.

여기에 연변을 다니러 왔던 한국 남성들이 보여 주었던 작태들이 입에서 입으로 전해지면서 한국인의 호색성이 연변 사람들에게 기정 사실화된 것이다. 듣기만 해도 낯이 뜨거운 일들 중에서 백미는, 어떤 한국 남성이 술집에서 백 달러짜리 지폐를 흔들면서 자기와 하룻밤 자는 여자에게 이걸 주겠다고 하자, 그 술집의 복무원 아가씨들이 서로 자기가 하겠다면서 끝내는 치열한 몸싸움까지 벌였다는 전설(?) 같은 실화이다.

얼마 전 경희 대학교 연구팀이 한국을 다녀가는 조선족 동포들을 상대로 조사한 설문의 결과처럼, 대부분의 동포들이 한국에 대해 좋은 인상보다 나쁜 인상을 안고 돌아간다. 따뜻하게 맞아줄 줄 알았던 모국 땅에서 천대만 받고 간다고 그들은 한결같이 말한다. 모두들 돈만 밝히고, 자기보다 못사는 사람들을 업신여기는 사회, 그리고 그저 바쁘다 바빠를 외치며 정신없이 굴러가느라고 이웃을 돌아보지 않는 사회, 그것이 그들 눈에 비친 한국이다.

그러나 이렇게 침을 뱉으며 모국을 떠나는 그들이지만, 한번 한국에 와봤던 사람들은 중국에 돌아오자마자 무슨 수를 써서라도 또 가고 싶어한다. 이런 모순적인 상황에 대해서 그들은 단지 돈 때문이라고 말한다. 일단 한국에만 가면 누구라도 돈을 벌어 오기 때문이란다. 농담처럼 그들은 1년이면 10만 원, 2년이면 20만 원이라고 말한다. 20만 원이면 평생을 먹을 수 있으니, 어떻게 안 가고 배기겠느냐는 거다(94년 현재 가격으로 10만 원이면 연길 중심가에 아주 좋은 새 아파트를 마련할 수 있다).

한국은 조선족에게 '바람난 아버지'

나는 이런 말을 들을 때면 슬프다. 나는 그들이 돈 때문에 한국을 좋아하는 것을 두고 뭐라고 말할 만큼 위선적이지는 않다. 그러나 몇십 년 만에 길이 튼 모국에서 오직 찾아볼 게 돈밖에 없다면 이건 확실하게 비극이다. 말이 통하지 않는 외국에 가서도 사람이 돈만 목표로 산다면 가슴이 뻥 뚫려서 다른 살맛을 찾는 법이거늘 하물며 말이 통하고 핏줄이 통하는 땅에 와서 바라볼 게 그것뿐이라니.

얼마 전 한국에서 발행된 해외 동포를 위한 잡지를 뒤적이노라니, 맨 뒤쪽, 아마 해외 독자란인 것 같은데, 거기에 연변 동포의 시가 실려 있었다. 연변 시들은 대부분 동요 같은 맛을 풍기는데 이 시는 좀 달랐다. 내용이 아주 풍자적이었다. 한국은 중국 조선족에게 '바람난 아버지'와 같은 존재라는 것이다. 바람이 나서 궁핍한 살림과 처자를 버리고 가출한

82

도시의 여성들. 연변에서
가장 세련된 엘리트 여성들로
모두 한국을 다녀왔다.
맨 왼쪽이 《연변 여성》지의
박민자 총편. 두번째는 연변
자치주부련회 강광자 주임.

아버지가 몇십 년 후에 뜻밖에 큰 부자가 되어서 나타났으니, 가난하기 때문에 도움은 거절할 수 없지만 마음속은 유쾌하지 않노라는 빈정거림….

연변 살림에 익숙해지면서 나는 점차 다양한 사람들과 만나게 되고, 그들은 점점 솔직하게 한국과 한국인에 대한 인상을 털어놓았다. 대부분은 한국인은 틀이 많다(격식이 많고 잘난 척한다), 사람을 업신여긴다, 솔직하지 못하다 등이고, 한국은 경제는 성장했지만 주체성을 지키지 못하고 너무 외국에 동화된 것 같다는 평이었다. 재미있는 건, 내 앞이라 그랬겠지만, 이런 말을 하면서 그들은 꼭 "선생님은 한국 사람 같지 않다"는 말을 덧붙였다. 칭찬인지, 욕인지.

그렇다고 비난 일변도로 나간 것만은 아니다. 이제 좋은 이야기들도 좀 들어 봐야겠다. 첫째 그들은 한국인들의 반일 감정에 충격을 받았다고 털어놓았다. 지금 연변에서는 일제 소니나 히다치 제품을 들여 놓는 바람이 불고 있는데, 한국 사람들은 한국 제품만 쓴다면서 굉장한 민족심이라며 놀라워했다(솔직히 말해 그들이 한국의 과소비층과 접촉할 기회는 없으니까 이렇게 보는 것도 무리가 아니다).

다음으로는 조상 숭배 정신에 대해 감탄했다. 설이나 추석에 주위에서 모두 고생고생하면서도 고향에 내려가는 바람에 외롭기도 하고 밥 해먹는 데도 불편해서 혼났다면서, 중국에서는 상상도 못할 일이라고 혀를 내둘렀다.

사람들이 죽기살기로 일하는 점도 그들로서는 놀라운 일이었다. 자기들보다 훨씬 잘사는 사람들이 새벽부터 밤까지 낮잠도 안 자고(중국의 낮잠 풍속은 유명하다) 일에 매달리는 모습이 겁날 정도라고 했다.

한국을 조금은 여유 있게 둘러본 사람들이 제일 부러워한 점은 무엇일까. 놀랍게도, 아이들이 예모 있게(예절 바르게) 컸다는 사실이다. 아니 이게 웬일? 요즘 아이들이 버르장머리없이 커서 큰일이라고 입버릇처럼 되뇌는 우리로서는 정말 뜻밖이다. 그러나 여기서 며칠만 살아 보면 그들이 왜 그런 말을 하는지 금방 수긍이 갈 것이다.

오죽하면 연변에 있는 동안 내내 사람들이 나에게, 단지 아이들을 셋씩이나 대과없이 키웠다는 이유만으로, 자녀 교육에 대한 강의를 해 달라고 졸랐을까. 내가 무슨 전문가라고. 서울에 있는 아이들이 알았으면 또 놀려 댔을 게 틀림없다. 아니, 어머니가 언제 우리들을 키우셨어요? 우리가 컸지.

내가 본 두만강은 결코 푸르지 않았다

―중국 · 러시아 · 북한이 맞닿은 곳, 훈춘시 방천에서

러시아와 중국과 북한이 만나는 곳, 훈춘시 방천에 있는 국경 초소에서 저 멀리 동해(여기서는 일본해라고 부름)를 바라보자니 눈앞이 뿌예지면서 콧마루가 시큰해 온다.

러시아와 북한을 잇는 기다란 철교 위를 왕복하는 화물 열차는 급할 것 하나도 없다는 듯한가롭게 달리고, 초소 망루에서 망원경을 통해서 본 러시아 마을에서는 새하얀 집들 사이로 사람들이 느릿느릿 걸어다닌다.

안내탑 꼭대기에 오르면 러시아가
바로 앞에 있고 멀리 러 · 북한을
잇는 철교가 보인다

국경 지대답게 까다로운 검색

도문에서만 봐도 북한 땅이 손에 닿을 것 같아 두만강이 이렇게 좁은 강인가 의아했는데, 동쪽으로 올수록 점점 넓어지더니 이제 바다 같아진 두만강 어구. 끝없이 펼쳐진 잡풀들 위로 새들은 무리지어 날아오르다 내려 앉기를 되풀이하는데, 초소에 배치된 인민 해방군들은 왜 자꾸 나를 훑어보는지. 내가 뭘 어쨌다구.

하긴 아침 일찍 연길을 떠나 여기까지 오는데 어지간히 초소도 많고, 통행료도 자주 받았다. 국경 지대답게 검색이 굉장히 까다로웠다. 그러나 동시에 별로 구경거리가 없는 동북 지역에서 이곳은 관광객의 호기심을 자극할 만한 장소였기에, 중국으로서도 사람들이 귀찮기도 하지만 그렇다고 돈을 벌 호기를 놓칠 수 없을 것이다.

그러나 연길에서도 여덟 시간 정도나 차를 타야 하기 때문에 연길에 오래 체류할 계획이 없는 한국인들이 일정을 잡기에는 좀 어려운 곳이다.

중국에서는 아직 단체가 아니면 관광이 어렵다. 모든 시설과 관행이 관광객을 맞을 만큼 편하지 않기 때문에 웬만한 꾼이 아니고서는 지레 주저앉고 만다.

금철이 덕분에 방천까지 가다

때문에 나는 이곳에 와서 아예 관광 같은 것은 꿈도 꾸지 않았었다. 그러나 뜻밖에도 '버리면 얻으리라'는 말도 있듯이 생각지도 않게 여행복이 넘치는 거였다. 내가 동행인으로 매력이 넘쳐 그러는지, 아니면 혼자 있는 게 불쌍해 보여 그러는지, 여러 팀들이 나를 동행자로 받아 주었다. 한 가지 확실한 사실은 내가 끼면 아무 재미도 없을 것만 같던 여행이 순식간에 왁자지껄해진다는 점이다. 조금만 신기한 풍경이 나타나도, 내가 필요 이상(?)으로 떠들고 신나하기 때문이다.

언젠가는 농촌 마을을 지나다가, 방목하는 돼지들이 마구 뛰어다니는 모습이 너무 귀여워서, "저 돼지들, 정말 발랄하네"라고 했다가, 어떻게 돼지한테 '발랄'이라는 형용사를 쓸 수 있느냐고 한국에서 글깨나 쓴다는 사람들하고 일대 논쟁이 붙은 적도 있었다. 그러나 내 눈에 비친 그때의 돼지들은 정말 발랄하게 달리고 있었다. 분홍빛 엉덩이를 흔들면서.

방천 여행은 려운이 오빠 금철이가 방학을 맞아 복주에서 돌아왔기 때문에 가능했다. 스물세 살의 금철이는 내가 중국에서 만난 조선족 청년 중에서 가장 예의 바르고 사려 깊은 젊은이였다. 중국의 전반적인 분위기(아버지의 지위는 곧 아들의 지위로 생각된다)를 놓고 볼 때 다른 아이들 같으면 정말 눈 뜨고 못 볼 정도로 방자하게 굴 이 남매를 이만큼 바르게 키운 데에서 려운 엄마의 삶에 대한 태도를 확인할 수 있다.

금철이의 대학 영어 교수가 중국인으로서는 드문 광적인 여행가인데, 여름 방학 때 동북 지방을 구경하고 싶어한다는 것이었고, 금철이는 기꺼이 안내자 역할을 맡았다는 것이다. 이왕 차를 빌려 가는데 이모도 같이 가자고 제안하는 바람에 얼김에 따라 나섰다.

여행길에서 연변 사람들이 보여 준 전직 주장의 아들에 대한 배려는 아주 세심했다. 중간의 조그만 향에서 당서기가 나와 반갑게 맞고 점심을 대접하는데 두만강 가라 그런지 음식이 온통 민물고기 일색이었다. 눈꼽만한 새우를 그냥 기름에 튀긴 것, 붕어 튀김, 잉어 탕수, 송어탕, 송어회, 무슨 물고기를 생으로 무친 것… 역시 관습대로 술부터 시작하는데 독한 웅담주였다.

금철이는 나이에 비해 상당히 의젓하게 술대작을 했다. 중국의 관행은 운전 기사든 누구든 밥상머리에서는 아주 평등하게 나누어 먹는데, 우리가 타고 간 도요타 승합차 기사는 굉장한 술꾼인 모양인지 몇 잔이고 따르는 대로 받아 마시면서 완전히 혀가 꼬부라져서 좌중을 휘어잡고 떠들어댔다. 걱정하는 사람은 나밖에 없다. 중국에서 음주 운전은 아직은 정상이니까.

훈춘은 동북아 무역의 중심지로 부상되고 있는 도시답게 길 하나는 정말 다른 어느 곳보다 잘 닦여 있었다. 전부터 군사적 요지로서 수송량이 많았을 테니까. '해방' 상표의 트럭들이 줄을 잇고, 간간이 섞인 승용차나 버스는 몽땅 일본제다.

중간에 아스팔트 공사를 하는 곳이 있어 옆에 있는 마을로 우회를 해야 했는데, 엉망진창 진흙탕 길이 거의 끝나는 지점에 마을 청년들이 차단목을 세워 놓고 길값을 받고 있었다. 무려 40원씩이나. 중국 어느 곳을 가도 자동차로 가는 한 이런 약탈(?)을 피할 도리가 없다. 연변 노작가의 한탄대로, '토비의 현대화' 라고 할까.

이런 일에 대비하라고 향서기가 친절하게 해방군 병사를 딸려 보냈는데 돈을 뺏기는 데는 아무 효용이 없었다. 방천 입구 초소에서는 이 병사 덕분에 검색은 안했지만, 역시 입장료를 받았고, 전방 초소 바로 앞에서도 주차비를 받고, 전방 초소 안에 들어가는 데 또 받고, 망원경 보는 데 또 받고… 외국인은 보통 일곱 배 정도 받는 것 같았다. 때문에 나보고 입 다물고 가만히 있으라고 해서 그냥 따라 했는데도, 경비대 대장이 계속 따라다니며 훑어보는 거였다.

7월인데도 날씨가 차가웠다. 망원경으로 러시아 초소 쪽을 보는데, 바로 앞 울타리 옆 수풀 속에서 러시아 병사들이 역시 망원경으로 이쪽을 쳐다보고 있었다. 손을 흔드니까 마주 손을 흔들어 왔다. 다정하게. 무언가 변하고 있는 세계의 한가운데 선 듯한 역사적 느낌이 나를 휩쌌다.

뻐드렁니의 해방군 병사, 헤어질 땐 눈물이 핑글

돌아오는 길에 해방군이 말하기를, 초소 경비대 대장이 아무리 봐도 내가 외빈(외국인) 같다면서 캐묻길래 자기가 아니라고 대답했지만 자기가 봐도 내가 외국인 티가 난다나. 정말 복주에서 왔느냐면서 물었다. 한국에서 왔다니까 이 친구 왈, 한국인은 부유해 보인다는 거다. 자기도 한번

가 보고 싶지만 조선족이 아니니까 갈 수 없을 거라며 한숨을 쉰다. 한족이 조선족을 부러워하다니, 세상은 정말 알다가도 모를 일이 아닌가.

뻐드렁니의 이 해방군 병사는 아주 순박하고 쾌활했다. 옛날에는 군인이 제일 인기 있는 신랑감이었는데, 지금은 별 볼일 없어졌다면서, 자기는 집이 가난해서 군대에 지원했다는 말을 자랑처럼 늘어놓았다. 군대 갔다오면 직장 분배가 유리하다고 덧붙이면서. 이 귀여운 병사와 헤어지면서 눈물 헤픈 나는 또 그만 핑글.

관광 온 중국 여자들은 거의 다 짧은 타이트 스커트에 나일론 블라우스, 그리고 샌들이나 하이힐 차림이었다. 여기까지 관광을 다닐 수 있을 정도면 꽤 여유 있는 층에 속할 텐데도 대부분 동북 지방 사람들이라 그런지 입성이 초라하기 짝이 없었다. 우리의 60년대 의상이라고나 할까. 그러니 내가 노상 입고 다닌 싸구려 청바지가 눈에 띌 수밖에 없었다. 더구나 내 나이 또래에 청바지라니. 북경이나 상해만 해도 청바지 차림이 흔하지만 이쪽에서는 젊은이들이라도 청바지 입길 꺼린다. 불량스러워 보인다는 거다. 결국 경비 대장도 내가 외국인이라는 사실을 알면서도 그냥 넘어가 준 것이다.

두만강을 따라 하루 온종일을 왕복하면서 나는 왜 우리 선조들이 제 땅을 놔 두고 국경을 넘어 이곳 만주를 개간하면서 살았는지 고개가 끄덕거려졌다. 강은 너무 좁아 개울 같았고 이쪽 만주 땅은 넓고 기름지고 정다워 보였다. 게다가 못살게 구는 사람들(지주나 일본인들)이 쫓아올 걱정을 안해도 좋았으리라.

고난 덩어리였던 60대 이후의 삶

그러나 가난은 운명처럼 따라다녔고, 질병은 끊일 날이 없었으며, 젊

훈춘 방천 국경
지대에서, 뒤에 보이는
하얀 집들은
러시아 건물이다.

은이들은 계속되는 전쟁 속에서 스러져 갔다. 항일 전쟁에서, 사회주의
혁명 전투에서, 그리고 한국 전쟁에서. 연변은 한 집 걸러 열사가 태어난
다고 했다. 정말 그랬다. 그토록 간고한 세월 속에서 뉘라서 고생을 덜했
다고 할 수 있겠는가마는, 특히 지금 60대 이후의 여성들의 삶은 말 그대
로 고난 덩어리였다.

　개혁 개방 이후의 혼란도 고난을 헤쳐 온 이들에게는 별로 근심거리가
되지 않는다. 이렇게 하얀 이밥을 마음껏 먹을 수 있고, 내복을 몇 벌씩이
고 갖추고 살 수 있게 되었으니 '정말 세상 좋아졌다'고 이들은 한결같이
등소평 아바이에게 고마워한다. 이제 갓 쉰이 된 어느 농촌 여성은 3년 전
북한에 갔었는데 친척들이 사는 모습이 너무 곤궁해서, 돌아온 후 입에서
저절로 '모 주석 만세, 등소평 만세'가 나오더란다.

　선조들의 선택이 옳았다는 결론이다. 그러나 남녘에서 온 내게는 이들
이 고생을 과거사로 돌리면서 현재의 풍요를 즐기는 모습도 왠지 찡하게
다가오지만, 한편으로는 도대체 북한 동포들이 어느 정도로 살길래 여기
사람들이 이렇게 우쭐할까, 정말 그곳에 가서 내 눈으로 확인하고 싶은

마음이 강하게 솟구친다.

두만강 저쪽 강가에서 고기를 잡는 사람들이 보인다. 그들에게 외치고 싶다. 한번 터놓고 얘기해 보자고. 내가 본 두만강은 결코 푸르지 않았다.

역시 피는 물보다 짙더라

—중국에서도 교육열 제일 높은 조선족

연변 조선족 어린이들. 집집마다 아이를 하나씩
밖에 안 낳는다. 둘은 사촌간

변화의 와중에 있을 때는 그 변화를 느끼지 못하는 경우가 대부분이지만 오늘의 중국은 누구라도 정말 눈알이 핑핑 돌 수밖에 없는 대단한 속도로 변하고 있다. 연변에서 가장 큰 제1백화상점(백화점을 중국에서는 이렇게 부른다)만 해도 진열 방법이나 진열 상품이 하루가 다르게 바뀐다.

예를 들면 내가 처음 갔을 때만 해도 여성용 생리대라곤 품질도 나쁘고 크기도 작은 중국 제품밖에 없었는데 두 달 후에는 수입품 전문 코너가 생기고 거기에 세계 각국의 생리대가 진열되어 있었다. 화장지도 마찬가지고. 덕분에 생전 처음으로 유럽제 생리대에 유럽제 화장지를 쓰는 호사를 누릴 수 있었다.

또 하나 변화의 속도를 실감할 수 있는 것으로 TV 프로그램의 발전을 들 수 있다. 중국은 중앙에서 전국적으로 내보내는 중앙 텔레비전 방송국

(中央電視臺)에 네 개의 채널이 있고, 각 성 단위로 지역 방송국이 있다. 운남 방송국, 길림 방송국, 신강 방송국 하는 식으로. 여기에 안테나만 설치하면 러시아, 일본, 홍콩 방송을 다 볼 수 있다.

중국 방송의 변화, 놀라운 속도

나는 한어를 배우기 위해서, 그리고 시간을 보내기 위해서, 또 하나 워낙 텔레비전 보기를 좋아하는 취미 때문에 틈만 나면 TV 앞에 앉아 있다 보니까, 어떨 때는 중국 사람들보다 프로그램에 대해서 훤하게 알게 된다. 중국 방송이 하루가 다르게 달라지는 모습은 '놀랍다'는 표현으로도 부족할 듯하다. 물론 아직도 똑같은 뉴스를 하루에 네 번씩 반복하거나, 특집 쇼 같은 것은 한 번 만들어서 반년 후까지 재탕하는 등, 프로그램 제작 편수 자체가 우리 나라에 비해 형편없이 적지만, 내용은 다양하게 확대되어 나가고 있다.

특히 우리 나라의 〈추적 60분〉이나 〈카메라 출동〉 식의 사회 고발성 프로그램이 제작 방영된다는 사실은 여러 가지로 시사하는 바가 크다. 자신의 치부를 드러낼 만큼 중국이 이제 자신감이 붙었다는 증거도 되려니와, 이런 식의 프로그램이 필요할 만큼 중국 사회 곳곳에서 심각한 문제들이 다발한다는 증거로 해석될 수 있다.

내용들을 보면 대부분은 개방의 와중에서 나타나는 부정 부패와 범죄로서, 관리들의 뇌물 수수, 가짜 상품 제조, 여성 인신 매매, 살인 사건 등 우리와 비슷한 범죄를 다룬다. 우리와 다른 점은 아직 카메라의 위력에 대한 인식이 없어서 그런지, 범인들이 얼굴을 가리려고 옷을 뒤집어쓴다든가 손을 휘젓거나 하지 않고 오히려 인터뷰를 하는 듯이 태연한 모습이다. 또 법정 재판 장면도 그대로 방영된다.

한번은 열여덟 살 먹은 청소년이 여덟 살짜리 소년을 '재미삼아' 죽였다가 잡혀서 재판을 받는 장면이 방영되었다(여기서는 '오락 살인'이라는 표현을 썼다). 졸지에 자식을 잃은 피살 어린이 부모의 몸부림도 가슴 아팠지만 재판정에 나온 살인자 부모의 피눈물은 시청자들에게 과연 자식을 키운다는 것이 얼마나 어려운 일인가를 섬뜩할 만큼 실감하게 만들었다. 아버지는 입술을 꾹 닫은 채 눈물만 뚝뚝 흘리고, 어머니는 "어렸을 때 그렇게 착하기만 했던 네가 왜 이런 일을 저질렀냐"면서 절규했다. 좀체로 그런 끔찍한 짓을 저질렀다고는 보이지 않는 앳된 얼굴의 범인은 연신 어머니에게 '뚸이부치'(對不致 : 미안합니다)를 반복하며 눈물을 흘렸다.

사건 발생에서 사형 집행까지 딱 20일이 걸린 이 사건을 보도하면서 방송국측은 타이틀을 〈양가의 비극〉으로 붙였는데 변화하는 사회에서 부모의 자식 키우기에 대한 경각심을 높이려는 목적에서 그런 것 같았다. 이 프로그램을 보면서 나는 처음부터 끝까지 함께 눈물을 펑펑 쏟았다. 프로그램에 접근하는 방법이 우리와 달리 아주 감성적이었기 때문에 분노보다는 비애를 느끼게 했다.

또 하나 인상 깊었던 프로그램은 상해 방송국에서 제작한 〈열다섯 살의 고민〉인가 하는 제목이었다. 중국도 입시 지옥의 나라이다. 초중(중학교)을 졸업하고 고중(고등학교)에 진학하기 위해서는 죽어라 하고 공부해야 한다. 어느새 과외도 일반화되어 버렸다.

90년도부터 '인간 교육 실현 학부모 연대'의 공동 대표라는 이름으로 교육 문제와 씨름하면서 늘상 완강한 벽에 밀려 엉덩방아를 찧기만 하던 나로서는 중국에 올 때 마음 한 귀퉁이에 사회주의 체제의 교육에서 대안을 찾아보자는 계획이 있었다. 그러나 꿈은 꿈으로 끝날 뿐, 이곳의 교육 문제는 우리보다 더 심각하면 심각했지, 조금도 나을 것이 없었다. 아직

도문시 교외에 있는 소학교
건물. 운동장이 넓다.
왼쪽은 한국의 대학 교수
오른쪽은 연변대 교수

문제의 심각성이 널리 알려지지 않았을 따름이다.

그런 면에서 이 프로그램은 중국인들에게 문제에 대한 인식을 촉구하는 선도적인 기획으로 보인다. 상해에서만 93년 5개월 동안 중3짜리 아이들이 일곱 명이나 자살을 했는데, 모두들 입시 부담에서 벗어나고 싶다는 것이 그 이유였다. 프로그램이 주는 메시지는 결국 아이들을 너무 공부로 몰아 가지 말아야 한다는 내용이었다.

카메라는 부모의 지나친 교육열을 나타내는 여러 가지 장면을 보여 주었는데, 나로서는 충격적일 만큼 정말 극성스럽게들 아이들 뒤를 쫓아다니는 부모들이 많았다. 예를 들어 어느 학교에선가 아이들의 글짓기 대회가 있었는데 많은 부모들이 직장을 이탈해서 아이들이 글짓기를 하는 옆 교실에 앉아 하루 종일 기다리고 앉아 있는 게 아닌가. 어머니들은 아예 털실과 대바늘을 가져와서 뜨개질을 하면서 초조한 마음을 달래고 있었다.

유교 문화권은 교육에 지대한 가치를 둔다는 점에서 공통적이지만, 그동안 중국은 사회주의를 견지하면서 교육에 신경을 쓰지 않았다. 오히려 지식인들은 사회에 해를 끼치는 존재로서 정변이 있을 때마다 비판을 받고 중앙에서 밀려나곤 했다. 특히 문화 혁명 10년 동안은 학교는 있으나 마나한 존재였다. 대학교도 농공병(農工兵: 농민·노동자·군인) 출신으로 채워졌으며, 대학 입시가 부활된 것은 문혁이 끝난 후부터였다.

그러나 개방 이후 교육에 대한 열기는 다시 부활되었다. 사회가 다원화 전문화될수록 지식의 힘이 중요함을 깨달은 부모들은 어떻게 해서든 자녀를 일류 대학에 넣는 것만이 출세의 지름길이라고 믿게 되었다. 더구나 한 자녀 갖기 정책으로 집집마다 아이라곤 달랑 하나뿐이고, 부모들도 경제 수준이 현격하게 높아졌으니 모든 정성이 오직 한 곳, 자녀 교육으로 몰릴 수밖에.

교육열이란 면에서 중국 56개 민족 중 조선족을 당할 민족이 또 있으랴. 실제로 통계상으로도 조선족의 상급 학교 진학률이 가장 높은 것으로 나타난다. 중국에서는 학력이란 말 대신 문화 수평이란 말을 쓰는데 조선족의 문화 수평이 가장 높다고 한다.

돈봉투와 과외의 판박이 그림

또 소수 민족에게는 두 자녀까지 낳아도 된다는 허락이 있음에도 불구하고 조선족의 인구 성장률은 한족을 제치고 일등을 차지하고 있으며, 경제 수준도 급격히 상승되었으니, 앞으로 조선족의 교육열은 지금보다도 더 거세게 타오를 모든 여건이 마련된 셈이다.

내 눈에 비친 연변의 교육 문제, 한마디로 한국의 '판박이 그림'이다. 왜곡된 교육 풍토와 열악한 교육 환경이 빚어 내는 온갖 문제들이 어쩌면 그렇게 우리 사회와 닮아 있는지. 정말 피는 물보다 짙은가 보다.

아주 분명하게 떠오르는 문제가 돈봉투와 과외, 두 가지이다. 같은 연변 자치주에 있는 학교라도 한족 학교는 학부모(여기서는 '가장'이라고 하는데)들의 치맛바람이 전혀 없다고 한다. 그러나 조선족 학교는 소학교에서 고중까지 돈봉투가 일상화되어 있다. 돈봉투는 교사에게 전하는 비공식적인 것에서부터 자비생(自費生: 기부금을 내고 상급 학교에 입학하는 학생) 제도라는 공식적인 것에 이르기까지 다양화 보편화되어 있다.

요즘에는 국가가 모든 비용을 각 단위로 떠맡기는 분위기이기 때문에 학교를 고치는 데도 학부모에게 공식적으로 건축비를 청구한다. 연길의 일류 초등학교인 신흥 소학교에서는 93년에 학생당 7백 원씩을 걷었다(평균 임금이 2,3백 원이라고 생각해 보라). 일류 고등학교인 연변 1중의 입학 기부금은 8천 원, 연변 사범의 기부금은 1만 2천 원이었다.

연변 대학의 어느 여교수는 소학교 2학년짜리 딸이 자기 선생님에게 예물(禮物: 선물)을 안 드린 가장은 엄마밖에 없다면서, 걸려 있는 달력이라도 달라고 떼를 써서 혼났다고 한다. 소풍 때는 학생당 20원 정도씩 걷어서 담임에게 주는 게 공식화되어 있다는 것이다.

과외는 최근 들어 교과목 이외에도 영어와 피아노 등이 급속히 늘고 있고, 컴퓨터 과외도 이제 막 생기기 시작했다. 이통에 연변 대학생들은 과외 수입으로 주머니가 풍족해져 그전에는 꿈도 못 꾸던 맥주를 얼마든지 마실 수 있으며 가라오케도 어렵지 않게 드나든다.

이러한 분위기는 결국 중학교나 고등학교만 나온 청소년들의 삶에 큰 그림자를 드리우게 되었다. 모두가 안 배울 때는 국가가 분배하는 대로 직장 생활을 하면서도 별 불만이 없었지만, 이제 대학을 가고 못 가고가 삶의 수준을 간단하게 결정해 버리기 때문에 뒤처지는 아이들로서는 이 상황을 받아들이기 힘들게 된 것이다. 육체 노동을 싫어하는 것은 사회주의 국가 청년이라고 해서 다르지 않기 때문이다. 요즘 연변의 청소년 문제는 위험 수위를 넘고 있다.

연변의 교육 문제를 보면서, 이렇게 문제가 생긴 지 얼마 안된 곳에서 교육 운동을 펼쳐 가면 문제를 해결하기도 훨씬 쉽지 않을까, 혼자 안타까워한다. 그러는 내 귀에 제 코도 못 풀면서 남의 걱정 하네, 하는 비아냥이 들리는 것 같다. 동시에 연변 사람들을 어떻게 남이라고 해! 하는 또 하나의 소리가 마음속에서 울려 퍼진다. 아이쿠, 못 말리는 여자. 이렇게 걱정거리가 많으니 그 흑단 같던 머리카락 속에서 어떻게 흰 머리가 우루루 솟아나오지 않고 배기겠는가.

몸으로 부딪치면서도 느끼지 않으면 존재하지 않는 것

— 한국 여성의 눈으로 본 중국의 여성 문제

"한국에는 집에서 가무 노동만 하는 여자들이 많다는데, 어떻게 신경병에 안 걸리고 삽니까?"

한족이나 조선족을 막론하고 한국 여성에 대한 궁금증 가운데 가장 큰 게 바로 이 의문이다. 한국 여성들은 보통 중국 여성들보다 10년은 젊어 보이고, 태도도 조심

여성 연구 중심 창립 대회날 만찬회에서
가운데가 전 부련 주임 허분숙 씨

스럽고, 옷차림도 세련되었다고 과장스러울 정도로 부러움을 표하다가도 전업 주부 이야기만 나오면 그들은 대뜸 너나없이 이 질문을 던진다. 그 궁금증 밑에 숨겨진 우월감을 어떻게 눈치채지 못하랴.

한국 여성들, 집에 있으면서 신경병 안 걸리냐?

연변 병원에서 의사질(여기서는 직업을 말할 때 '질'이란 말을 쓰는 게 일상화되어 있다. 예를 들면 서기질, 복무원질, 교장질… 하는 식으로)을 하는 조선족 청년은 나를 만남으로써 한국 여자들도 사회 활동을 한다는 사실을 처음 알

았다면서 굉장히 신기해 했다. 그는 한국은 못 가 봤지만 미국에 연수차 갔을 때 한국인 의사들을 많이 만났는데, 그 부인들이 모두 대학을 나왔다면서도 하나같이 직업이 없어서 이상한 생각이 들더라고 했다.

특히 그 여성들과 대화하면서, 세련된 외모에 비해서 너무 무식(?)한 바람에 놀랐단다. 도대체 국제 정세나 한국 상황에 대해서 아는 게 너무 없었다는 거다. 대학에서 여자들에게는 남자들에게 가르치는 것과 다른 내용을 가르치느냐며 진지하게 묻는 그 청년 의사에게 난 공연히 주눅이 들어서 한국 중산층 여성의 삶에 대해서 필요 이상으로 긴 설명을 늘어 놓을 수밖에 없었다.

물론 정반대의 반응을 보이는 경우도 꽤 있다. 남편이 혼자 벌어도 살 만한 정도라면 굳이 여자까지 바깥일을 할 필요가 없을 거라면서 약간은 부러운 듯한 말을 하기도 한다. 그러나 이건 어디까지나 남성들에 한한 이야기다. 그들은 중국 여자들은 너무 거세서 여자다운 매력이 없는데, 한국 부인들은 나이가 먹어도 다소곳하니 한국 남자들은 얼마나 좋겠냐고 말한다.

어떤 경우라도 한국 여성들이 중국 여성에 비해 훨씬 억눌린 삶을 산다는 데는 이의가 없다. 이런 판국에 여성학을 한다면서 늙도 젊도 않은 한국의 중년 여성이 가족을 몽땅 팽개치고 척박한 중국 땅에 1년이나 살겠다고 왔으니, 나는 이미 나라는 존재 자체로서 숱한 관심을 끌기에 충분했다.

내게는 그들이 한국 여성에 대해서 갖고 있는 선입견을 깰 만한 요소들이 아주 많았던 것 같다. 무엇보다도 내가 굉장히 잘 웃는다는 점, 그리고 아무 거나(술을 포함해서) 너무 잘 먹는다는 점, 중국인 뺨치게 만만디라는 점, 그리고 쓸데없는 걸 굉장히 많이 알고 있다는 점, 그리고 옷치레를 안

한다는 점과 틀이 없다는 점 등이 별스럽게 느껴진 것 같았다. 사실 말이야 바른말이지, 한국에서도 별난 축에 속하는 여잔데 뭘.

그러나 한국에서는 이런 점들이 뭔가 껄끄럽게 받아들여지는 반면 중국에서는 어딘지 친근하게 받아들여지는 것 같았다. 그래서 솔직히 중국에 있는 동안 나는 마치 우리 집에 있는 것처럼 마음이 편안했다. 개혁 개방 과정에서 벌어지는 온갖 추태들에 대해 남보다 더 많이 보고 남보다 더 화가 났던 것도 자기 집안의 치부에 직면해야 하는 한식구로서의 안타까움 때문이었던 게 아닐까.

나는 처음 중국에 와서 감히 여성학을 가르치겠다는 말을 단 한마디도 꺼내지 않았다. 적어도 중국은 명목상으로 여성 해방을 이룬 나라인데, 문제투성이의 한국에서 온 주제에 언감생심 어떻게. 나는 최대한 겸손한 태도로 여성 해방의 나라에서 본받을 점을 배우러 온 사람입니다 하고 고개를 숙였다. 그리고 가능한 한 많은 여성들의 삶 속으로 들어갔다. 눈을 크게 뜨고 마음을 열고.

여자는 뭐니뭐니해도 남편을 잘 만나야

중국에는 '기본상' 여성 문제가 없다고 대부분의 중국인들은 자신있게 선언한다. 사회주의 혁명과 더불어 여성은 완전히 해방되었다고 믿는 것이다. 실제로 신중국은 약속에 따라 여성에게도 직업을 분배하는 등 제도적인 평등을 실시해 왔다.

그런데 그들은 남성은 여성보다 모든 면에서 능력이 뛰어나기 때문에 사회에서 중요한 일을 맡아야 하고, 여성은 모름지기 남편 뒷바라지와 자식 키우기를 그 일차적 역할로 받아들여야 한다고 생각한다. 그것은 결코 차별이 아니라 남녀간의 자연스런 생물학적 차이에서 비롯된 분공(역할

여기 모인 4명은 모두 전문직 여성들로 역사에 관심이 많다. 왼쪽부터 조선족, 회족, 나, 한족 여성들.

분담)이라고 말한다.

그렇기 때문에 남성과 여성에게 직업 분배를 할 때 명백한 차별을 두어도 불만을 나타내지 않는다. 남자들이 더 능력 있고, 중요한 사람이기 때문에, 그리고 또 당이 그렇게 하라고 지시를 내렸기 때문에.

여성 문제는 없고, 문제 여성만 있다. 이것이 중국인들의 여성 문제에 대한 인식의 전부다. 당은 여성을 해방시키려고 애쓰는데 여성들이 스스로 해방되지 않으려 하는 것이 문제라고 조직의 령도(지도층)들은 입을 모은다. 따라서 여성들이 자비심(열등 의식)을 떨쳐 버리고 열심히 사업심을 발휘해야 한다고 그들은 누누이 강조한다.

나는 사회주의를 40여 년이나 실시한 나라에서, 그리고 여성의 제도적 평등을 보장한 나라에서, 한국에서와 똑같은 여성 비하 의식을 확인할 때마다 놀랐다. 그리고 무엇보다 충격적인 사실은 여기가 사회주의 국가인지 봉건주의 국가인지 구별이 안 갈 때가 많았다는 점이다.

단적인 예로 이곳에서 출세의 제일 기본은 '아버지를 잘 만나는 것'이다. "중국에선 아버지가 서기면 아들도 서기요, 아버지가 국장이면 아들도 국장이다"라는 말을 아무렇지도 않게 하고들 있다.

실제로 일종의 세습이 곳곳에서 이루어지고 있다. 아버지가 다니던 직장에 아들이 들어가는 건 당연한 관행이다. 내 짧은 지식에 따르면, 한나라 땐가부터 관직의 세습이 이루어지던데, 사회주의 국가에서도 이런 제도가 답습되다니. 이런 사실에 내가 놀라움을 표하자 한 지식인 청년이 시니컬한 어조로 설명해 주었다. "그게 바로 '혁명은 대를 이어 지속되어야 한다' 는 공산당 정신이죠."

여성들의 경우 그 놀라움은 한층 커진다. 지금으로부터 5,6년 전 서울에서 진보적이라고 알려진 어떤 일간지에 여성 칼럼을 쓴 적이 있었는데, 한번은 '남편의 지위는 아내의 지위인가' 라는 제목으로 썼다가 신문사측으로부터 '톤이 너무 강하다, 여성학자들은 왜 이리 공격적인가' 라는 비난을 받은 적이 있었다. 아마 여러 점잖은 분들의 심기를 건드렸던가 보았다.

중국에서도 역시 '모모한 제씨' 의 부인은 모모한 제씨와 동격이다. 중국 혁명사를 읽을 때 간간이 이름이 나타나는 여성들마다 누구누구의 아내라는 사실을 접하고, 의심스러운 구석이 슬며시 생기면서도, 아, 그러니까 사회주의 사회의 남녀 관계는 진짜 동지적으로 이루어지는구나 하면서 억지로 긍정적으로 보려고 애썼는데, 역시 느낌이 정확했다.

"여자는 뭐니뭐니해도 그저 남편을 잘 만나야 한다"는 명제는 여기서 더욱더 그 진가를 발휘하고 있었다. 우선 남편을 잘 만나야 아내가 좋은 직장에 분배될 수 있었다. 농촌 처녀가 도시 총각과 결혼함으로써 호구를 옮길 수 있는 것처럼. 아내의 전공이나 능력 따위는 직장을 옮기는 데 별 상관이 없었다. 꽌시가 판을 치는 세상에서 이는 어쩌면 당연한 귀결이련만, 나는 이 점에서만은 정말 속이 상했다. (나중에 남편에게 이 얘길 했더니, 거봐, 박혜란이 한국에서 태어났으니 별 볼일 없는 남편 만나서도 큰소리치고 사는 거 아냐?라고 이죽거리면서, 〈아, 대한민국〉을 부르란다. 아무튼 불난 집에 부채질하는 심술은 알아줘야 한다니깐.)

개방 진행되면서 여성 실직률 늘어

눈이 너무 큰 탓인가. 내 눈에는 도처에서 여성 문제가 산을 이루고 있는 모습이 이내 눈에 띄었다. 중국 여성들은 날마다 여성 문제를 몸으로 겪고 있으면서도 그 체험에 이름을 붙이지 않았을 뿐이다. 당이 그들을 해방시켜 주었다고 선언했기 때문에 그들은 자신들에게는 여성 문제가 있을 수 없다고 확신할 뿐이었다.

그러나 최근 개방이 심화되면서 그들은 문제의 심각성을 느끼지 않을래야 않을 수 없는 시점에 도달했다. 가장 눈에 띄는 위협은 이제까지 철밥통이었던 일자리에서 여성들이 밀려나기 시작했다는 사실이다. 소위 방학(휴업)을 하는 공장들이 늘어나면서 여성들의 실직률이 높아지고, 탁아 시설이 줄어들면서 젊은 여성들이 일을 계속하기 어려워지고 있다.

빠릿빠릿한 남편을 만난 덕에 자발적으로 전업 주부의 길로 들어선 여성들도 적지 아니 생겨나는 한편에서는 이처럼 타의에 의한 실직 여성들이 할 수 없이 전업 주부가 되기도 한다. 국가도 더 이상 과잉 고용의 부담을 지속할 수 없다는 판단 아래 의도적으로 회이지야(回家: 가정으로 돌아가기) 운동을 펴기도 했다. 그 동안 직장과 가사라는 두 가지 짐을 지고 피곤한 일상을 꾸려 가야 했던 중국 여성들에게 회이지야는 어찌 보면 달콤한 유혹일 수도 있다.

그러나 대부분의 중국 여성들은 전업 주부의 길을 거부한다. 그 동안 사회주의 체제 안에서 명목상으로나마 보장되었던 직업 분배의 평등을 자본주의화 과정에서 슬며시 철회하려는 국가의 정책에 이제 여성들은 의심의 눈길을 보내기 시작했다. 국가가 우리를 해방시킨 것은 과연 우리 노동력이 사회주의 건설에 필요했기 때문인가, 아니면 여성을 하나의 주체적인 인간으로 규정했기 때문인가. 12억 인구의 절반이 드디어 여성 문제에 눈뜨기 시작했다.

아무리 몸이 편하다 하더라도 우리는 도저히 집으로 돌아갈 수 없노라고 다짐하는 중국 여성들이 오늘도 또 내게 묻는다. 한국 여성들은 어떻게 신경병에 안 걸립니까. 나는 어떻게 대답해야 하나. 그들의 궁금증을 풀어 주면서, 한국 여성의 자존심도 훼손시키지 않으려면.

경계 허물기는 역시 여성 쪽이 더 쉽지 않을까요?

―고구려 학술 대회가 열린 집안시에서의 추억 만들기

집안시 광개토왕비 앞에서

장필화 선생님,

삭막한 변경에서 나를 지탱해 주는 힘이 있습니다. 늠름하게 살아나가는 아이들, 하북성 저 아래쪽에서 유달리 재미있어하는 목소리로 자주 전화를 거는 남편, 그리고 나를 이곳에 보내 놓고 괜히 미안해 하는 듯한 우리 친구들이자 선생님들.

상상을 초월하는 중국 국내 여행길

집안(集安)에서 돌아오자마자 아주 심하게 앓았습니다. 듣기만 해도 벌써 가슴이 뛰는 고구려 고분 벽화를 직접 볼 수 있는 절호의 기회를 놓치는 게 아까워서 신형식 교수님께 어려운 부탁을 드려, 연변 대학 팀과 합류한 것까지는 좋았는데, 내 신체적 조건과 여행길이 정말 상상 이상으로 나빴기 때문에, 몸이 엉망이 되어 버렸습니다. 몸살에다 설사까지 겹쳤어요, 오늘까지.

그러나 만약 집안에 가지 않았더라면 또 그 아쉬움을 어떻게 했겠어요.

결국 이렇게 저렇게 '추억 만들기'를 해 나가지 않는다면 나중에 이 1년은 그냥 빈칸으로 남지 않겠어요?(내가 언제부터 이렇게 행동주의자가 됐는지 정말 신기하네요)

정규 관광 여행이 아닌 중국 내 여행은 상상을 초월합니다. 버스나 기차를 막론하고 시설은 너무 낡았고, 사람은 언제나 넘쳐 나고, 가는 곳마다 너무 더러워요. 게다가 날씨까지 찜통이니 스스로를 '짐짝'으로 생각하지 않으면 견뎌낼 수 없습니다.

연변대에서는 30명 정도가 갔는데 젊은 팀들은 이도백하까지 버스를 타고 가고 나는 교장(총장) 선생님과 원로 교수님들과 함께 멤보차(소형 버스)를 타는 특혜를 누렸습니다. 이도백하에서 통화까지 기차로, 그리고 통화에서 다시 집안까지 기차를 바꿔 타는 식으로 연 30시간을 갔습니다.

통화까지는 연석 침대를 탔습니다. 교장 선생님이 2층에 타고 전 아래층에서 잤는데 허심 탄회한 대화를 나눌 수 있어서 아주 좋았어요. 원래 무서워하는 사람이 없는 성격인데다 교장 선생님이 같은 박씨에 명천군 출신이시라 친근감이 들었기 때문에 그 동안 연변 와서 보고 느낀 것을 거침없이 이야기하면서도 켕기지 않았습니다. 연길은 문화 부재의 도시라고 비판하기도 하고, 야시장의 무질서와 아이들을 위한 공간이 전혀 없는데 대한 문제 제기를 했더니 나보고 그 짧은 기간에 정말 연구를 많이 했구먼 하시면서 놀라십디다. 야시장이 있다는 말만 들었지 한번도 가 본 적이 없으시다면서.

나아가 그런 문제들을 혼자만 간직하지 말고 《연변일보》 같은 데 기고를 해야 한다면서 부추기기까지 하시더군요. 써 오기만 하면 실리는 건 당신이 책임지시겠다면서.

박 교장 선생님은 역사를 전공하신 분으로 상당히 합리적이고 명철하신 분입니다. 조금은 근엄하게 보이지만 그 밑에 자상함이 곁들어 있어요. 이번까지 세 번 만나 뵈었는데 마음속으로부터 신뢰가 가는 분입니다. 앞으로 연변에서 할 일에 좋은 상담자가 되어 주시기로 약속하셨어요. 든든한 백이 생긴 셈이죠.

중국인은 먹기 위해서 산다?

통화에서 내렸을 때의 그 더러움이라니. 연변대 팀들은 조선족이 많이 사는 곳은 그래도 깨끗한데 한족 지역은 다 이렇다면서 고개를 절레절레 흔들었습니다. 거지들도 많더군요.

역 건너편에 조선족 음식점이 있어 들어갔더니 모두들 개장국을 시켰습니다. 나는 여기서 좀 별나게 굴 수밖에 없더군요. 내가 유일하게 기피하는 음식이 개고기잖아요. 그래서 쇠고기 탕을 시켰는데, 멀건 국물에 기름이 둥둥 뜨는 게, 원 진짜 쇠고긴지 개고긴지… 조선족들은 정말 개고기를 좋아합니다. 남녀를 불문하고. 이번 여행길에서 하루 세 끼를 개고기로 먹는데 정말 질렸어요. 연변대 팀은 한국 사람들은 다 개고기를 좋아하던데 왜 나만 싫어하느냐고 의아해 하더군요.

통화에서 집안까지는 그냥 앉아서 갔는데 사람들로 통로도 꽉 메워지고 의자 밑에도 사람들이 들어가서 누워 있었어요. 그런 사이를 장사들이 쉴 사이 없이 밀차를 끌고 다니며 외쳐 대니 아수라장이 따로 없지요.

우리도 잘 먹어대는 민족이지만 중국 사람들도 정말 먹기 위해 사는 사람들 같아요. 기차에 오르자마자 해바라기씨를 펼쳐 놓고는 입으로 털어 넣고 껍질을 뱉어 내고… 차칸은 순식간에 쓰레기더미가 되고 말지요. 날이 워낙 덥기도 하려니와 중국인들이 단 것을 유난히 좋아하다 보니 아이스 케키(빙과)도 자주 사 먹어요.

국내성 성터(오른쪽 구석)가
보호를 하지 않아 거의 다
훼손되었다. 성터에서 성벽을
쌓았던 돌들이 아파트 짓는 데
마구 쓰이기도 하고.

중국 어디를 가도 거리마다 거적때기 같은 이불을 씌운 리어카가 보이
는데 바로 아이스 케키 장사들이지요. 노인부터 아기들까지 참 좋아합니
다. 그런데 이게 질이 천차 만별이에요. 40전짜리부터 1원짜리까지 값도
다양한데 어떤 건 정말 원색적이 아니라 말 그대로 원색입니다. 그래서 솔
직히 겁이 나요. 연길에서 제일 믿을 수 있는 건 '백설 공주'라는 상표였는
데 우리 옛날에 먹던 '삼강 하드'와 똑같더군요.

미안하지만 기차칸에서 파는 건 도저히 먹을 수 없었어요. 별나게 보여
도 어쩔 수 없었습니다. 또 소시지도 많이들 사 먹더군요. 아무튼 탈 때부
터 내릴 때까지 한숨도 쉬지 않고 먹어 대는 중국인들. 그러다가 쓰레기
가 넘치면 창문 밖으로 내던집니다. 자리를 차지한 축들은 계속 손으로는
카드 놀이(여기선 푸커라고 해요)를 하면서 입으로는 먹어 대지요.

이틀 걸려 도착한 집안시는 연길과 영 딴판이었습니다. 우선 자동차가
거의 눈에 띄지 않았어요. 택시가 딱 한 대라고 하니까요. 그 대신 곳곳에
인력거들이 모여 있었습니다. 대개는 자전거에 이어 놓았더군요. 뭔가
무료하고 맥이 빠진 듯한 분위기였습니다. 개혁 개방의 혜택과 거리가 먼
지역이 갖고 있는 무기력이 도시 전체에 덮여 있었어요. 호텔 앞 공원에

집안시 고구려 고분 안에서

잽싸게 포진하고 있는 젊은 달러 장사 여인들만 빼면 그야말로 고여 있는 늪 같은 인상입니다. 그 여자들은 어쩌면 그리도 눈이 반짝반짝하던지.

취원 빈관에서 열린 학술 대회에는 한국측에서 관광객까지 합쳐 70여 명, 중국측에선 조선족과 한족 합해서 60여 명, 그리고 북한에서 5명이 왔습니다.

선조들의 것이지만 이젠 남의 차지가 된 유산

한국 팀과 중국, 북한 팀은 방 배정도 따로 식사도 따로 했습니다. 선생님, 나는 어느 편에 끼었을까요? 나는 경계 넘기를 했습니다. 한국 팀에 끼면 여러 조건이 좀 낫다고 하지만, 나는 심리적으로 중국 쪽이 편하게 느껴졌습니다. 한국 팀에는 전부터 알고 있던 사람들이 여러 분 참가하셨는데, 그리고 그분들은 대부분 아주 조심스럽고 신중하게 행동하셨는데, 그럼에도 불구하고 이상한 것은 집단으로서의 한국인 팀에게서 풍기는 분위기는 뭔가 오만하고 공격적인 느낌을 주었습니다. 편견일까요? 아니면 조선족들이 공유하는 적대감과 열등감에 줏대 없이 끌려들어갔기 때문일까요?

이틀 동안의 학술 대회는 전문가가 아닌 마당에 섣불리 평가할 수 없는 거겠지만, 민족간의 대립이 첨예하게 와 닿는 것 같았습니다. 중국인들은 고구려의 옛 땅에 대해 지나치게 과잉 방어적이 되더군요. 반면 한국 학자들은 지나치게 몸을 사리는 듯한 인상이고. 북한 학자들은 강경한 태도를 보였습니다. 그 사이에서 조선족들은 좌불 안석….

사흘째는 드디어 고분을 답사했습니다. 교과서에서만 보았던 고구려 옛 도읍지의 무덤들, 그림에서만 봤던 벽화들, 당시의 풍속도. 아름답고 신비스러웠습니다. 1천5백 년 전이라는데, 그 시간이 어제처럼 다가왔습니다. 그냥 지금 우리처럼 생각하고 기원했던 선조들의 숨결이 귓가에서 들리는 것 같았어요. 특히 일하는 모습들(부엌일이나 쇠를 두드리는 일 같은)이 인상적이었습니다.

고분은 사람들이 밀려들어오자 이내 물기를 뚝뚝 흘렸습니다. 처음으로 공개한다는 5호 묘도 들어갔습니다. 원래 보존을 위해서는 공개하지 않아야 하지만 한국인의 돈을 끌어들이기 위해 공개한다더군요. 마음이 착잡해지지 않을 수 없었어요. 우리 선조들이 남긴 것이지만 우리 차지가 되지 않은 유산을 볼 때의 그 복합 감정. 국내성 성터에서 성벽을 쌓았던 돌들이 아파트 공사장에서 쓰이는 걸 목격했을 때는 비애와 분노가 동시에 일고.

선생님, 경계 허물기의 열매는 고분 답사길에서 금방 얻을 수 있었습니다. 무슨 말이냐구요? 북한측 단장인 김일성 종합 대학의 최영식 교수와 오붓한 대화의 장을 마련할 수 있었다는 뜻입니다. 버스에서 내가 중국측

단장인 풍홍지 선생(이분은 북경 사회 과학원의 특격 연구원으로 평양에서도 공부한 한국 역사 전문가입니다. 부인은 정신대 문제를 혼자 연구해서 중국 신문에 여러 번 기고했대요. 상당히 부드럽고 세련된 학자입니다)과 이야기하는 걸 듣고 있더니 경계할 대상이 아니다 싶었나 봅니다.

여성학이 무어냐는 말로 시작해서 아주 많은 대화를 나누었습니다. 그는 여성 해방을 보려면 정치적인 해방은 공화국(북한)에서, 생활에서의 해방은 유럽에서 찾아야 한다고 했습니다. 유럽에도 가 봤대요.

북한 학자들과의 스스럼없는 대화

다른 한국 학자들을 만나면 낯색을 굳히는 북한 학자들이 저에게는 스스럼없이 대하는 모습을 보면서 어떤 실마리가 잡히는 감이 들었습니다. 물론 이 세상에서 여성이 차지하는 무게가 현재로선 너무 가볍기 때문에 위협을 느끼지 않는다는 사실을 우리가 왜 모르겠습니까마는, 또 바로 그렇기 때문에 경계 허물기는 여성이 훨씬 쉽다는 게 아닐까요. 그렇다면 희망은 여성에게 있는 셈입니다. 풍홍지 선생은 남북 대화가 참 쉽게 이루어진다면서 뼈 있는 농담을 하시더군요.

아무튼 이분은 고구려 고분 전문가라 저도 배운 게 많았습니다. 그는 집안 고분이 북한의 강서, 안악 고분과 똑같다면서 감격해 하고, 고분 안에서 사진을 찍어 달라고 여러 번 사진기를 제게 건넸습니다.

벽화나 고분을 배경으로 둘이 함께 사진을 여러 장 찍었는데, 그때마다 최 선생은 "서울에 있는 영감이 알면 어떻게 하려고 그러느냐"고 농을 걸고, 나는 "서울에서 쫓겨나면 평양 영감에게 가야디요"라고 받아넘겨, 우리 팀은 그때마다 폭소를 터뜨렸습니다. 못 말리죠?

연길로 돌아올 때는 더 악조건(오, 여성의 생리적 조건이여). 연변대 팀은 내가 잘 견뎌낸다고 칭찬을 아끼지 않았습니다만, 내 속은 곯을 대로 곯았어요. 앞으로는 주제 파악을 잘해야겠지요. 곧 개학입니다. 내가 무슨 일을 벌일지 스스로도 궁금해집니다. 또 연락 드리겠습니다. 조형 선생님께 이 편지 보여 드리세요.

역사에는 월반이 없는가

—이 끔찍한 공해 천국

아파트는 중앙 난방식이기 때문에 석탄을 때 지 않아도 되어 주부들이 아주 좋아한다. 취사 는 가스, 또는 전기로 한다

가을 학기가 시작되기 전 나는 연변 대학 의 교수 아파트를 빌려 이사를 갔다. 연 변 대학은 시내에서 외곽에 위치해 있기 때문에 비교적 공기가 좋은 편이라고 했 다. 실제로 뒤편에 과수원이 있고 조금 높은 곳이기 때문에 시내 한복판보다는 여러 모로 나았다.

내가 든 아파트는 특히 큰길에서 좀 올라 오는데다 4층이라 창문으로 저 멀 리 용정의 모아산이 정면으로 보였다. '선구자' 노래에 나오는 일송정이 자리 잡은 바로 그 모아산이. 소 잔등처럼 밋밋한 구릉 위로 솟아오른 모아산 은 묘한 정취를 풍겼다.

그러나 아파트는 생각만큼 쾌적하지 않았다. 바로 옆에 공중 변소가 있 기 때문에 커다란 파리들이 창문 밖에서 포진, 집 안으로 들어올 틈만 엿 보는가 하면, 온 주택가를 떠도는 오물 냄새도 만만치 않았다.

굴뚝마다 내뿜어 대는 연기, 그리고 자동차 매연

우리 아파트 앞은 낮은 단층 주택으로 아파트가 출현하기 전에는 모든 교직원들이 다 이런 집에서 살았다고 한다. 대여섯 집이 한 지붕으로 이어져 있는 일자 집이었다. 화장실이 따로 없고 이런 집들 여러 채에 공중 변소 한 채가 마련되어 있었다. 따라서 앞으로 이런 집들이 다 헐리고 그 자리에 아파트를 짓기까지는 공중 변소를 철거하지 못할 상황이었다. 오히려 개인 화장실이 점점 늘어나면서 사람들의 관심이 줄어져 전보다 변소 관리가 부실해졌다고 한다.

날이 추워지면서 냄새는 사그라들기 시작했지만, 새로운 문젯거리가 나타났다. 굴뚝마다 시커먼 연기를 내뿜어 대기 시작했다. 연길시는 원래 분지이기 때문에 평소에도 자동차 매연이 빠져 나가지 못하고 시의 상공을 맴돌고 있어 늘 공기가 나빴다. 더구나 자동차도 낡은데다가 연료도 질이 나쁜 것을 쓰기 때문에 자동차 대수가 적어도 매연 문제가 심각할 텐데 연길은 차량수가 많기로 소문난 곳이 아닌가.

난방용으로는 대개 갈탄을 때는데 연소 상태가 좋지 않아서 그을음이 상상을 불허할 지경이었다. 또 중국은 대개 주거와 공장이 한 군데 있다. 공장 연기가 사그라들 만하면 주택에서 불을 때기 시작하기 때문에 하루 중 단 몇 시간도 그을음을 벗어날 수 없다.

"하늘이 원래 저렇게 파란색입니까?"

나는 바로 앞집에서 굴뚝마다 시커먼 연기가 쏟아져 나오니 창문을 잠시도 열어 놓을 수 없었다. 서울에서도 가장 환경이 나쁜 동네, 그것도 큰 길가에 있는 아파트에서 10년을 살아오면서 어느덧 매연에 익숙해진 허파로 숨을 쉬던 나였지만, 이렇게 원초적인 공해에는 완전히 항복하지 않

푸짐하게 차려낸 음식들.
대부분 기름에 볶기 때문에
설거지하는 데 세제를
많이 쓰게 된다.

을 수 없었다. 만주벌 특유의 건조한 공기는 여름에도 오후만 되면 온 시
내를 먼지로 뒤덮어 놓곤 했는데 겨울은 또 인공 먼지까지 합쳐지는 셈이
었다.

새벽이 되면 나는 공중 변소에 드나드는 사람들이 가래침을 뱉는 소리
에 잠을 깨곤 했다. 연길 사람들이 유달리 기침을 많이 하고 가래침을 아
무 데나 칵칵 뱉어 내는 게 이해가 되었다. 그러나 이해가 간다고 해서 참
을 수 있는 일은 또 아니었나 보다. 나는 다른 무엇보다 이 가래침 뱉는 소
리가 가장 구역질나게 느껴졌다. 멀쩡하게 함께 길을 걷던 사람들이 칵
하고 가래침을 길거리에 탁 뱉어 낼 때는 그걸 참느라고 어떻게 용을 썼는
지 등에서 진땀이 쫙 흐를 지경이었으니까.

가을로 접어들면서 연길시에서는 하늘을 볼 수 없었다. 늘 뿌연 연기로
천장이 막혀 있는 분지. 어느 날 나는 맑은 공기에 대한 참을 수 없는 갈증
때문에 그 동안 가까워진 연변 대학의 림금숙 선생에게 어디 가까운 교외
에 나가 보자고 통사정을 했다. 사람 좋은 림 선생은 뭐가 그렇게 못 견딜
까 썩 수긍하는 표정은 아니었지만, 선선히 그러마고 했다.

어느 날 우리는 버스를 타고 한국인이 대형 목장을 건설중이라는 의란
(依蘭)이란 곳에서 내렸다. 목장은 대대적이었던 기공식과는 달리 썰렁하

게 버려져 있었다. 한국산 소를 키워 고기를 팔고 라면 공장까지 세운다고 했는데 무슨 까닭인지 투자가 중단되었다고 한다. 연변에는 이런 식으로 한국에서 투자하겠다고 계약했다가 흐지부지되는 경우가 많아 한국인에 대한 불신감을 높이는 데 한몫하고 있다.

이란 목장(중국말로 依子를 '이'라고 읽기 때문에 원래는 의란 목장인데 여기서는 이란 목장이라고 통용된다)이 자리한 곳은 우리가 경기도 교외에서 흔히 만날 수 있는 산과 개울이 어우러진 친근하게 느껴지는 곳이었다.

올해 서른여덟의 림 선생은 버스에서 내리자마자 "하늘이 원래 저렇게 파란색입니까?" 하며 감탄을 금치 못했다. 그는 지금까지 저렇게 파란 하늘은 처음 본다고 했다. 마흔 살이 다 되도록 하늘을 쳐다본 기억도 없는 것 같다면서, 우리 중국 사람들은 너무 멋없이 살아왔다고 한탄했다. 경제학 전공의 이 씩씩한 여성은 뜻밖에도 문학적 감수성이 뛰어나서 나를 놀라게 했다. 교외에 나가자고 떼를 쓴 사람은 난데 자연의 아름다움에 폭 빠져서 행복해 하는 사람은 따로 있었던 것이다.

다음에는 딸과 남편을 데리고 와야겠다면서 줄곧 들떠하는 림 선생을 보면서 나는 마음이 시려 왔다.

설거지를 해결해 준 '하얀 고양이'

60년대 이후 우리가 그저 앞만 보고 정신없이 달릴 때 선진국에서 '더디 가도 바로 가라'고 했다면 얼마나 아니꼽게 생각했을까. 제 배가 부르니까 남의 배 곯는 줄 모르는 이기적인 놈들이라고. 요즘의 중국 사람들이 이와 똑같은 것 같다. 그러나 우리의 지난날에 비겨 이렇게 이해하면서도 안타까울 때가 많은 건 이 사람들이 하는 일들이 직접적으로 우리에게 영향을 미친다는 이해 관계 때문일지도 모르겠다.

지금 중국에서 주부들을 가장 행복하다고 느끼게 만들어 주는 장본인은 아마도 '하얀 고양이' 가 아닐까 한다. 이게 웬 뚱딴지 같은 소리인가. 아다시피 중국 음식은 기본상 기름에 볶는 경우가 많기 때문에 설거지하는 데 애를 먹게 마련이다. 게다가 그릇 씻을 물은 늘 부족했다. 경제가 조금씩 나아지면서 어느 날 '하얀 고양이' 가 등장, 여성들을 괴롭히던 설거지의 어려움을 단칼에 해결해 주었다. 하얀 고양이는 중국에서 가장 대중적으로 쓰이는 식기 세척제의 상표 이름이다. 한 병에 1원짜리.

정말 겁날 정도로 많이들 쓰고 있다. 몇십 년 전 한국에 '트리오' 란 상표의 세제가 처음 나왔을 때 모두들 하얀 거품을 일으키며 써 대던 기억이 난다. 과일까지 그 거품에 담그면서 뭔가 위생적이고 선진적이 된 듯한 기분을 만끽했었지. 아니 우리에게도 과거형이 아니다. 그런이니 천연이니 하며 합성 세제보다 훨씬 비싸고 공해가 덜한 세제가 나오긴 했지만 우리도 이제야 겨우 환경에 대해 눈뜨기 시작하고 있으니까.

중국의 여성들은 이제 막 가사 노동의 효율성을 두 가지 합성 세제에서 찾고 있는 단계이다. 또 다른 것은 말할 것도 없이 세탁기의 보급과 더불어 그 사용량이 급증하고 있는 가루 비누이다.

나는 집집마다 부엌에서 이 합성 세제들을 펑펑 쏟아 부으면서 등소평 아바이의 개혁 개방이 가져다 준 가무 노동으로부터의 해방에 행복해 하는 여성들을 볼 때마다, 이 거품이 하얀 산을 이루며 황하나 장강에 실려 우리 나라 서해를 뒤덮는 상상을 하면 모골이 송연해지지 않을 수 없었다.

우선은 편리한 게 제일이다

아니 상상으로만 그치면 얼마나 다행일까. 이미 상상의 단계를 지난 것이, 가끔씩 중국 텔레비전에서 환경 보호 홍보 프로그램을 내놓는데, 그때마다 어김없이 거품으로 뒤덮인 강물들이 나타난다. 그렇지 않아도 봄이면 중국 내륙으로부터 황사가 날아와 한국 사람들의 눈과 목구멍을 괴롭히지 않는가.

나는 틈만 있으면 넌지시 환경 문제를 꺼냈다. 한국에서 강의하던 것과는 다르게 아주 조심스럽게. 그러나 교육 문제를 말할 때 열성적으로 받아들이던 사람들도 이 문제만큼은 전혀 귀를 기울이지 않았다. 우리도 어느 정도 살게 된 다음에는 아마 자연스럽게 관심이 갈지 모르지만 지금은 초기 아니냐, 우선 편리가 제일이다, 라고 입을 모았다. 나중에는 훨씬 돈이 많이 들어요, 라고 말하자, 가난한 집 살림이란 게 워낙 그런 거 아니냐는 대답. 하긴 우리도 마찬가지지. 사돈이 남의 말 하는 격일세.

나는 찬 수돗물로 설거지를 할 때마다 세제를 쓰고 싶은 욕망을 누르고 세탁 비누로 그릇을 씻었다. 우리 집에서 모여 회식을 할 때마다 이곳 여성들은 왜 세제를 쓰지 않느냐며 의아해 했다. 뿐만 아니라 내가 세탁 비누로 그릇을 씻는다는 말을 하자 아유, 더럽게 어떻게 빨래하는 비누로 그릇을 씻을 수 있느냐며 얼굴을 찡그렸다. 그러더니 어느새 하얀 고양이를 한 마리 사다 놓는 것이었다.

개인의 삶에 월반이 없듯이 역사에도 월반은 없는가 보다. 인간은 늘 입으로는 전철을 밟지 말자고 말하면서 발로는 그 전철을 밟지 않으면 한 발자국도 떼지 못하는 어리석은 동물인가.

"우리 중국도 한때는 그렇게 어리석었지"

―연변에서 듣는 북한 이야기

물건을 싣고 두만강을 건너와 도문 해관(세관) 앞에 선 북한의 소형 버스

서울을 떠날 때만 해도 북한과 접경한 만주 땅에 간다는 생각에서 일종의 긴장감, 더 나아가서 비장감까지 느꼈었는데, 웬걸 정작 와 보니 평소에 갖고 있던 호기심마저 엷어져 간다. 아마도 이곳 연변에서 북한은 이미 꿈이 아니라 현실로 다가오기 때문인 것 같다.

연변 사람들이 쓰는 말, 사용하는 집기, 식품 등에서 일상적으로 북한을 경험하기 때문에 굳이 따로 기억하려고 애쓸 필요 없이 북한은 내 생활 속에 들어와 있다.

북한에 대한 호기심, 금세 사라져

지금 내가 밥을 떠먹는 수저, 공기, 접시들은 다 북한 제품이다. 연길 사람들이 부엌에서 쓰는 큰칼도 대부분 북한에서 수입한 것들이다. 반찬거리 중에서 장마당에서 파는 생선들… 명태, 조기 새끼, 소금에 절인 임연

수 새끼, 그리고 뻑뻑하기 짝이 없는 미역 타래는 다 북한에서 온 것이다.

지금 거실로 쓰는 이 방의 하얀 회벽에 걸린 달력은 북한의 윤이상 음악 연구소에서 만든 것으로 김정일 사진, 김정일봉(峰), 김정일화(花)에 김정일을 찬양하면서 줄줄 눈물을 흘리는 외국인들의 모습 등이 들어 있고, 낱장마다 김정일을 찬양하는 노래 악보도 곁들여 있다. 김일성이 아들의 50회 생일을 맞아 쓴 축시도 실려 있다. 려운이네 집에는 붉은 태양(紅太陽)이라는 제목의 모택동 사진 시리즈 달력이 걸려 있었다.

중국에는 아직 달력 같은 인쇄물이 귀하기 때문에 사람들은 선택의 여지 없이 손에 들어온 달력은 아무 거나 걸어 놓는다. 그러다 보니 연변 대학의 조선 문제 연구소 같은 조금은 근엄한 장소에 비키니 수영복만 걸친 여성들이 야릇한 포즈를 취하고 있는 달력이 걸리기도 한다. 그런 풍경이 너무나 우스꽝스럽게도 보이는 한편 무언가 절묘한 조합으로 보이기도 하는 것은 또 무슨 조화인지.

아무튼 우리 집에 들른 한국 사람들은 백이면 백 다 김정일 달력을 보곤 혀를 내두른다. 어떻게 하면 이 정도로 원초적일 수가 있을까 하고. 그리곤 이 달력 한국에 가져다 학생들 보여 주면 반공 교육 저절로 되겠다며 귀국할 때 가져가라고 권한다. 반공 교육이란 게 뭐가 필요하랴만 재미삼아 가져가려던 생각을 안한 건 아닌데 1년쯤 지나다 보니 달력은 그저 달력일 뿐이라는 생각이 들어 그냥 버리고 말았다. 지나간 달력처럼 허무한 것도 또 없는데 일부러 세월을 싸짊어지고 다닐 건 뭐람.

대학의 연구소마다 북한의 신문과 잡지 등의 정기 간행물이 여러 종류씩 배달되길래 처음에는 반갑기도 하고 궁금하기도 해서 열심히 읽었는데 그런 열성은 꼭 일주일 만에 사그라들고 말았다. 다른 핑계를 댈 것 없이 한마디로 너무 재미없어서다. 아무리 공부 삼아 읽으려고 해도 좀처럼

펼치고 싶은 생각이 나지 않는다. 내가 학구열이 낮은 사람이라 그런가.

중국 신문들도 재미없기는 마찬가지인데, 그건 중국이나 북한이나 신문
지에서 도대체 사람 사는 냄새가 풍기지 않기 때문이다. 국가 정책이나 회
의 내용, 연설문 일색에 뉴스라는 게 고작 강택민이 누굴 접견했다든가 김
정일에게 아프리카의 어떤 나라 수반이 편지를 보냈다든가 등의 천편 일률
적인 내용들이다. 반면 요즈음 중국에서 가장 인기 있는 신문은 텔레비전
프로그램을 소개한 신문들인데 전국 각지에서 엄청나게 팔린다고 한다.
조선어 판을 보니 꽤 아기자기하게 만들었다.

굶으면서도 행복한 줄 아니 더 가슴 아프다고

연변에서는 북한 사람들이 사는 모습을 알려고 굳이 애쓸 필요가 없다.
그냥 연변 사람들과 편하게 만나서 대화를 나누다 보면 저절로 알게 된
다. 내 경험에 따르면 연변 사람들은 한국인을 만나면 이쪽에서 묻기도
전에 자동적으로 북한 이야기를 하고 싶은 모양이다. 물론 정치적으로 중
요한 이야기는 아니지만. 그러나 어차피 그런 내용에 대해서는 여기 사람

들도 잘 모르기는 마찬가지다.

유감스럽게도 북한 이야기 역시 금방 사람을 질리게 만든다. 또 다른 의미에서의 천편 일률이 거기 있기 때문이다. 직업과 성별과 연령을 초월해서 연변 사람들이 하는 이야기는 어쩌면 그렇게도 한입으로 하는 소리 같은지. 그들은 한결같이 북한 사람들이 중국 사람들에 비해 얼마나 못 먹고 못 입느냐에 대한 이야기를 한보따리씩 풀어 놓는다.

처음에 그런 이야기를 들었을 때는 믿기 싫었으며, 다음에는 너무 속상해서 가슴이 아려 왔으나 자꾸 들으면서는 분노가 치솟더니 나중에는 무슨 이야기를 들어도 그저 덤덤해졌다.

그런데 나를 더 곤혹스럽게 만든 건 북한 정황보다도 그 정황을 전달해 주는 연변 사람들의 태도였다. 내가 어떤 반응을 보여도 연변 사람들은 성에 차지 않는 듯이 보였다. 솔직히 말해 그들은 내가 자신들처럼 북한 사람들을 비웃어 주기를 바라는 게 아니었을까. 그런데 기대에 어긋난 반응을 보이니까 북한 사람들의 궁핍 정도를 강조하기 위해서 극단적이다 싶을 정도의 사례를 동원하는 것 같았다. 물론 그 사람들은 대부분 북한을 여러 차례 다녀온 경험이 있기 때문에, 이 모든 내용이 자기가 직접 보고 들은 것이라고 누누이 강조하긴 하지만.

장마당에서 저녁거리로 파 한 뿌리를 사 가지고 집으로 가는 사이 너무 배가 고파 어느새 조금씩 조금씩 껍질을 벗겨 먹다가 결국 다 먹어치운 주부의 이야기. 영양 실조 때문에 안짱다리가 되고 버짐 덩어리가 된 어린이들의 이야기. 석유 부족으로 모기약을 만들지 못해 온통 벌레에 뜯겨 흠집투성이가 된 갓난아기들의 이야기. 몇 푼 안되는 돈에 치마를 벗는 여자들의 이야기. 중국 보따리 장사들을 재워 주는 집에서까지 주인이 어린 아들을 시켜 물건을 빼돌리는 이야기….

부자 나라라는 미국에도 거지가 있고 당신들이 부러워하는 한국에도 몇 푼 안되는 정부의 보조금으로 연명하는 사람들이 있게 마련인데, 북한에도 잘사는 사람이 있고 못사는 사람이 있겠지 뭘 그러냐고 내가 대수롭지 않다는 듯이 받아넘기자 그들은 답답해 죽겠다는 표정을 짓는다. 그러면서 왜 한국 사람들은 북한이 잘 못산다고 하면 안 믿으려고 하거나 가슴 아파하는지 료해(이해)가 안된다고 한다.

북한 사람들 역시 자기네가 얼마나 못사는지 모른다는 게 그들의 결론이다. 북한에 있는 오빠를 만나러 두 번 갔다왔다는 한 여교수는 오빠가 옥수수 국수도 제대로 못 먹고 사는 모습도 불쌍하지만, 남쪽에서는 이것도 못 먹고 사는데 우리는 수령님 덕분으로 배불리 먹으니 얼마나 행복하냐고 굳게 믿는 모습이 더 가슴 아프다고 했다.

중국에 사는 친척이 방문하는 집은 부러움의 대상이며 동시에 요주의 대상이 된다고 한다. 옷가지, 식료품, 약품 등 그들에게 절대적으로 부족한 선물 보따리는 반갑지만, 혹시 중국, 또는 한국 소식을 떨어뜨리고 갈까 봐 감시가 심하다고 한다. 그래서 친척이 방문하면 금방 감시자가 나온단다. 그 여교수는 옥수수를 속대째 가루를 내서 만든 국수가 너무 껄끄러웠고 양념도 아무것도 안 넣어 너무 맛이 없었지만, 오빠네를 찾아온 감시자의 눈이 무서워 아주 맛있다는 듯이 국수를 삼키느라고 혼났다며 고개를 절레절레 흔들었다. 우리 중국에선 그런 국수는 구경도 못하게 된 지 오래라면서.

어느새 동정의 대상으로 바뀐 북한 동포

친척 방문이건 장사가 목적이건 연변 사람들이 드나드는 곳은 평양을 제외한 전지역에 걸쳐 있었다. 평양 방문은 아주 제한되어 있기 때문에,

집안시에서 본 압록강
건너편의 북한 마을

그리고 갔다온 사람들도 호텔에 묶다가 용무가 끝나면 얼른 돌아오기 때문에 평양 사람들의 생활에 대해서는 구체적으로 잘 알 수가 없었던 것도 생각하면 참 우스꽝스러운 노릇이 아닐 수 없다. 다른 나라 같으면 오히려 수도에 대한 소식이 더 잘 전해질 텐데.

서시장 2층에는 북한 상대 장사꾼들을 위한 의류 전문 상점들이 늘어서 있다. 한눈에도 싸구려 티가 물씬 풍기는 조잡한 옷가지들이 총 집합된 가게 입구마다, '조선 피발'이라는 입간판이 서 있다. 피발이란 말은 '도매'와 같은 뜻인데 한자 비발(批發)을 연변식으로 발음한 것이다. 원래는 피파라고 해야 할 텐데 앞의 글자는 중국식, 뒤의 글자는 한글식 발음을 그대로 적어서 피발이란 말을 만들어 냈다. 연변에는 이렇게 만들어진 말이 꽤 많다.

연변 사람들은 자기네는 이렇게 싸구려 옷은 줘도 안 입는다며, 순전히 북한을 상대로 한 제품이라며 상대적으로 우월감을 숨기지 않는다. 안도현에 사는 한 농촌 여성은 1년에 서너 차례씩 북한 장사를 하는데 주로 사카린, 모기약 따위의 부피 안 나가는 물건이 이문이 많이 남는다고 했다. 서시장에서 피발로 모기약을 한 병에 30전씩에 사다가 북한에 가면 15원씩 받을 수 있으니 단순한 계산으로 무려 50배 장사인 셈이다. 올 때는 명태를 갖고 와서 파는데 이런 식으로 해서 한 번에 양천 원(2천 원, 우리 돈으로 20만 원) 정도를 벌어서 아들을 위생 학교에 보냈다고 한다.

나는 연변 사람들의 심리를 어느 정도 헤아릴 수 있을 것 같다. 한때는 자기네보다 훨씬 잘살았던 나라가 어느새 동정의 대상으로 변했을 때 오는 우쭐감을 누르기에는 아직 시간이 짧은 것이다. 우리도 한때는 못살면서도 못사는 줄 몰랐지만 개방을 하고 보니 다르더라, 이 우물 안 개구리들아, 빨리 문 열지 않고 뭐 하는 거야 하는 안타까움이 왜 안 생기겠는가. 형제지국인데. 그런 마음을 이해 못하는 건 아닌데도 나한테서 떠날 줄 모르는 이 대책 없는 섭섭함을 어쩌랴.

추석을 사흘 앞둔 9월 하순, 연변 예술 극장에서 북한 청소년 예술단의 공연이 있었다. 열 살도 안되는 아이들이 화랑복 같은 것을 입고 나와 혁명에 관한 칼춤을 능숙하게 추었고, 청년 다섯으로 구성된 록밴드도 있었는데 첫머리는 역시 김일성 장군가를 합창하는 것으로 장식했다.

변두리 서커스단의 비애 느껴져

연변에 볼거리가 없었던 몇 년 전만 해도 북한 예술단의 공연은 대단한 인기를 끌었다고 한다. 그런데 홍콩 스타 TV를 통해 안방에서 세계적인 쇼 프로그램을 물리도록 보게 된 지금도 여전히 그때 그 레퍼토리라니.

가뜩이나 썰렁하던 극장은 한 프로가 끝날 때마다 "에이, 머저리들" 하며 나가 버리는 사람들로 인해 완전히 맥이 빠지는 분위기가 되고 말았다. 제일 앞자리를 차지하고 앉은 조교(조선 교포)들의 박수 소리가 오히려 분위기를 더 공허하게 만들고 있었다. 그때 내 눈앞에는 서울 변두리에서 꼬마 손님들 몇을 앞에 두고 묘기를 보여 주던 서커스단의 천막 극장이 떠올랐다.

공연이 끝나자 사회자는 관객들에게 함께 올라와 춤을 추라고 권했다. 조교들 몇 명이 올라갔지만 조선족은 하나도 오르지 않은 무대를 한국인인 내가 따라 올라갔다. 짙은 화장 밑에 앳된 얼굴을 감춘 여자 무용수들의 땀에 젖은 손을 잡고 무대를 돌면서 나는 자꾸만 서글퍼졌다.

화려해 가는 외모에 떨어져 가는 사기

―문화적 변방 연변의 여성 문제

여성학 특강을 하던 날. 본관 회의실을 가득 메운 여대생들.

중국의 대학 입시는 매년 7월에 전국의 고중(고등학교) 졸업반 학생들을 대상으로 실시되고 성적에 따라 2차까지 지망 학교를 써 낸다. 재수를 하고 싶으면 우리처럼 대입 학원에 등록하거나, 아니면 집에서 혼자 공부하는 것이 아니라 반드시 고중에 복습생으로 등록해야 입시 자격이 생긴다. 이 복습생들이 내야 하는 학비가 엄청나기 때문에 돈 없는 아이들은 아예 재수를 포기할 수밖에 없다고 한다.

개방 이후 교육열 과열, 복습생 증가

개방 이후 교육열이 점점 더 높아지는 덕에 복습생 수가 많아져 고등학교들은 뜻밖의 과외 수입 재미가 쏠쏠하다. 들리는 이야기로는 연변 1중 교사들이 작년에 모두 집을 한 채씩 샀을 정도라고 하니 그 열기를 가히 짐작할 수 있을 것이다.

새 학년은 가을 학기부터 시작된다. 신입생들은 한 달 동안 군사 훈련을 받고 나서야 수업에 들어간다(천안문 사태 이후 북경 대학은 아마 1년 동안 군사 훈련을 받는다고 하던가). 연변의 대학생을 보면 대부분 체구가 작은 편이다. 요즈음 한국에서 중국어나 한의학(중의학)을 배우기 위해 유학오는 학생들이 꽤 많은데 옷차림도 그렇거니와 체구 때문에 금방 알아볼 수 있다. 연변 대학 교정에서 키가 크고 얼굴이 허여멀쑥한 학생을 만나면 백 퍼센트 한국 유학생이라고 보아도 틀리지 않는다.

확실히 국력은 체력인가 보다. 처음 이곳에 와서 놀랍게 생각했던 것 중의 하나가 원래 고구려 사람들이 신라나 백제에 비해 덩치가 컸다고 들었는데 예상과 달리 여기 남자들이 하나같이 왜소하다는 사실이었다. 아이들에게 나이를 물어 보면 여섯 살쯤 되었으려니 하는 아이가 열한 살이라고 대답하는 경우가 비일 비재하다. 그러니 한국에서 온 남자들은 그저 웬만하게만 생겨도 아주 잘생겼다는 소리를 듣게 된다.

그런데 여기 사람들이 남녀를 불문하고 이구 동성으로 하는 말 가운데 나로선 좀 납득이 안되는 게 있다. 한국 남자들은 대부분 잘생겼는데 한국 여자들은 좀처럼 고운(예쁘다는 말 대신 여기서는 곱다라는 말을 쓴다) 사람이 없다는 거다. 한국에 갔다온 사람들도 다 그렇게 말한다. 화장을 곱게 하고 옷을 잘 차려 입어서 언뜻 보면 고운 것 같은데 잘 들여다보면 아니라는 것이다. 텔레비전에 나오는 연원(탤런트)들도 고운 여자가 없다면서 중국 여자들이 훨씬 곱다고 입을 모은다.

내 나름대로 추리해 보건대 아직도 여기서는 미인의 표준을 좀 통통한 여성에다 두고 있기 때문이 아닐까 싶다. 한국 여성들이 오매 불망 바라는 바싹 마른 여자들은 인기가 없다. 그리고 이 이야기를 글로 쓰면 이건 정말 영락없는 푼수 덩어리 같겠지만, 덕분에 여기서, 이 중국 땅에서 내가 난생 처음 미인 소리를 다 들었다는 게 아닌가.

'남자를 잡아라' — 중국 여대생 신풍속도

서울에서는 남편이고 아이들이고 그저 심심하면 나보고 제발 살 좀 빼라는 잔소리를 해대서 은근히 스트레스를 받았는데(스트레스를 받으니까 더 먹을 것만 생각나고 그러니 살은 나날이 더 쪄 가고…), 사람이 살다 보면 이런 일도 다 생기는구나 싶었다. 그리고 아, 예쁜 여자들은 언제나 생일날처럼 조금 들뜬 기분으로 살겠구나, 그렇다면 예쁘게 태어나는 것도 생각보다 꽤 괜찮은 일일지도 모르겠다는 엉뚱한 생각이 들기도 했다.

연변 대학의 여학생들은(한 30퍼센트 되는데) 그래서 그런지 남학생들보다 한결 보기가 좋았다. 긴 머리칼을 묶어 갖가지 모양의 핀으로 장식한 모습이나 꽤 화려해진 화장술, 그리고 대담한 색깔의 옷차림이 무미 건조하고 삭막하기조차 한 캠퍼스를 밝게 만들어 주고 있었다.

문제는 이렇게 외모에서 풍기는 발랄한 분위기와는 달리 여대생들의 사기는 옛날에 비해 형편없이 떨어져 가는 중이라는 사실이다. 얼마 전까지만 해도 의무적으로 국가가 직장을 분배해 주었지만 이제는 자기 힘으로 일자리를 찾아야 하는데, 그들이 취업하기를 원하는 직장에서는 대부분 노골적으로 여학생 채용을 기피하기 때문이다. 그 결과 짧은 시간 동안에 여학생들 사이에서 여자가 공부해 봤자지 하는 식으로 패배 의식이 열병처럼 번져 나가고 있었다. 그러다 보니 그나마 대학에 다니는 동안 남자를 잡아야 한다는 쪽으로 인생의 방향이 잡히고 현재 여학생의 절반 이상이 스테디한 상대를 골라 연애중이라고 한 여대생이 귀띔해 주었다.

이러한 풍경은 선배 여성들이 보기에 한심하기 짝이 없는 노릇이다. 자신들은 그 어려운 환경에서도 혁명을 하거나 사업을 해도 남자들에게 뒤지지 않았는데 이렇게 살기 좋아진 세상에서 여학생들이 분투 노력할 생각은 접어 두고 그저 뜨개질할 생각이나 하고 있으니. 오늘날 중국 사회 전체가 여성들의 사업심이 자꾸 저하된다는 비판도 하지만, 내가 보기엔 한족보다 조선족이 훨씬 소극적으로 보였다.

아무튼 개방이 본격화되고 시장 경제가 보편화되는 지금이야말로 여러 모로 중국에는 여성학이 필요한 시점임에 틀림없다. 이미 북경이나 정주 같은 큰 도시에서는 하루가 다르게 여성 문제에 대한 관심이 불 일듯 일어나 여성 연구를 전담하는 기관들이 속속 설립되고 있는 중이었다.

그러나 연변은 지역적으로만 변방이 아니라 문화적으로도 변방이다. 중앙에서 일어나는 문화적 흐름이 이곳까지 스며드는 데는 아주 오랜 시간이 걸린다. 한국에서 돈이 들어오면서 가라오케니 노래방, 사우나 등의 퇴폐 향락 문화는 전국적 수준이라고 하는데….

여성학을 한 사람으로서의 의무감

개학이 되면서 드디어 나는 연변에서 할 일을 정했다. 내가 할 수 있으며, 또 하고 싶은 일을. 그것은 연변 대학을 중심으로 여성학을 보급하고 여성 문제를 본격적으로 연구하도록 기초를 세워 주겠다는 거창한(?) 계획이었다. 물론 연변 여성을 위하여 이 한 몸 다 바친다는, 뭐 그런 눈물나는 인류애적 사명감은 나한테 어울리지 않는다. 그러나 사회주의 체제가 갖고 있던 장점이 깡그리 사라지기 전에 여기 여성들이 자신들의 문제를 정확하게 인식하고 대안을 찾도록 도와 주는 일은, 아무리 나라가 달라도 여성학을 10년쯤 한 사람으로서 당연히 해야 할 일이라는 신념이 나를 조금 엄숙하게 만든 건 사실이다.

그리고 또 하나, 이화 여대가 나를 여기 보내 주었는데 아무리 그쪽에서 나에게 기대하는 게 없다 해도, 이대의 이름을 좀 알리는 일을 하는 것도 과히 나쁠 게 없잖을까. 사실 한국에서 온 사람들이 내게 해 준 충고는 그렇게 일을 벌여 봤자 당신에게 직접 올 이득이 뭐냐, 공연히 헛공 들이지 말고 이 기회에 당신 공부나 열심히 해 가라는 것이었다.

나는 평소 공부하는 사람들에 대해서 기본상 존경심을 품는 축이었는데, 여기 와서 그게 와르르 무너져 버리는 경험을 여러 번 했다. 이것도 일종의 편견일 텐데 사람들이 너무 마음을 작게 갖는 것 같다. 글쎄 한 구멍을 파다 보니까 그럴 수밖에 없을지도 모르지만, 좁게 판다고 해서 반드시 깊게 판다는 보장도 없는 건데… 그리고 모두들 어떻게 자기처럼 살아야만 잘사는 거라고 믿고 있는지 이해되지 않을 때가 많다. 그렇게 학위와 지위를 갖추면 무조건 남들이 자신을 존경할 거라는 어처구니없는 자신감의 밑에 깔려 있는 심리는 또 무엇인가. 아니, 왜 다른 사람의 삶을 자꾸 자신의 틀에 맞추어 평가하려 하고 게다가 한술 더 떠서 상대방의 동의까지 얻어 내려고 하는지. 각자가 진정으로 자신의 삶을 사랑한다면 남의 삶에 대해서도 그것 자체로 귀히 여겨야 하는 게 아닐까.

내가 마음속으로 세운 계획 중에는 또 하나, 통일에 대한 내 나름대로의 그림이 들어 있었다. 나는 남북한 여성끼리의 만남을 갖는 데 연변의 지정학적 이점을 살리고 싶었다. 남성들이 선심 삼아 껴 주는 구색 맞춤으로서가 아니라 여성들이 주체가 되어 꾸미는 모임을 여기서 마련하는 거다. 그러려면 연변 여성들이 무엇보다 여성으로서의 의식을 갖고 있어야 한다. 한국측에서 마련해 주는 프로그램을 피동적으로 따라가는 수준이 아니라 역사를 만들어 가는 주체로서의 자기 확립.

박 교장을 만난 자리에서 나는 건방지다 싶을 정도로 솔직하게 내가 하고 싶은 일에 대해서 털어놓았다. 박 교장은 통쾌하게 그 자리에서 전적으로 지지를 약속하였다. 그는 오히려 연변 대학 여성들의 소극성을 걱정했다. 아직 한번도 여성들이 주체가 되어 무슨 일을 꾸며 본 적이 없기 때문에 그들을 일으켜 세우려면 아마 힘 꽤나 들 거라고 했다. 나는 자신만만하게 대답했다. 령도(지도자)들의 지지만 있으면 그 다음은 염려 놓으시라고.

연변 대학 여성들, 드디어 여성 문제에 관심 보여

나는 몇 개의 경로를 통해 연변 대학에서 여성 문제에 대해 관심이 있는 교수들을 한자리에 모았다. 그들은 내가 여성학이 어떤 학문인가에 대해서 소개하고 북경 대학의 중외 부녀 문제 연구 중심에 대한 정보를 주자 충격을 받는 것 같았다. 사회주의 국가에 여성 문제가 존재한다는 사실을 공식적으로 인정한 것이기 때문이다. 그만큼 그들은 자신들의 주체적 사고에 대해서 겁을 먹고 있었으며 늘 중앙의 동향에 주의를 기울이고 있었지만 정작 중요한 정보에서는 늘 소외되어 있었던 것이다.

그들은 눈빛을 반짝이며, 내게 여성학을 공부하고 싶다고, 강의를 해 달라고 요청했다. 드디어 사회주의 국가 여성들에게, 그것도 마르크스 레닌주의로 무장된 지식 분자들에게 자본주의 나라에서 온 여성이 여성학을 강의하는, 조금은 기묘한 일이 벌어진 것이다. 9월 중순, 첫 강의가 있던 전날 밤, 그날은 서울의 초겨울만큼이나 싸늘한 날씨였는데, 나는 은근히 조여드는 긴장감 때문에 잠을 설쳤다.

누구나 문제를 볼 줄은 안다,
다만 표현할 기회가 없었을 뿐

−억눌렸던 신바람을 불러일으킨 여성학 강좌

눈으로 덮인 연변 대학 교정에서.
연변의 겨울은 여름보다 훨씬
아름답다.

이제까지 나처럼 교원들을 모아 정기적인 강좌를 연 외국인이 없었기 때문에 여성학 팀은 심리적으로도 흥분이 되었으려니와 학교측에 강의실을 빌리는 문제 같은 것도 매우 힘들어 하는 것 같았다. 팀의 대표격인 정치계의 리복순 선생은 나이가 쉰 살이 넘었으며 간고한 삶을 살아왔음에도 불구하고 사무적인 문제를 처리하는 데 굉장히 낯설어했다. 나로서는 의외였으며 답답했지만 나중에 중국에 대한 이해가 깊어지면서부터는 으레 그러려니 하게 되었다.

외국인 강좌에 장소 사용료 내라는 주문

가장 잊을 수 없는 해프닝은 외국인이 정규 수업이 아닌 강좌를 위해 장소를 빌리면 하루에 50원씩을 내야 한다는 소식을 진행 팀이 머뭇머뭇거리며 전해 왔을 때였다. 그때까지는 어떤 일이 있어도 화를 내지 않았던 나는 드디어 인내심을 잃고 말았다. 아무리 중국인이 재물신의 신도들이라지만 어엿이 초빙 교수 임명장을 받은 나에게 어떻게 이런 요구를 할 수 있으며, 진행 팀은 또 반론 한마디도 없이 나한테 와서 미안하다고만 하면 나보고 돈을 내라는 말이냐 뭐냐, 교장 선생님께 항의하겠다며 싸늘하게 말했다.

진행 팀은 당황했다. 이튿날 당장 나의 말을 담당자에게 그대로 전했더니 그는 그 자리에서 아, 그런 이야길 왜 이제 하느냐면서 어떤 방이든지 마음대로 쓰라고 말을 바꾸더란다. 어처구니없는 예지만 이 경험은 여성 교수들에게 상당한 자신감을 불어넣어 준 것 같았다. 이들은 극도로 수동적으로 길들여졌기 때문에 학교 행정 업무에 대해서는 무조건 따르는 게 관행이었다.

부당한 일에 대해서 자기 의견을 주장하기보다는 차라리 포기하는 쪽을 택하는 것이다. 그들이 잘 쓰는 말에 따르면, 정황(情況: 상황)이 그렇다면 그런 거지 '방법이 없다'는 것이다(조선족뿐만 아니라 한족들도 툭 하면 방법이 없다는 말을 즐겨 쓴다. 할 수 없다는 뜻의 '메이 빤화沒辨法' 한마디에 두손 들고 나가 떨어진 외국인들이 한둘이 아니다).

인원을 열 명 내외로 잡은 것은 순전히 정예 팀을 키우겠다는 나의 의도에서 비롯된 것이지만 나중에 생각하니 너무 닫힌 생각이었다는 반성이 들었다. 이 팀에 끼기를 원했으나 제외된 사람들 중에 너무 좋은 사람들, 특히 젊은 여성들이 상당수 있었다는 사실을 나중에 알았다. 그리고 세상은 언제나 그렇듯이 금방 기득권이라는 울타리를 만드는 법이 아니던가. 여성학이 그렇게 빨리 연변 사회 여성들의 호기심의 초점이 될 줄은 나도 몰랐다.

강좌 첫 시간에 나는 나라는 사람에 대해서, 내가 여기 오게 된 연유, 그리고 나의 목적, 나의 바람에 대해서 언제나 그렇듯이 터놓고 이야기했

함박눈이 펑펑 내린 연변대
교정에서 여성학팀의
림금숙 선생과 함께.

다. 그냥 또 하나의 '다른' 집단을 놓고 강의를 시작하듯이. 이런 방법은
나 나름대로의 경험에서 체득한 '내 식'의 강의술이다.

'다름'을 인정하면 '같음'이 보인다

　여성학 강의는 대학에서만 이루어지지 않는다는 데 묘미가 있다. 항상
다른 집단이 나를 기다린다. 워낙 다양한 여성의 삶 속으로 들어가고픈 욕
구가 많은 나에게 새로운 집단과의 만남은 늘 긴장과 동시에 보람을 주었
다. 그중에서도 90년도 초반부터 무려 52주 동안을 지속적으로 강의했던
한 팀과의 경험은 내게 무엇으로도 얻을 수 없는 힘을 주었다. 그 30명의 여
성들은 어떻게 보면 풋내기에 지나지 않는 나에 비해 사회 운동을 비롯한
다양한 현장 경험이 훨씬 풍부한 막강한 팀이었다. 나이와 경력도 다양해
서 외국인 수녀에서 노동 운동에 몸바친 20대 여성, 신학 교수, 유아 교육
교수, 여성 신학자 등등 이 사회의 소금 같은 역할을 조용히 맡아 온 사람
들이었다. 그들에게 내가 '선생님'으로 불리며 여성학을 가르친다는 모험
을 감히 저지른 것이다.

그러나 가르치는 것은 배우는 것이다. 이때의 경험은 내게 큰 힘을 주었는데 그것을 이제 연변에서 확인할 수 있었다. 바로 '다름'에 대한 접근 방법을 자연스럽게 터득시킨 것이다. 나와 배경이 다르고 경험이 다르고 생각이 다른 사람들, 이들과 나 사이의 다름을 인정함으로써 자연히 찾아지는 같음. 같음을 확인하면서 느끼는 사랑과 기쁨. 확장되는 나.

연변 여성들은 내가 낯선 사람들 앞에서 자기 이야기를 털어놓는 데 질리는 것 같았다. 이런 경험은 나 역시 이미 질리도록 겪었던 게 아닌가. 그들이 살아온 역사가 자신의 감정을 표현하는 데 두려움을 느끼도록 만들었으므로. 그래서 한국 사람들은 입버릇처럼 중국 사람들은 여러 명 만날 필요가 없다, 그들 입에서는 늘 한 가지 이야기만 나온다고 한다.

나는 그들의 당혹감을 눈치채지 못한 듯이 내 이야기를 솔직하게 풀어내면서 자연스럽게 여성학에 대한 설명으로 이어 나갔다. 여성학이 어떤 학문인가에 대해서는 사실 그것을 하는 사람의 입장에 따라 해석이 다르다. 나는 한국의 여성학자를 대표하는 것도 아니고 내가 공부하고 생각한 만큼밖에 알지 못한다고 말문을 열었는데, 이때 그들이 느꼈던 혼란은 그 후 두고두고 얘깃거리가 되었다.

열린 사고가 던진 충격

그들은 도대체 이렇게도 생각할 수 있고 저렇게도 생각할 수 있다는, 우리 식의 열린 자세라는 것에 대한 경험이 없었던 것이다(물론 우리 사회 역시 흑백 논리에서 벗어나지 못한 상태지만). 마르크스 레닌주의처럼 일사 불란한 교시를 기대하고 있었는데, 가르친다는 사람이 자꾸만 이런 입장, 저런 입장을 나열하면서, 당신들은 어떻게 생각하느냐고 묻기까지 하니 황당할 수밖에.

게다가 나는 단도 직입적으로 중국에 대한 내 인상 중 가장 강한 것은 사람들이 너무 남의 이야기만 한다는 점이라고 침을 놓았다. 모두들 한입으로 말하는 것처럼 자신의 느낌을 표현할 줄 모르기 때문에 사람을 만나도 재미를 못 느끼겠다고. 이 시간을 통해서 나는 사람의 목소리를 듣고 싶다고 했다. 그들은 상당히 자존심이 상하는 것 같았으나 또 이내 '도리 있다'며 수긍했다.

나는 그들에게 세 가지 과제를 내주었다. 자신이 생각하는 중국 사회 문제와 중국 여성 문제를 다섯 가지씩 써 내고 자신이 앞으로 하고 싶은 일을 적어 내라고 하였다. 이걸 알아야 다음 시간부터 중국 상황에 맞게 강의를 하지, 자본주의 사회 여성 문제 따위는 그렇게 자세히 알아서 뭐 하겠느냐, 참고만 하면 된다고 말했다. 그들은 이런 수업 방법은 난생 처음이라면서 긴장 속에서 진지하게 글을 써 갔다.

밤 늦은 시간까지 그날 받아 온 과제물을 혼자 훑어보면서 나는, 아 정말 사람은 눈이 다 똑같구나, 다만 입이 다를 뿐이구나 하고 혼자 중얼거렸다. 이제까지 내가 중국의 여성 문제라고 생각했던 문제들을 그들 역시 똑같이 문제라고 생각하고 있었던 것이다. 그리고 또 중국의 여성 문제는 어찌도 그리 한국의 여성 문제와 쌍둥이같이 닮아 있었던지… 그렇다면 앞으로의 강의를 그렇게 부담스러워할 필요가 없다는 안도감이 나를 감쌌다는 게 솔직한 고백이다.

우선 그들이 지적한 사회 문제는 다음과 같다. 사회 분배의 불평등, 직업 선택의 부자유, 부정 부패, 빈부의 차이, 향락주의 기풍, 청소년의 교육과 취업 문제, 관료주의, 인구 문제, 직업 선택의 부자유, 봉폐식(닫힌) 사유 방식, 질서 부재, 배금주의, 농업 생산의 위기, 독신 자녀(외동아이) 문제, 공기와 물의 오염 문제, 지식인 경시, 국민 소질의 저하….

여성학 강좌를 수강한 연변대
여성 교수들과 함께.

'자본주의적' 수업 방식

이 가운데서 지식인 경시라는 문제만 빼놓으면 한국 사회와 다른 점이
어디 있는가.

그 다음 그들은 어떤 문제들을 중국 여성의 당면 문제로 꼽았는가. 가
정과 직업의 조화, 개방에 따른 윤락 여성 문제, 직장에서의 여성 차별 문
제, 여성들의 사상 해방면에서 생기는 문제들(이혼, 제삼자 따위), 여성 자
체의 열등 심리, 여성 자질의 문제, 여성 기시(멸시) 문제, 여성의 정치 참
여 저조… 그리고 여성 문제에 대한 인식 결여.

세 강좌가 끝날 때까지는 처음 경험하는 '자본주의식 수업 방식' (그들
은 내가 하는 여성학적 수업 방식을 번번히 이렇게 표현하곤 했다. 아무리 개별성을
주장해도 소용없었다. 그들이 나중에 한국에 왔을 때 아직도 일방 통행식의 수업이
주류라는 걸 알게 되면 어떻게 생각할까)에 대한 낯설음 때문에 긴장감을 떨칠
수 없었던 그들은 네번째 강좌부터는 드디어 활달하게 수업에 참여하기
시작했다. 북쪽 여성 특유의 개방성에다 사회주의 국가에서 다져진 토론
솜씨가 어디 가겠는가.

세 시간으로 정했던 수업은 보통 네 시간을 넘기기가 일쑤였다. 만주의

가을은 여섯 시만 되어도 깜깜했는데 그들은 밤 열 시까지 자리를 뜰 줄 몰랐다. 두 번인가 정전으로 수업을 못했는데 그때도 새까만 밤길을 자전 거를 달려 강의실까지 왔던 여성이 있을 정도였다.

얌전한 여성들, 신바람나다

사회주의 체제 덕택으로 직업을 분배받아 사회 활동을 할 수 있었던 그 들이지만, 여전히 끈질기게 존속하는 가부장제 문화에서 늘 남성의 보조 자로서만 살아온 데 대해서 처음으로 문제 의식을 갖기 시작했다. 그러나 일단 '눈이 트이자'(그들의 표현이다), 한국 여성들과는 비교도 안될 정도 의 행동력을 보이기 시작했다.

강좌가 끝나 갈 즈음이 되자 그들은 후속 작업의 필요성에 대해서 스스 로 깨우치는 것 같았다. 공부한 것만으로는 안된다. 우리도 지속적으로 여성 문제를 공부하고 학생들에게 가르치고 연변 사회를 개혁해 나갈 수 있는 기구가 필요하다는 데로 의견이 모아졌다. 맨 첫 시간에 나의 소망 을 이야기했을 때, "선생님은 너무 이상주의자야요"라며 딱해 하던 그들 이 이제 저렇게 변하다니….

영하 10도 추위 녹여 준 성취감

교정에서 만나는 령도들마다 내게 "선생님은 무슨 능력이 있길래 얌전 하기만 하던 여성 동무들이 저렇게 신바람이 나서 난리냐"면서 인사를 했 다. 이곳은 아주 좁은 사회이고, 특히 대학은 더 고요한 곳이기 때문에 조 그만 일도 금방 다 전해진다. 그래서 그런지 초기에 만났던 어떤 연구소 장은 내게, 여긴 말이 많은 곳이니 조용히 있다가 가시오라며 친절하게도 몇몇 구체적인 사례들까지 들어가면서 충고했었는데 그 말이 왜 그리 불쾌했던지. '말이 많은 곳은 원래 조용히 있다 가도 말을 만들어 내는 법입니다.' 그러나 이건 어디까지나 속으로만 한 말이다.

나는 우리 팀의 활기찬 표정을 보면서 예전에는 느껴 보지 못한 묘한 뿌듯함에 빠졌다. 그런 걸 성취감이라고 하나. 영하 10도가 넘었는데도 11월이 안됐다고 난방을 안해 주는 차디찬 아파트에서 아래윗니를 딱딱 부딪쳐 가면서도 행복감에 젖게 하는 이 성취감이라는 것. 정말 사람은 불가사의한 존재야.

뒤섞인 형식, 정다움이 남아 있는 결혼식 문화

―어느 평범한 연변 가정의 잔칫날 풍경

신부집을 떠나면서 친정 부모에게
하직 인사를 올린다

중국 텔레비전 드라마를 보면 결혼식 장면이 자주 나온다. 혁명이나 기업 드라마, 또는 역사물이나 멜로물 등 주제는 다양하지만 드라마란 게 결국 사람 사는 모습을 모아 놓은 것이기 때문에 어디나 남녀간의 사랑, 그리고 결혼이 빠질 수 없게 마련이다.

시야를 압도하는 물결

간접적으로나마 결혼식 장면을 자주 보게 되면서 나는 처음 북경에 도착했을 때 시야를 압도해 오던 붉은색 물결, 곳곳에 나부끼는 오성홍기와 붉은색 간판들, 그리고 아이들 목에 걸린 붉은 넥타이를 보고 받았던 충격에서 어느새 헤어날 수 있었다. 붉은색을 정치적 색깔이 아닌 중국적 색깔로 느끼게 된 것이다.

붉은색은 사회주의 혁명이 있기 훨씬 오래전부터 그들의 문화였다. 옛날부터 그들은 붉은 글씨로 복을 기원했으며 결혼식날 새색시의 베일을 붉은색으로 만들어 앞날을 축복했다. 최근 큰 도시에서는 새하얀 웨딩 드레스로 상징되는 서구식 결혼식이 유행하기 시작했지만 아직도 대부분의 도시 서민들이나 농민들은 사회주의식 약식 결혼식을 하면서도 고집스럽게 붉은색 주조를 지키고 있다.

북경에는 맥도널드 햄버거 집이 여러 개 들어섰는데, 먹는 데는 시간을 아끼지 않는 중국인들의 기질로 보아 성공이 의심스러웠던 초기의 우려를 벗고 어디나 손님들로 바글바글하다. 그 이유에 대해서는 이제 먹는 시간조차 아끼며 돈을 벌려는 신세대들의 대거 부상 현상으로 풀이하는 사람도 있지만, 한편에서는 맥도널드의 이미지인 붉은 색깔이 중국인에게 친근하게 다가왔기 때문이라는 분석도 있다.

한족 문화의 변형, 연변의 결혼식

연변 사람들의 결혼식 문화는 그런 점에서 한족과 아주 다르다. 말하자면 한민족 고유의 전통이 어느 정도 남아 있는, 그러면서도 한족과 오래 어울려 살면서 변형된, 한마디로 어디에서도 볼 수 없는 연변 특유의 형식과 분위기를 간직하고 있다.

개방 이후 돈바람이 불면서 연변에서도 결혼식을 전문적으로 취급하는 예당이라든가 큰 식당에서 식을 올리는 사람들이 생겨나고 있지만 워낙 비용이 많이 들기 때문에 노백성(서민)들에게는 먼 이야기에 지나지 않는다.

그들은 결혼식을 올린다는 말 대신에 '잔치를 한다'고 표현한다. 나는 뜻밖에도 어느 새애기(신부)의 생뻰(상빈)이 되어 연길시에서 가장 일반적인 형식으로 치러진 잔치에 하루 종일 참여할 기회가 있었다.

림금숙 선생의 막내 여동생이 잔치를 하던 날은 연길의 겨울치고는 비교적 덜 춥고 화창한 날씨였다. 림 선생의 본가는 오래된 층집의 3층이었는데 우리 평수로 열 평 남짓 정도의 공간이라 아주 좁았다. 그래서 손님을 맞이하기 위해 아래층을 하루 종일 빌려 쓰기로 했다.

화장품 구입에 돈 안 아껴

재래식 주택처럼 문으로 차단된 좁은 부엌에서는 계속 음식을 볶아 내느라 기름 냄새가 진동하였다. 신부는 아래층에서 화장을 하고 있었는데, 익숙한 손놀림으로 얼굴을 매만지고 있던 아가씨는 신부의 단짝 친구라고 했다. 화장품 바구니에 가득 담겨 있는 물건은 모두 상해에서 만든 미국, 중국 합작품으로 보통 20원 정도의 비교적 비싼 종류였다.

중국의 젊은 여성들 얼굴에서 짙은 화장기를 처음 보았을 때 나는 이들의 억눌렸던 화장 욕구에 초점을 맞추어 여기서 사업을 벌이면 떼돈을 벌겠구나 싶었는데, 과연 세계 각국에서 화장품 수출이 여러 형태로 활발하게 벌어지고 있었다. 그러나 가난한 서민 계층에서는 선진국과의 합작품을 살 형편이 아니기 때문에 될수록 싼 제품을 찾게 되고, 이 틈에 인도네시아라든가 태국에서 싸구려 불량 화장품이 대량 도입되어, 연변 같은 곳에서는 한때 수많은 여성들이 수은 중독으로 피부가 벌겋게 되는 증세를 앓아야 했단다.

특히 젊은 여성들은 화장품 구입에 쓰는 돈을 별로 아까워하지 않는 것 같았다. 화장품을 한 세트 구입하면 보통 1백 원 정도 든다니 한 달 수입의 절반이나 되는 셈인데도 신부나 그 친구들은 다른 무엇보다 우선적으로 화장품을 산다면서 도리어 나를 이상하다는 듯이 쳐다보았다.

하기는 70년대 초반 기자 생활을 하던 시절, 나는 석 달 가량을 공장에서 살다시피하며 생산직 여성들의 삶을 취재한 적이 있었는데, 그때 워낙

신랑집에서 신부에게
차려준 큰상.

화장을 잘하지 않던 내 눈에 가장 착잡하게 비쳤던 장면, 그것은 바로 초라하기 그지없는 자취방마다 어김없이 자리를 차지하고 있던 화려한 화장품 병들이었다. 살인적인 저임금 수준에 비해 엄청나게 비쌌던 그 화장품들은 모두 '아모레' 아줌마들이 월부 판매 방식으로 안긴 것들이었다.

신부집 신랑집 오가며 하루 종일 잔치

왁자지껄하더니 드디어 신랑이 왔다. 신랑은 상을 받으러 다른 방으로 가고 가져온 예단 보따리는 친정 어머니 앞에 펼쳐졌다. 노란색과 붉은색의 담요가 한 장씩, 청실 홍실, 중국에서 발행되는 모든 종류의 지폐가 새 것으로 한 장씩, 금반지 한 개, 그리고 장인 장모에게 드리는 옷감 한 벌씩과 결혼 증서가 전부였다. 금반지를 확인한 신부 가족들은 기뻐서 어쩔 줄을 몰랐다. 아마 처음에는 금반지를 할 수 없다고 했던 모양이다.

결혼식은 결국 신랑이 신부집에 와서 상 받기를 하고, 또 신부가 신랑집에 가서 상 받기를 하는 형식으로 하루 종일에 걸쳐 이루어진다. 연변에서는 보통 신랑 상 차리는 데 93년 현재 5백 원 정도, 신부 상 차리는 데 7백 원 정도씩 쓴다고 하는데, 여기에 가장 허례 허식이 스며들어 있다고

신랑 부모에게 누이를 곱게
봐 달라고 부탁하는 오빠들.

보아도 좋을 것이다. 상에는 서양식의 케이크에서부터 순대, 바나나, 사
탕, 과자, 소시지, 닭에 이르기까지 온갖 종류의 먹거리들이 오르는데 실
제로 먹을 수 있는 것보다 장식적 효과를 노린 것들이 훨씬 많다.

좁은 신방은 혼수품으로 만원 사례

분홍빛 얇은 한복에 면사포를 쓴 신부가 들어오기도 전부터 신랑은 술
잔을 받느라고 벌써 얼굴이 벌게졌다. 하얀 쌀밥 밑에 삶은 달걀 두 개를
넣었다가 신랑에게 먹이는 풍습, 신부와 신랑이 팔을 걸치고 술을 마시게
하는 풍습, 닭의 모가지를 비트는 것으로 마무리하는 모습 등 연변 사람
들은 이게 다 한국에서는 사라진 조선 전통이라고 자랑스럽게 말하지만
내게는 모든 것이 뒤섞인 '잡탕 문화'처럼 보였다.

이번에는 신부가 신랑집에 가서 상을 받을 차례다. 신랑이 받았던 상의
음식들은 몽땅 상자에 넣어서 시댁에 가지고 간다. 신랑집은 신부네서 아
주 가까운 곳에 있었지만 빌려 놓은 자동차를 타고 갔다. 신랑집 역시 허
름한 층집이었다. 신랑 부모가 층집 아래까지 나와 있다가 춤을 덩실덩실
추면서 맞아들이고 한복 차림의 화동 둘이 색종이를 뿌리면서 길을 안내

하였다. 신랑집은 4층이었는데 신랑이 아래서부터 신부를 안고 올라가느라고 땀을 뻘뻘 흘리는 모습이 웃음을 자아냈다. 신랑은 몸이 가느다란 반면 신부는 아주 튼실했기 때문이었다.

신부의 상은 신방에 차려져 있었다. 신방은 신부가 사다 놓은 혼수품으로 이미 만원 사례였다. 옷장과 화장대를 요즘 유행하는 하얀색으로 맞추어 놓았고 좁은 방에 비해 너무 크다 싶은 일제 대형 컬러 TV가 위압적으로 버티고 있었다. 상 위에는 역시 오색 과자를 비롯해 수많은 종류의 음식이 차려져 있었다.

신부를 따라온 상빈들인 형부, 오빠, 사촌 오빠 등은 신랑집에 계속 다른 음식을 가져오라고 요구함으로써 가족을 빼앗긴 설움을 달랬다. 신랑측에서도 연신 "뭐가 수요되시오?" 하며 사돈측의 비위를 맞추어 나갔는데 이것 또한 연변의 풍습이라고 한다.

신혼 여행 대신 시내 명소에서 결혼 사진

이곳에서는 신혼 여행을 가지 않는다. 대신 결혼 당일날 자동차를 빌려 시내의 명소에서 사진을 찍는다. 가장 인기 있는 곳은 공원이었는데 마침 이날 문을 닫아서 할 수 없이 연길역 앞, 예술 극장에 가서 기념 사진을 찍고 마지막으로 사진관에 가서 결혼 사진을 찍는 것으로 결혼식 행사를 끝냈다. 최근에는 너나없이 비디오 촬영이 유행하고 있는데, 비디오 대여비와 출장비가 엄청나게 비싸다. 림 선생 동생도 예외없이 하루 종일 비디오 촬영을 병행하였다.

무언가 뒤죽박죽된 듯한 잔치였지만 그날 집에 돌아온 내게 남아 있던 인상은 한마디로 '아직은 사람이 느껴지는', 다시 말해서 무언가 정다움 같은 것이 남아 있는 형식이라는 점이었다. 딸을 보내면서 시댁 어른들을 잘 받들라고 신신당부를 하는 친정 부모의 마지막 말씀, 그리고 음식을 더 가지고 오라고 떼를 쓰면서도 시댁 부모에게 자기 누이를 곱게 보아 달라고 부탁하는 상빈들의 자세 등에서, 여전히 결혼이라는 제도에서 여성이 차지하는 위치는 불변이구나 하는 생각도 지울 수 없고.

언제나 수레를 끌어야 하는 팔잔가 봐요

─어느 30대 여교수가 털어놓은 '나의 이야기'

나는 왜 맨날 아글타글 살아도 이
런지 모르겠어요. 어려서 부모복
못 입고 자란 사람은 나중에 다른
복도 없다더니 그 말이 정말 맞서
(아)요. 우리 어머니가 사망된 것
이 내가 여덟 살 때였어요. 나를 낳
고 폐결핵에 걸렸대요. 실은 우리
어머니도 부모가 일찍 사망되어서

림금숙 선생네 안방에서.

외삼촌 집에서 컸는데 거기 외숙모가 폐결핵을 앓았기 때문에 그 간병을
하다가 그렇게 된 거래요. 내 밑에 네 살짜리 남동생이 있었는데 어머니
가 그만 폐결핵이 중해져서 상사났어요. 그때 서른 살이었대요. 참 아까
운 나이 아니에요? 지금 같으면 잘 먹기만 하면 낫는 병인데 그때 뭐 먹을
게 있었겠어요.

폐결핵으로 어머니 여의고 성격 사나운 계모 밑에서 자라

우리 아버지가 우릴 데리고 3년 동안 그냥 있었더래요. 계모 밑에 들어

가면 고생한다고. 그런데 어디 그래요? 재혼을 했지요. 아버지 생각으론 자기 아이를 낳아 본 여자가 남의 아이 고운 줄 안다고 사내아이가 하나 달린 호사(간호사)를 새어머니로 들였어요. 새어머니가 들어와서 또 아들 하나 딸 하나를 낳았어요. 난 지내 고생 많이 했어요.

새어머니가 성격이 아주 사나웠어요. 어쩌어쩌 고중을 필업하고 그때 는 학생들을 몽땅 농촌으로 보내는 때라 농촌으로 내려갔어요. 우리 집체 호에는 여자만 열여섯이 있는데 밥을 해 먹는 게 영 바빴어요. 새벽 세 시 에 일어나 옥수수를 불려야 하고 거기에 좁쌀 수수를 섞어서, 입밥은 아 주 조금 넣어 밥을 하는데 열여섯이 먹어야 하니 얼마나 많이 해야 했겠어 요. 채는 장물하고 김치하고 그냥 그랬죠.

고중 필업한 지 3년이 지났는데 그때 문화 대혁명 후 처음으로 대학생 을 뽑는다고 해요. 공부를 해야 농촌을 벗어나겠다 싶었어요. 그때 내 나 이가 스물둘이었어요. 3년이나 놀았으니 골이 돌지 않더랬어요. 외워도 인차 잊어버리고. 그때 생각으로는 상해까지는 가야 된다고 생각했어요. 연변은 싫었어요. 그러나 공부가 모자랐는지, 3년이나 놀았으니까요, 동 북 사범에 가게 됐어요. 사범 학교에 가게 된 건 내가 어렸을 때부터 교사 가 희망이었어요.

길림 공대 나온 남자와 결혼, 산동에서 교원 생활 시작

필업을 하고 단위를 분배받을 때쯤 시집을 갔어요. 그때 길림 공대는 아주 좋은 학교였어요. 거기 물리학부를 나온 남자를 누가 소개해 주었어 요. 화룡에서도 아주 산골에 집이 있는 사람이었어요. 그러니 지내 가난 한 집에, 그것도 삼 남매 중에 맏아들이었는데 사람이 아주 얌전하고 내 성적인 사람이었어요. 우리 중국은 요즘은 달라졌지만 그때는 신랑 고르

150

는 데 학업을 아주 중시했댔어요. 요새는 돈 많은 사람이면 누구에게라도 다 간대요. 대학생도 간대요.

시집간 지 1년 만에 딸을 낳으러 화룡골안에 들어갔는데 소설 같은 이야기가 많아요. 내가 조선어를 잘했으면 작가가 되고 싶었어요. 이제까지 본 이야기들이 아주 많아요. 나중에 퇴직하면 그런 이야기들을 다 쓰고 싶어요. 누구에게 보여 주고 발표할 게 아니라 그냥 쓰고 싶어요.

그 골안에서는 지금도 몰래 아편을 맞아요. 거기 사는 사람들은 다 그래요. "한대 맞겠소?"가 인사래요. 아마 워낙 궁벽한 곳이라 병원도 없고 돈도 없다 보니 그렇게 되었나 봐요. 거기선 다 호사처럼 자기절로(스스로) 주사를 놔요. 그러니 수명이 짧아요.

나는 관내로 분배해 달라고 희망했어요. 북경을 제일 소원했지만 거기 가는 건 아주 어려웠어요. 그래 상해쯤은 하고 바랐는데 산동에 있는 학교로 분배되었어요. 전교생 가운데 조선족 학생은 딱 두 명밖에 없고 교원은 나 하나였어요. 그러니 명절이라도 되면 그리 적적할 수가 없었어요. 그래도 3년을 거기서 보냈어요.

시집에서는 맏아들이 돌아오기를 아주 볶아 댔어요. 아들이 출세를 했으면 부모를 모셔야 한다는 거래요. 우리 부모들은 다 아들에게 기대가 크잖아요. 나도 한족 곳에서 3년을 지내다 보니까 연변이 그립고 이왕이면 우리 조선족 아이들을 가르치고 싶었댔어요. 그래 또 위에다 희망을 했지요.

연변에 오니 마음이 그리 편할 수가 없었어요. 남편도 같은 학교로 조동이 되고. 조선족을 가르친다는 게 보람이 커요.

그런데 왜 팔자 타령을 하느냐 하면, 다 돈 때문이에요. 아무리 아글타글 살아도 나는 왜 이렇게 바쁜지 모르겠어요. 내 친구들은 대학 필업 안

해도 다 돈 잘 벌어 주는 남편 만나 고생 안하고 사는데 난 아직 층집에 이사갈 형편이 못돼요. 층집에 가려면 미리 3,4만 원을 내야 하는데 우리처럼 둘이 교원질만 해서는 못 가요. 우리 공자 합해 봐야 얼마 안되는데 그걸로 시부모님 생활비까지 드려야 하니 언제 돈을 모으겠어요. 한국에 갔다온 사람들은 그래도 얼마쯤은 다 갖고 와서 부자가 되지만 우린 친척도 없고 아직 갈 기회도 없었어요.

아홉 살짜리 딸이 그래요. 어머니, 우린 왜 채색 뗀스(컬러 TV)가 없습니까 하고요. 우리 집엔 냉장고도 못 갖추었어요. 제일 바쁜 건 석탄을 땔 때예요. 연기와 먼지 때문에 손이고 얼굴이고 머리카락이 엉망이 돼요. 아무리 머리를 손질하면 뭘 합니까.

궁핍한 살림살이, 채색 뗀스, 냉장고 없어

요즘은 물가가 올라 살기가 영 바빠요. 겨울을 지낼려면 석탄을 미리 150원 어치는 사야 하는데 어제 시댁 것까지 사 넣었으니 그런 돈이 바쁘지.

시부모님은 5년 전에 모셔 왔어요. 맏아들 내외간이 다 대학 교원인데, 골안에서 생각하면 대단한 거죠. 어째 부모를 모셔 가지 않느냐고 시댁 이웃에서도 말이 많았댔어요. 처음에는 셋집을 살았는데 방이 하나밖에 없어서 못 모셔 왔댔어요. 지금 사는 집을 타서 4천 원을 들여서 집을 내어 지었어요. 그리고 모셔 왔어요.

시아버지가 올해 회갑이니 아직 젊으신데 워낙 교원질을 하다가 나중에 농사를 지으시게 되니까 맥이 잘 없어요. 거기다 그 골안이 그런 곳이라 시어머니도 젊었을 때부터 아편에 중독이 되어 맥을 못 쓰세요. 우리가 모셔 오게 된 것도 그 습관을 떼지 않으면 이내 돌아가겠다 싶었댔어요. 시어머니는 처음엔 안 오시겠다고 했어요. 주사를 못 맞으실까 봐. 이젠 다 끊게 되었지만 그 동안 얼마나 난새를 많이 쳤는지 몰라요. 골안에 있던 집을 판 돈 양천 원은 그렇게 다 털어 넣었어요. 이런 얘기는 너무 부끄러워서 아무한테도 안한 얘긴데 오늘은 왜 이렇게 다 얘기하는지 이상해요. 사실 난 동무들하고 만나도 속끓이는 말은 안하게 돼요.

동무들은 그래도 넌 좋겠다. 대학에 있어서 좋겠다고 부러워들 해요. 그러면서도 내외간이 다 대학에 있는데도 왜 전화도 못 놓고 사느냐고 물어요.

지금 중국에선 대학에 있는 사람이 제일 못살아요. 동무들 중에는 관리들 부인도 많고 개체호를 갖거나 기업을 꾸리는 남편들도 많아요. 관리부인들은 공자는 적어도 여러 가지 생기는 게 많대요. 반찬거리 이외에는 제 돈 내고 살 게 없대요. 다 쌓아 놓고 살지요. 이번 학기에는 바깥 강의를 많이 맡았어요. 경제학이라 그런지 강의해 달라는 데가 많아요. 우리 남편은 왜 나한테는 강의가 안 들어오나 하죠. 학교 강의만 갖고는 정말 바빠요. 그렇지만 물리과를 누가 원합니까?

우리 남편은 영어도 하고 컴퓨터도 하는데 자기 능력을 마음대로 못 펴고 있어요. 외국에 가는 것도 기회가 안 닿고. 기업체에 가려 해도 이제부터 사직을 해야 한다니 겁이 나요. 기실 대학에 있으면 눈에 보이지 않는 혜택이 많아요. 집도 시세로 10만 원짜리를 3,4만 원이면 탈 수도 있어요. 기업체에 간다 해서 돈을 조금 많이 받았다 해도 나중에 그 돈 갖고 집 사기 바쁘지요. 그렇지만 젊은 사람이 자기 능력을 펴지 못하자니 얼마나 애나겠어요. 안사람은 안사람대로 너무 바쁘게 다니다 보니 속도 상하고. 나는 자전거 끌고 이리 뛰고 저리 뛰다 보니 속상해요. 오래 서서 강의하다 보니까 허리도 아파요. 어렸을 때부터 관절에 걸렸는데 그게 허리까지 갔나 봐요.

'가무 노동' 사회화 안돼 여자들 이중고

시부모님은 우리가 애나게 사는 걸 보시더니 따로 나가 살겠다고 하셔서 저 우에 셋집을 얻었어요. 처음엔 돈을 벌겠다고 콩나물을 하더니 이내 걷어치우고 지금은 온종일 뗀스만 보고 누워 계세요. 아직 육십도 안된 분들이 사십도 안된 자식만 보고 산다고 하면 모두 웃어요. 우리 본가 (친정집) 어머니는 넌 어려서도 복이 없더니 시집가서도 그렇다고 막 뭐라고 하셔요. 그래 내 우리 남편한테 말합니다. 동무네 부모 때문에라도 내 리혼해야겠다고. 그런데 요새 (여성학을 공부하면서) 생각하면 남편도 참 불쌍하구나 하는 생각이 들어요. 그런 부모님을 봐야 하는 마음이 얼마나 답답할까 하고요. 기실 우리 나이 사람들은 대개는 부모덕을 많이 보고 사는 세대래요. 그런데도 우리 동무들은 그저 시부모가 해 주는 게 모자라다고 불평들 해요. 난 속으로 복이 넘친다 싶어요. 이렇게 아글타글 살면서도, 만약 내가 아무 일도 안하고 집에만 있으면 정신이 돌았을 거래요. 그 시간에 다 뭐 하겠습니까? 자본주의 사회에는 가정 주부만 하는 여자들이 많다는데 그래도 정신을 의탁하는 데가 있겠지요. 교회라든가 자식이라든. 여기 여자들은 기본상 누구나 다 단위에 배치되니까 소속감이 있어요. 두 가지 일을 하느라고 바쁘지만. 여기가 더 가무 노동이 사회화 안돼 있어 여자들이 바쁘지요. 우리 남편은 가무를 못해요. 맏아들로 자란데다가 내가 길을 잘못 들인 거지요. 안 시켰어요. 그러니까 점심 시간에도 꼭 들어가서 밥을 차려 주어야 해요. 우리 공산주의 사회에서는 점이니 하락수(토정 비결) 같은 걸 전혀 보지 않았더랬는데 요새 그걸 보니까 아주 꼭 맞혀요. 내 혼자 그런 책을 보았더니 언제나 수레를 끄는 그림만 나와요. 팔자가 있나 봐요. 아글타글 사는 팔잔가 봐요.

생존 위기가 존재하는 한 여성 해방은 허상이다

—드디어 '여성 문제 연구 중심' 설립되다

"녀성에 대한 존중은 인류 문명의 발달 정도와 밀접히 련계된다. 인류가 몽매할수록 녀성에 대한 태도가 조폭하며 인류가 문명할수록 녀성을 인간답게 대한다. 하나의 민족 하나의 인간이 문명한가 문명하지 않은가 하는 것은 녀성을 대하는 태도에서 나타난다. 지금 발달한 많은 나라들에서 로

여성 문제 연구 중심 성립 대회 준비 위원들이 안내를 맡고 있다.

인과 아동을 존중하는 것처럼 녀성을 존중하며, 또 녀성을 존중하는 것은 그 나라의 사회 도덕으로 일반화되어 있다.

우리 나라는 녀성들의 해방 정도가 다른 나라에 비해 높고 다른 나라에 비해 우월하다고 할 수 있고, 우리 나라는 헌법상에서 남녀 평등을 규정지었고 사회적 제도로 남녀 동공 동수(同工同酬)를 확보하고 있으며, 당과 정부의 시책에서도 남녀 평등을 기하고 있기에 정치·경제·문화 등 각 방면에서 남녀는 평등한 것으로 되어 있다.

그러나 사회 생산력이 충분하게 발전하지 못한 상태에서는 아무리 우

월한 사회 제도일지라도 기본 생존 위기의 곤혹을 떨쳐 버릴 수 없으며, 기본 생존 위기의 곤혹을 떨쳐 버리지 못하고는 그 어떤 형식의 녀성 해방도 허상에 지나지 않는다.

우리 나라는 아직 경제가 락후하며 인민들의 문화 소질이 낮고 봉건 전통 관념의 영향이 큰 데서 90년대에 들어선 오늘까지도 녀성 문제는 중대한 사회 문제의 하나로 제기되고 있다.

우리 나라에서 남녀는 평등 상태에 처해 있지만 그건 어디까지나 락후한 경제를 토대로 하며 평균주의 분배 원칙을 실행하면서 이루어진 형식상의 평등일 따름이며 정치 · 경제 · 문화 심지어 가정면에서는 실질상의 불평등 현상이 많이 존재하고 있다.

특히 우리 나라에서 사회 생산력이 낮은 기본 국정을 정시하고 생산력을 발전시키고 경제를 신속히 일으켜 세우는 일련의 개혁 정책을 실행하자 녀성 문제는 더욱 첨예한 사회적 문제로 나서고 있다. 일부 녀성들의 성 상품화 현상, 능력 시장에서 겪는 녀성들의 곤혹, 경제 체제 전환에서 오는 녀성 취업의 어려움… 등등의 녀성 문제는 학술적으로 연구되어야 할 중대한 사회적 문제가 아닐 수 없다."

사람의 향기 듬뿍 풍기는 노지식인

이 글은 11월 19일 연변 대학 여성 문제 연구 중심의 설립 대회에서 정판룡 전임 부교장이 읽은 축사의 일부를 그대로 옮겨 본 것이다. 정판룡 선생은 연변 조선족 사회에서 가장 명망이 높은 학자로서 한국에도 잘 알려진 분이다. 원래는 전라도에서 태어나 간도로 이주했으며 모스크바 대학에서 문학 박사 학위를 받은 실력파로 연변 대학의 위상을 높이는 데 개인적으로 큰 몫을 했다고 할 수 있다.

배달 민족답게 남을 깎아 내리는 데는 도가 틀 대로 튼 연변의 지식인들도 정판룡 선생에 관한 한 무한한 존경심을 표시하는 데 주저하지 않는다(이처럼 존경받는 학자가 또 한 분 있는데 역사계의 박창욱 선생이다). 정 선생은 학식뿐만 아니라 인품도 남다른 분인데 누구에게나 소탈하게 대하고 특히 개구쟁이처럼 낄낄거리는 그 웃음은 가히 일품이다. 정 선생의 일생에 대해서는 한국에서도 단행본이 출판된 만큼 널리 알려져 있지만, 특히 사람들에게 감동을 주는 부분은 모스크바에서 만난 상해 미인과의 로맨스, 그리고 문화 대혁명 때 당한 혹독한 박해 부분이다.

부인인 왕유 여사는 육십이 지난 지금도 눈에 번쩍 띄는 미모를 간직하고 있으며, 두 분은 아직도 사람들의 입에 오르내릴 만큼 그야말로 동화 같은 금실을 자랑하고 있다. 조선족 남자 교수 가운데 시장 바구니를 들고 다니는 유일한 사람이 바로 이분이다.

재미있는 것은 정 선생을 존경하는 모든 사람들이 이 점에 대해서 만큼은 하나같이 못마땅해 하며, 특히 부인에 대해서는 악의적으로 평한다는 점이다. 조선족 여자 같았으면 그 대학자를 그렇게 부려먹겠느냐, 한족 여자들은 아무튼 너무 드세서 못쓴다, 정 선생이 만약 같은 민족끼리 결혼했다면 틀림없이 교장질을 할 수 있었을 텐데 결혼을 잘못하는 바람에 손해가 많다고 뒤에서 수군거렸다.

물론 이러한 비난에는 여성들도 예외가 아니었다. 정 선생 집(아파트) 앞을 지나갈 때마다 왕 여사가 고함 지르는 소리밖에 안 들리더라, 아파트 바닥에 아무것도 안 깔아 놨더라 등(중국의 아파트는 아주 기초적인 상태로 분양하기 때문에 벽의 페인트칠부터 바닥재까지 다 개인이 알아서 해야 한다), 한족 여성의 성격과 살림 솜씨에 대해서 헐뜯어댔다.

나는 왕 여사와 면식은 없었지만 이미 정판룡 문집에서 그들의 연애사를 아주 감동적으로 읽었기 때문에, 호감을 품고 있었다. 집안 좋고 머리 좋고 인물 좋은 도시의 여자가 오로지 사랑 때문에 가난한 농촌의 조선족 남자와 결혼함으로써 온갖 고초를 겪으면서도 꿋꿋하게 버텨 나가는 이야기를 읽으면서 어떻게 그 여자를 사랑하지 않을 수 있으랴.

솔직히 말해 나도 한때는 국제 결혼에 대해서는 말만 들어도 무언가 찜찜해 했던 못 말리는 국수주의자였던 사람이지만, 이렇게 다른 민족과 오랫동안 섞여 살면서도, 더구나 존경하는 스승의, 역시 존경할 만한 부인임에도 불구하고(왕 여사는 이 대학 외국 문학계의 교수이다) 단지 한족이라는 이유 때문에 미담을 험담으로 바꾸기 좋아하는 우리 민족의 폐쇄성에 대해서는 정말 화가 치밀어 올랐다. 그 남성 우월주의는 또 어떻고!

왜 우리는 이렇게 자신과 조금만 다르면 그저 못마땅해서 펄펄 뛰는가. 또 자기보다 조금만 낫다 싶으면 앞에서는 끽 소리 못하다가 뒤에서는 끌어내리려 애쓰고, 자기보다 조금만 못하다 싶으면 면전에서 무자비하다 싶게 밟아 버리는지. 어쩌다가 우리가 이렇게 어리석고 못된 사람들이 되어 버렸는지, 부끄럽기도 하고 서글프기도 하다.

그러나 정작 정 선생 자신은 남이 뭐라고 입방아를 찧건 전혀 상관을 안 한다는 점에서 진정으로 자유로운 인간으로 보였다. 사회주의 체제의 경직성, 연변 사회의 폐쇄성, 그 어느 것도 한 인간의 자유로운 심성에 별 영향을 준 것 같지 않다는 사실의 확인은 꽤나 즐거운 경험이었다. 어떤 사람은 그 존재만으로도 타인들에게 이 세상이 살 만하다는 믿음을 갖게 한다. 그런 걸 사람의 향기라고 하는 걸까.

일상 생활에서 남녀 평등을 실현하는 학자답게 정 선생은 중국 사회의 여성 지위에 대하여 정확하게 인식하고 있을 뿐만 아니라, 개방 과정에서 벌어지는 각양 각색의 여성 문제들을 걱정하고 있었고, 그 해결을 위해서

는 여성학적 연구가 절실히 필요하다고 보았다. 그는 오늘 성립(설립)되는 연변 대학 여성 문제 연구 중심이 '여성 문제의 실질, 산생(발생) 원인, 발전 법칙, 해결 방도 등을' 과학적으로 해명하는 연구 조직이 되어야 한다고 강조하였다.

신선한 충격을 준 연구 중심 설립 대회

그러한 연구는 당과 정부에서 여성 문제에 대한 각종 방침과 시책을 결정하는 데 이론적 근거를 제공할 수 있으며 여성 문제를 실제적으로 해결하는 데 유력한 여론을 조성할 수 있다고 역설하는 정 선생을 보면서 나는 이번 일을 뒤에서 밀어 준 강력한 힘 가운데 한 분이 바로 이분이었음을 새삼 되새기고 있었다.

성립 대회가 시작되기 30분 전부터 연변 대학 본관 회의장을 꽉 메운 참석자들은 리주석 부교장과 정판룡 전임 부교장(여기선 부르기 쉽게 두 분 모두 리 교장, 정 교장이라고 한다)의 축사 내용에 다소 충격을 받는 것같이 보였다. 그러나 두 분이 실제적인 예를 들어 이야기를 풀어 나갈 때는 머리를 끄떡거리며 동의를 표했다.

중국의 공식 행사들도 우리처럼 대부분은 아주 형식적으로 진행된다고 한다. 그러나 이 성립 대회는 여러 부문에서 '띠이'(第一)로 기록될 만큼 이곳에서는 아주 신선하다는 평을 들었다. 우선 연변 대학에 스물 몇 개의 연구소가 있지만 연구소 설립 대회를 이렇게 거창하게 치른 적이 없었다는 점, 어떤 형식의 대회라도 이제까지 본관 회의장이 모자랄 정도의 참석자가 모인 적이 한번도 없었다는 점, 축사의 내용이 허풍스럽고 형식적이지 않고 실제적이고 감동적이었다는 점, 참석자들이 대회 도중 졸지도 않고 나가지도 않더라는 점, 그리고 연변의 유지들을 다 모은 자리에서 연설한 최초의 한국인이 바로 나라는 점 등, 대회가 끝난 후 며칠 동안 여성학 팀은 이밖에도 서너 가지의 '띠이'를 꼽느라고 열을 올렸다.

나는 원래 축사를 하지 않겠다고 고사를 했었다. 이건 어디까지나 연변 대학 여성들이 주체적으로 진행한 일이며 나는 단지 부풀 대로 부푼 봉숭아 씨앗 주머니를 손톱 끝으로 톡 건드린 것밖에 한 일이 없다며 한껏 겸손을 부렸지만 사실 속으로 굉장히 부담감을 느꼈기 때문이다. 게다가 공식 행사는 모두 중국어로 진행된다는 사실도 마음이 편치 않았었다.

그러나 맨 앞자리에 앉아서 우리말로 편안하게 말하는 정 교장의 축사를 듣노라니 마음이 아주 평안해져 왔다. 그래, 언제 어디서나 이렇게 소탈하게 말하면 다 통하게 돼 있는 거야. 정 교장의 축사가 끝나자 사회자는 중국어로 나를 소개하며 연설을 부탁하였다.

"남과 북 만남의 가교 역할 해 달라" 당부

호기심으로 반짝이는 수백 개의 눈동자를 똑바로 마주하면서, 나는 원고도 없이 말문을 열었다. 마치 이웃에게 말하듯이. 나의 삶에 대해서, 중국의 인상에 대해서, 연변에서 느낀 감상에 대해서, 여성 문제에 대해서. 그리고 정 교장의 연설 내용에 덧붙여, 나는 한 가지를 더 여성 문제 연구 중심의 과제로 내놓았다. 연변의 여성 동포들이 중간 다리가 되어 남과 북의 만남을 유연하게 이끌어 달라고. 약간 울먹였을까. 분위기가 숙연해지면서 관중들의 눈동자에 물기가 어린다고 느끼는 순간 말을 끝냈다. 곧 이어지는 열렬한 박수(그래, 나는 타고난 배우일지도 몰라).

여성학 강좌가 끝나면서 벌어진 한 달 동안의 숨가쁜 일들이 꿈처럼 아른거렸다. 여성들끼리만의 연구소를 설립하자는 욕구에 불이 당겨지자 이내 준비 소조를 결성, 놀라운 추진력이 발휘되었다. 일반적으로 대학에 연구소가 하나 들어서려면 적어도 2년이 소요될 만큼 관료주의가 심각한 중국 사회에서 이번 일은 그 속도에서 단연 이변이었고, 또한 연구소보다 한 단계 더 높은 연구 중심으로 비준이 난 것도 이례적이었다. 덕분에 연구 중심의 주임은 처장급의 대우를 받게 되었으니 실질적으로 대학 내 여성의 지위가 상승된 것이다. 준비 소조 이외의 여성학 팀들도 이번처럼 신나는 경험은 처음이라고 입을 모았다. 그들은 여성들만으로 이렇게 훌륭하게 일을 처리해 낼 수 있다는 데 대해서 정말 상상도 못했다면서 스스로를 대견해 했다.

대회가 끝난 후 연변대 초대소에서 열린 만회(晩會), 그처럼 유쾌한 밤은 아마 내 인생에 다시 없을 것이다.

현실이면서, 현실이 아닌 그런 결혼, 어디 없나

―변경의 역에서 되새겨 본 남편이라는 존재

아파트 크기에 비해 라디에이터가
커서 집 안이 후끈후끈하다.

북경에서 헤어진 지 꼭 백 일 만에 남편을 연길에서 만났다. 비행장 공사가 끝나지 않은 때라 그는 서른두 시간짜리 기차를 타고 왔다. 만주의 시월 오후 여섯 시는 새까만 밤이었다. 중국의 다른 기차역과 마찬가지로 수많은 사람들로 발 디딜 틈도 없이 복작거려도 썰렁하기만 한 대합실, 냉기를 뿜어 올리는 나무 의자에 앉아서 남편을 기다리는 동안 나는 또 한 번 나의 고

질 버릇인, '나는 지금 어디 있는가'라는 상념에 빠져 들었다.

기다림… 참으로 오랜만에 낯선 장소에서 누군가를 기다리고 있는 내가 낯설게 느껴졌다. 여성의 삶은 기다림 그 자체라고 말한 사람이 있었지. 지금부터 거의 30년 전 어느 날, 나는 지금의 남편과 만나기로 한 소공동의 한 다방에서 무려 두 시간을 기다린 적이 있었다. 조금 늦는가 보다, 라는 봐 주기에서 시작된 기다림은 어김없이 어라, 이렇게 늦어?라는 괘씸함으로, 그리고 어디 얼마나 늦는지 두고 보자는 보복 심리… 그러다가는 아니 혹시 무슨 사고라도?라는 불안감에 떨면서 무한정 기다리다가

드디어는 집에 전화를 걸어 보았다. 그랬더니 웬걸, 아직 자고 있다니…
미안, 미안, 얼렁뚱땅에도 그냥 벌떡 일어서지 못하고 헐레벌떡 그가 나
타날 때까지 기다린 심정은, 본때를 보여 주고 말겠다는 당찬 것이었음에
도 불구하고, 결국은 또 너무나 간단하게 넘어가 버렸던 어리석은 스무
살짜리….

새로운 의미로 다가오는 남편을 기다리며

결혼 이후의 삶은 또 얼마나 크고 작은 기다림으로 이어졌던가. 매일
되풀이되는 남편의 늦은 귀가를, 아이들이 학교에서 돌아오는 시간을,
적금 타는 날을, 새 집으로 이사가는 날을, 새해를, 미래를, 그리고 무언
가를.

내 생활이 바빠지면서부터 나는 점점 기다림에서 멀어져 갔다. 남편이
들어와 있었고, 아이들도 잠들어 있었고, 어느새 내일, 또는 내년이 되어
있었다. 일에 바빠 사람을 기다릴 여유가 없었다. 메마른 사회가 싫다고
목청을 돋구면서 정작 자신은 하루하루 더 메마른 사람, 메마른 여성, 메
마른 엄마가 되어 갔다.

낯선 곳에서 보낸 몇 달 동안의 생활은 겉으로는 한껏 여유를 부리는
듯했지만 본능적인 경계심과 긴장감으로 온 신경이 팽팽하게 조여든 상
태일 수밖에 없었다. 만약 남편이 며칠에 한 번씩 전화를 걸어, "어떻게
지내?"라고 거의 사무적으로 묻지 않았다면 아마 엉뚱한 곳으로 스트레
스가 폭발되어 우스꽝스런 광경을 지어 냈을지도 모른다. 애써 자신을 다
스리면서 지냈기에 별로 문제가 없었던 것 같았는데도 그의 목소리만 들
으면 내 입에서는 연변 사회와 연변 사람들에 대한 온갖 종류의 험담이 튀
어 나왔다. 항상, 아니 사람들이 어떻게 이럴 수가 있어? 이래도 되는 거

야?라는 첫마디와 함께.

그는 중국에 관한 한 나의 대선배였다. 본격적인 개방이 있기 전 처음 중국을 다니러 왔을 때 그는 아직 순박함을 지닌 중국인들의 심성에 엄청난 감동을 한 경험이 있었고, 얼마 있다가 공장을 차리면서부터는 중국인들에게 수없이 골탕을 먹으며 이를 간 경험이 있었으며, 그리고 이제는 어느 정도 적응을 해서 반은 중국인 같아졌다는 소리를 듣고 있다. 중국인들의 심성에 대해서는 그야말로 '척하면 압니다'의 경지에 다다른 사람이다. 남편은 내가 중국 오기 직전 팩스로 원고를 보내《동아일보》에 중국 투자 일기를 연재한 적도 있었다(혹시 중국측으로부터 불이익을 당할 까봐 익명으로 게재했다).

가족에게서 떨어져 나와 혼자만의 영역을 개척해 가던 나에게 남편은 이렇게 새로운 의미로 다가왔다. 친구로서, 동반자로서, 선배로서. 나는 변방의 기차역에 홀로 달랑 앉아서 오랫동안 잊었던 기다림과 그리움이라는 말이 간직하고 있는 촉촉한 느낌에 젖어들었다.

휘영청 밝은 달 아래서 월병을 먹다

중국의 국경절(10월 1일)이 낀 추석 연휴는 공식적으로는 5일밖에 안되지만 보통 일주일에서 이주일까지 업무를 중단하고 논다. 남편은 이 기간을 서울의 아이들에게 가는 대신 연길의 아내에게 온 것이다. 그가 일을 하고 있는 하북성 창주는 조선족이 거의 없는 순 한족 곳이었으며, 시라고는 하지만 상당히 낙후한 곳이라 생활이 매우 불편한 지역이었다. 따라서 남편은 연길은 훨씬 더 변방에 위치한 촌구석이므로 내가 굉장히 열악한 환경에서 지내리라고 짐작했었나 보다.

연길역에 내리자마자 그는 우선 수많은 택시들을 보고 놀랐다. 아파트에 들어와서는 일제 냉장고와 텔레비전을 보고 또 한번 놀랐다. 텔레비전을 틀어 보고는 그 다양한 채널에 다시 놀랐다. 창주에는 아직 위성 안테나를 설치한 곳이 없다는 것이다. 연길이 이름난 소비 도시라는 사실을 직접 확인한 셈이다. 아파트도 이만 하면 호화 아파트인 편이니, 단 하나 추위만 빼면 창주보다 훨씬 낫다면서 마음이 놓이는 눈치였다. 마치 시집간 딸을 처음 보러 온 친정 어머니처럼 구는 남편을 보니, 오랜만에 배려를 받는 기분이 과히 나쁘지 않았다. 북방의 아파트 꼭대기층에서 바로 머리 위에 떠오른 휘영청 밝은 달을 바라보며 늙지도 젊지도 않은 부부가 마주앉아 중국식 월병을 먹는 맛은 말 그대로 이국적이며 각별한 것이었다. 게다가 쉴새없이 터지는 폭죽 소리. 이런 게 세상 사는 재미의 하나?

독한 술, 자극적 음식은 고난의 반영인가

한국 선생의 나그네가 안까이를 찾아서 왔다는 소식이 여성학 팀에게 전해지자 그들은 다투어 우리를 집으로 초대하였다. 우선 순위는 물론 팀장인 리복순 선생댁이었다. 리 선생의 남편은 같은 대학 경제학 교수였는데 매우 깔끔하고 예의 바른 인상을 주었다. 책장 이외에는 이렇다할 가구가 없을 만큼 간고하게 살아온 흔적이 역력하였다. 그 흔한 뼁샹(氷箱: 냉장고)조차 갖추지 못하고 사는 형편에 대해서 필요 이상으로 면구스러워하는 리 선생에게서 나는 가난하고 착한 자매를 만날 때와도 같은 연민을 느꼈다.

리 선생의 남편 박 선생은 자기는 아무나 집에 초대하지 않는다며 우리를 초대한 게 얼마나 특별한 배려인가에 대해서 누차 생색을 내면서 아주 즐거워했다. 50대 초반의 이 부부는 사이 좋은 남매같이 얼굴과 표정이 닮아 보였다. 박 선생은 아흔 살이 넘은 장모의 대소변 뒷바라지를 올해 돌아가실 때까지 몇 년 동안이나 정성껏 해서 모범 남편, 모범 사위로 연변 사회에서는 이름이 짜하게 나 있는 분이었다.

중국의 술문화에 대해서는 이미 널리 소개가 되어 있고, 한국 남성들이 중국에서 가장 반가워하는 것도 좋은 술을 값싸게 마실 수 있다는 점이다. 어느 성, 어느 시를 가도 고유의 상표를 가진 맥주, 백주, 포도주가 흔한 게 중국이다. 우리가 빼갈이라고 부르는 백주는 37도에서 55도에 이르는 독한 술로 값도 1리터(2근) 한 병에 2원에서 몇십 원에 이르기까지 천차 만별이다. 연길에서는 지역 특성상 웅담주가 가장 고급품인데, 일반 서민들은 비싸서 사 먹지 못하고 높은 사람들의 접대 연회에서나 나온다.

웅담술은 아니지만 박 선생은 비장의 백주 두 근짜리를 꺼내 놓고 "오늘은 통쾌하게 마입시다(이곳에서는 마시다라는 동사를 마이다라고 한다)"라고 한껏 호기를 부린다. 고춧가루에 새빨갛게 무친 도라지, 고사리, 돼지고기 볶음에 밴새까지 상에 올라 있다. 밴새는 우리 식으로 보면 물만두인데 중국말로는 쟈오즈(餃子)이다.

우리가 고기 만두라고 하는, 보자기에 싸는 것처럼 만드는 만두는 빠오즈(包子)라고 부르며, 중국에서 만두는 만토우라고 해서 속에 아무것도 안 들었거나 팥이 든 흰 빵을 일컫는다. 연변에서는 명절이나 손님을 치를 때 거의 예외 없이 밴새를 만드는 게 풍습이다. 한국에 갔다온 사람들은 서울의 식품점에서 파는 냉동 만두를 발견하고는 한국에서도 밴새를 먹는다면서 매우 신기해 한다. 연길에 있는 동안 내가 가장 많이 먹어 본 음식이 바로 이 밴새와 도라지, 그리고 고사리이다. 중국 고사리는 살이 통통하게 찐 굵은 물건이 많은 반면 북한에서 들어오는 고사리는 대부분 바짝 마르고 질긴 것이 많다.

나는 잡식성이라 뭐든지 잘 먹는 편이지만 단 하나 짠 음식은 질색이

북경에서 가장 고급 물건이 많은
연사 백화점에서의 남편.

다. 부모가 북쪽 태생이라 모든 음식을 싱겁게 먹어 왔기 때문이다. 김장 김치 같은 것도 맨입으로 한 포기를 먹을 수 있을 만큼 싱겁고 시원하게 만들어 먹었기 때문에 결혼 후 시댁 쪽의 경상도 김치가 너무 양념이 진해서 괴로웠다. 이젠 세월도 흐르고 매식도 많이 하다 보니까 입맛이 어느 정도는 짠맛에 길들여진 편인데도 연변 음식은 백이면 백 가지가 너무 짜고 매워서 혼났다. 특히 집집에서 맛보는 김치는 내 입에는 소금 그 자체처럼 느껴졌다.

동네 구멍 가게에서는 아이들 간식거리나 술안주, 혹은 반찬감으로 쇠심줄과 도라지를 손바닥 반만한 비닐 봉지에 넣어 파는데 순전히 소금과 고춧가루로 맵고 짜게 무친 것이다. 도라지를 그냥 기름에 볶아 먹는 경우는 없고 생것을 새빨갛게 고춧가루물을 들이는데 그 매운 맛이란 혀가 떨어져 나갈 정도다.

거의 함경도 출신들이 자리를 잡고 살아왔음에도 음식이 이렇게 자극적으로 변한 데서 연변 사람들의 지나간 역사, 가난을 짐작할 수 있을 것 같다. 이렇게 짜고 매운 음식에다 추운 기후를 견뎌 내기 위해 독한 술을 들이키다 보니 건강이 나빠질 수밖에 없고, 특히 간장과 위장이 좋을 리 없다. 같은 연변 지역에 살아도 한족보다 조선족의 수명이 7년 정도 짧다는 사실에는 이런 습관이 한몫 거들고 있다.

여성 배제하는 술자리 문화는 여기도 마찬가지

일반적으로 중국 여성들은 술을 잘한다고 알려져 있지만 조선족은 이점에서도 예외다. 내가 만난 조선족들 가운데 술을 잘 마실 줄 아는 여성은 다섯손가락에도 들지 않을 정도다. 선천적으로 못 마신다기보다는 내 생각에는 여성의 음주에 대한 부정적 인식 때문에 그런 것같이 보였다.

여성의 사회 생활을 어렵게 하는 요인 중에 술자리 문화에서 배제되는 현상이 거론되는 것은 한국도 마찬가지지만 여기서도 여성들은 술에 관해서 최대한 내숭을 떨 수밖에 없는 상황이다. 여성에게 술을 권해 놓고 뒷자리에서 욕을 하는 건(흉본다는 말을 이렇게 표현한다) 어찌도 그리 똑같은지. 그리고 대부분의 술자리 화제는 음담 패설 일변도인데, 그 수준은 한마디로 '원초적'이다. 귀를 씻고 싶을 정도의. 음담 패설에 관한 한 여성들도 빠지지 않는다. 찌개에 들어 있는 당면을 젓가락으로 집어 먹으면서도 꼭 "나는 가늘고 긴 게 좋더라"라는 식의 말을 덧붙이니까(내가 과민 반응인가?).

한번은 여섯 명인가가 회식을 하는 자리에서 여성 교원이 남성 교원에게 상추쌈을 싸서 입에 넣어 주는 바람에 면구스러워서 어쩔 줄을 몰랐는데, 그들은 한국에서는 다 이런다지요? 하며 호스트격인 남성을 시켜 내게 쌈을 싸 주라고 권하는 게 아닌가. 맙소사.

혼자 사는 여성에 대한 편견은 한국도 심한 편이지만, 중국에서처럼 내가 결혼한 여자이며 남편이 있다는 사실을 다행스러워한 적도 없다. 개인의 사생활까지 국가가 관여해 왔던 중국에서는 여성이 결혼을 하지 않고 산다는 것을 이해하지도 못할 뿐더러 받아들이지도 않았었다.

독신 여성에 대한 편견 심해

최근 들어서야 대도시를 중심으로 전문직 여성 가운데 독신 여성이 생기기 시작했으며, 연길에서도 고학력 여성들 중에 나이 서른이 가까워지도록 결혼을 안한 이들이 하나 둘씩 생기고 있다.

한국에 다녀간 사람들의 입을 통해서 한국의 지식인 여성 가운데는 독신 여성이 많다는 사실이 오히려 과장되게 알려진 탓인지 연변 사람들은 이 문제에 대해서 많이 물어 온다. 한국에서는 여자 혼자 살아도 생계를 유지할 수 있다는 건 이제 상식이 되다시피 했고, 가장 궁금하게 여기는 문제는 성생활에 관한 것이었다. "고독해서 어떻게 삽니까?"에서부터 "아무래도 숨겨 놓은 남자가 있겠지요"라는 추측에 이르기까지.

사랑이니 성이니 결혼이니 하는 문제가 결코 개인적 행위가 아니라는 것을 이곳에 와서 확인할 수 있었던 것도 여성학을 하는 사람으로서 좋은 경험이 된 듯하다. 어떤 한국 남성은 이곳 사람들은 부부 싸움을 잘 안하는 것 같다면서 동지적 결합을 했기 때문에 갈등이 없는 모양이라고 매우 호의적으로 해석했는데, 내 생각은 좀 다르다. 여기서는 주택을 직장 단위로 분배하기 때문에 이웃들의 생활에 대해서 서로 너무 빤하다. 어떻게 화가 난다고 마음대로 고함을 칠 수 있단 말인가.

일상을 떠나면 언제나 친구일 수 있는 부부

아무튼 남편이 있는 동안 하루도 빠짐없이 초대를 받아 다니면서 나는 묘한 분위기를 자주 느꼈다. 내가 하자가 없는 인간이라는 인증을 받는 것 같은 기분이었다고 할까. 그들은 서슴없이 나보고 시집을 잘 갔다고 단언했다. 아마도 남편의 풍채가 그럴듯했던 모양이다.

남편 역시 그런 분위기를 간파해서 그런지 아니면 워낙 피곤해서 그랬는지 몰라도 내가 봐도 놀랄 정도로 말을 아끼면서 점잔을 빼물었다.

닷새 만에 남편이 떠나던 날 저녁, 여교수들 몇이 함께 밥을 먹고 연길역까지 배웅을 나와 열심히 손을 흔들었다. 기적 소리 슬피 우는 변방 역에서의 이별은 그래서 도무지 이별 같지가 않았다.

이틀 후 창주에서 걸려 온 전화에서 남편은 이렇게 이죽거렸다. 아마 여왕의 남편이 바로 그런 기분일 거라고. 무슨 뜻이지?

중국 생활을 통해서 내게 확인된 사실은, 부부가 일상이라는 무대를 떠나서 만날 수만 있다면 영원히 친구같이 애인같이 살 수 있으리라는 아주 평범한 것이었다. 현실이면서 현실이 아닌 그런 결혼, 어디 없나?

사람은 무엇으로 사는가를
돌이켜보게 만드는 신앙의 힘

— 반세기 만에 되찾은 안도 성당에서 만난 여성들

삶은 만남이다. 짐승스러운 세상살
이에 지쳐, 싫다 싫어를 외치다가도
문득 사는 게 꽤 괜찮은 일이라고 생
각되면서 살아 있음에 눈물이 나도
록 감사하는 마음이 들 때가 있는데
그건 뜻하지 않은 시간, 뜻하지 않
은 장소에서 '인간' 을 만날 때이다.
　여성 문제 연구 중심 설립 대회가

노창선 선생(오른쪽)이 마련한 식탁에서
허 신부님과 함께

있기 며칠 전의 어느 날 저녁, 뜻밖의 손님이 내 아파트에 찾아왔다. 지난
추석 무렵에 청주 간호 전문대의 노창선 선생이 국문학 연구차 온 가족과
함께 이곳에 와서 거주하게 되었다. 아이들도 다 근처의 소학교로 전학시
키고 본격적인 살림을 차린 터라 나는 정식으로 차려 준 한국식 반찬을 자
주 얻어먹는 등 민폐를 끼치면서 심리적으로도 큰 위로를 받고 있었는데,
그날은 바로 그 남편 되는 박 선생이 독일인 신부를 모시고 나를 방문한
것이다. 두 분이 학교 앞 만두집에서 술을 마시다가 한국에서 여성 운동
을 한다는 여자가 와 있다는 사실이 화제에 오르자, 그 신부님이 나를 만

나고 싶다고 해서 전화를 했고, 나 역시 호기심과 반가움에 당장 오시라고 응낙해서 이루어진 만남이었다.

한국어가 유창한 푸른 눈의 독일 신부

노 선생 부부는 청주에서부터 독실한 천주교 신자로서 연길에 오자마자 천주 교회에 나갔는데 뜻밖에도 한국에서 잘 알고 지내던 다른 신부님을 만났고 그 신부님을 통해서 오늘의 이 허창수 신부님을 알게 되었다고 한다. 허 신부님은 금발에 아주 맑은 파란 눈을 가진 전형적인 독일인의 외모였는데, 일단 말문을 열자 유창한 한국어가 쏟아져 나왔기 때문에 그 동안 연변 사람들의 거친 우리 말에 지쳐 있던 내 귀가 깜짝 놀라지 않을 수 없었다. 우리 말의 그 부드러움이라니. 게다가 약간은 엄숙하게 보이는 외모와 어울리지 않게 시종 일관 유머를 구사했기 때문에 나는 오랜만에 몸을 뒤틀며 웃어 대느라고 눈물까지 흘렸다.

그는 아주 특이한 이력의 소유자였다. 1972년에 한국에 와서 주로 농촌에서 활동했고, 민주화 운동을 하는 사람들의 후원자 역할을 톡톡히 했으며 국제 엠네스티의 한국 본부장이라는 직책을 맡아 한국의 인권 문제에 깊이 개입했기 때문에 정부의 미움을 받아 온 사람이었다. 그러다가 93년 봄부터 1년 예정으로 연길에 와서 연변 대학에서 독일어를 가르치는 한편 연길 천주 교회의 일도 도와주고 있었다(중국은 아직 외국인 신부가 집전을 못하도록 막고 있다). 대화 도중에 그가 현재 러시아에서 탈출한 북한 벌목공 문제의 인도적 해결을 위해서 여러 방면으로 고군 분투하고 있다는 사실도 자연스럽게 눈치챌 수 있었다.

그런데 언뜻 듣기에 항상 위험이 내포된 일을 계속해 온 허 신부님에게서 내가 느낀 것은 긴장감이 아니라 푸근함이었다. 그는 한마디로 우리 사회에서 좀체로 발견하기 힘든 '열린 사람'이었다. 한국의 사회 운동가들이 흔히 빠지기 쉬운 경직성이 그렇게 싫었다는 그가 중국이라는 이 닫힌 사회에서 느낄 답답함은 오죽할까.

중국 사회의 폐쇄성과 야만성에 대해서 성토하던 나는 갑자기 부끄러움에 휩싸였다. 20년 전, 처음 한국에 왔을 때 허 신부님이 느꼈을 답답함과 내가 지금 여기서 느끼고 있는 답답함이 무엇이 다를까, 라는 데 생각이 미친 것이다. 그 당시 우리들의 가난, 무지, 몰염치, 탐욕 등이 떠올랐다.

다행히도 허 신부님은 당시의 한국 사회는 지금의 중국보다 한결 나았다고 평가했다. 무엇보다도 사람들이 염치를 알고 있었으며, 특히 젊은 이들이 예의를 지킬 줄 알았다고 말했다. 그는 이곳 사람들의 탐욕과 학생들이 버릇 없음에 깊은 상처를 받은 듯했다. 여기 학생들에게 인사를 받아 본 기억이 없다는 것이다. 그리고 학생들이 공부에 대한 열의가 없는 것도 한국과 크게 다른 점이라고 지적했다. 우리는 사회주의 사회가 형성한 인간성에 대해서 똑같이 실망하고 분노한다는 점에서 죽이 잘 맞아 들어가는 동지였다.

허 신부님의 가족사는 충격적이었다. 말하자면 독일판 이산 가족이었다. 어머니는 남편이 전사한 줄 알고 서독에서 홀몸으로 두 아들을 키우고 있었는데 60년대 후반에 와서야 전쟁 포로로 동독에 잡혀 있는 것을 알았다고 한다. 그 아버지는 얼마 전에 돌아가셨는데 워낙 떨어져 살아서 그런지 별 느낌이 없었다고 한다. 형님도 신부로 지금 이탈리아에 가 있고 어머니 혼자 독일에서 살고 있는데 여든이 넘으셨기 때문에 늘 건강이 염려된다고 했다.

이렇게 특이한 배경을 가진 독일인 신부와 대학에서 독문학을 전공했지만 독일어는 한마디도 못하며 종교란에는 늘 '무'라고 써 넣는 여성학자인 나는 그날 맥주를 마시면서 세상살이에 대해서 다양한 대화를 나누었다. 민족도, 종교도, 성별도, 사람끼리의 만남에는 아무런 장애가 되지 않았다. 이론으로만 생각했던 어떤 종류의 연대감을 실제로 겪을 수 있다는 사실에 나는 감동을 받았다. 세상은 정말 넓은 곳인가 보다.

백두산 가는 길, 안도현의 성당

며칠 후 박 선생과 함께 신부님을 따라 안도로 가는 기차를 탔다. 전날 밤 내린 눈으로 연길시는 온통 하얗게 변해 있었고, 영하 20도의 기온은 여기가 만주구나를 새삼 생각하게 만들 만큼 매몰찼다. 눈에 덮인 연길시는 평소의 모습과는 완연히 다른, 약간은 환상적인 멋까지 풍기고 있었다.

나는 연길 백화점에서 298원을 주고 산 오리털 코트로 완전 무장했지만 운동화를 신었기 때문에 미끄러질까 봐 계속 다리를 긴장시켜야 했다. 연길역에는 60대의 조선족 여성 둘이 나와 있다가 신부님을 반갑게 맞았다. 안도까지 안내를 맡은 천주교 신자였다.

이곳에 와서 받은 질문 가운데 상당 부분이 한국의 종교에 관한 것이었다. 거의 반세기 동안 종교를 억압했던 사회에서도 사람들의 관심만은 죽이지 못했던 것 같다. 어떤 40대 여성은 생전 처음 성경을 읽어 보았는데 공산당이 주장하는 것과 똑같은 내용이었다면서 신기해 했다. 그들은 대부분 개신교와 천주교가 어떻게 다른지도 모르고 있을 정도였지만 종교의 효용에 대해서는 많은 사람들이 긍정적으로 보고 있었다. 그러나 이곳을 찾는 종교인들에 대해서는 반반으로 의견이 엇갈렸다. 한국 여성들은 으레 다 교회에 나가리라고 믿고 있던 그들은 내가 교회에 다니지 않는다고 말할 때마다 놀라곤 했다. 이제까지 만나 본 한국인들 중에 처음이라고. 신부님의 안내를 맡은 두 여성도 내가 신자가 아니라고 하자 아주 실망하는 표정이었다.

사회주의 나라에 와서 전도를 당하는 입장에 처하는 기분, 그 미묘함을 어떻게 설명할 수 있으랴. 두 분은 연변 지역의 여러 마을에 흩어져 있는 신도들을 찾아 다니면서 성경책을 전해 주고 함께 기도를 하는 등 전교 활동을 하느라고 바쁘게 살고 있었다. 가장 큰 문제는 성경책이 절대적으로 부족한 것이라고 했다.

허 신부님이 안도에 가는 사연을 아는 사람이라면 누구나 숙연해지지 않을 수 없을 것이다. 백두산 가는 길에 반드시 거쳐야 하는 안도현에는 1933년에 지어진 천주 교회가 있다. 스물여덟 살의 청년으로 그 교회를 지었던 독일인 신부님이 지금도 왜관 수도원에 살아 계신다고 한다. 여든 아홉 살의 노신부로. 중국의 개방 정책은 반세기 동안 국가가 빼앗았던 교회 건물들을 원래 주인에게 다시 돌려주기로 했기 때문에 그 동안 현 정부 청사로 쓰이던 안도 성당도 돌려받게 되었다고 한다. 그러나 건물이 너무 낡았기 때문에 개축을 해야 하고, 신도들에게 경제적 능력이 있을리 없으므로 이번에 노 신부의 지시를 받고 허 신부가 정황을 살피러 온 것이다. 오늘이 세번째 방문이라고 한다. 역에서 내려 택시를 갈아 타고 도착한 교회 앞에서 나는 입이 벌어졌다. 어떻게 이 거대한 건물이 아직까지 남아 있을 수 있었던 걸까. 주위의 다른 건물과는 전혀 다른 웅장한 모습의 교회는 비록 겉면이 떨어져 나가는 등 상처투성이였지만, 성당 고유의 위엄을 그대로 간직하고 있었다. 한때는 신도가 2천 명을 넘었다고 했다. 이 산골에서.

원래 두 개의 종루가 있었다는데 지금은 종루는 없어지고 종 한 개만이 건물 앞에 덩그러니 방치되어 있었다. 종에는 '1919 ALMATA' 라는 글자가 새겨 있었다. 알마타는 예전 동독의 지역 이름이라고 허 신부님이 설명해 주었다. 그러니까 지금부터 60년 전 한 젊은 독일인 신부에 의해 이 모든 것이 이루어진 것이다. 그 분은 지금 노쇠한 몸으로 저 반도의 남쪽에 누워서 젊은 날의 꿈을 재건하고 있고.

친정 어머니 대하듯 반기는 70대 여성들

허 신부님을 맞는 안도의 식구들은 마치 친정 어머니를 대하는 듯했다. 국가에서 배정한 신부님이 한족인데다가 너무 젊어서 신도들에게 친밀감을 주지 못한다고 투정하면서, 오늘 마침 출장중이라 안 오셨으니 허 신부님에게 설교를 해달라고 간청했다. 칠십이 넘은 여신도들이 투정부리듯 허 신부님에게 매달리는 모습은 조금도 구질구질한 느낌 없이 순수하게만 보였다. 드넓은 마루, 드높은 천장, 깨진 유리창으로 찬바람이 휘몰아쳐 들어왔다. 높은 강단 위에서는 허 신부님이 옷을 갈아입고 집전을 하고, 마루에는 남루한 차림의 늙은 신도들 스무 남짓(대부분 여성들이었지만 할아버지도 몇 분 있었다)이 무릎을 꿇고 앉아 간절히 기도를 드리고… 영원히 잊을 수 없는 풍경. 이 사람들은 그 동안 어디서 살았던 걸까.

내 몸은 꽁꽁 얼어 들어 아프기조차 한데 훨씬 얇은 옷을 입은 그들에게선 열기가 솟는 것 같았다. 종교가 없는 나에게는 이해 불가능한, 그러나 쉬임 없이 뜨거운 눈물이 솟아나오게 만드는 그 무엇.

사람은 과연 무엇으로 사는가.

여섯 달 만의 귀국길에서 생긴 일들

—촌지에서 한약재 밀반입까지, 여섯 달 만에 만난 세 아들

원래 나는 연변에 한두 달 있다가 서울에 다녀올 예정이었다.

이화 여대와 숙명 여대가 북경 대학과 공동으로 열기로 한 제1회 동북아 여성 학술 대회에 참석하기로 했기 때문이었다. 그러나 중국과의 첫 대회이니 만치 모든 일이 제대로 연결되지 않는 바람에, 예를 들면

도문시 정암촌으로 민요를 채집하러 온 충북대 국문과 여학생들

북경 대학에서 팩스 한번 보내려면 기안을 올린 후 닷새 정도가 걸릴 뿐만 아니라 한 장에 70원 정도나 내야 한다. 그러니 중국측에서 신속하게 응답하기를 바라는 것 자체가 무리일 수밖에. 급한 사람이 우물 판다고, 결국 한국측에서 일방적으로 추진하게 되고, 이 과정에서 입는 심리적 경제적 손실이 막대하다.

아마 현재 중국과의 모든 거래가 이런 식으로 진행되고 있다고 해도 과언이 아닐 것이다. '짝사랑'이라는 말이 나올 정도니까. 대회 날짜가 자꾸 연기되더니 겨우 12월 1일로 최종 확정된 것이다.

생전 처음으로 받은 촌지, 무려 1천 원

기껏해야 가을에 입을 얇은 스웨터 몇 벌만을 챙겨 온 나는 그 동안 별수없이 중국제 옷을 사서 추위를 견뎌 내야 했다. 연길 제1백화점이나 지하 시장, 국제 무역 백화점 같은 곳에는 한국 옷이 지천으로 걸려 있었지만 값이 엄청나게 비쌌다. 속에 털을 댄 까만 바바리 코트 한 벌에 무려 7천 원(우리 돈 70만 원)을 붙여 놓은 곳도 있었다.

연변 여성들은 한민족의 후예답게 옷치레가 심한 편이라, 최근 형편이 좀 나아지자 한국제 옷의 선풍이 불고 있다. 그래서 그런지 내 옷이 중국제라는 말을 들은 연변대의 남자 교수 한 분은 깜짝 놀라는 표정으로 '연변 부녀들이 사상 해방을 해야 한다' 면서 흥분을 감추지 않았다.

연구 중심 설립 이후 나는 만나는 사람들마다 '큰 공로를 세우셨다' 며 맞대 놓고 귀에 간지러운 치사를 하는 바람에 조금은 멋적은 기분인데다가 신문에 난 기사를 보고 각종 분야에 있는 여성들로부터 만나자는 제의가 쏟아져 들어왔다.

소위 '련계' 를 갖고 싶다는 것이다. 물론 련계의 내용은 거의 다 한국에 갈 수 있는 길을 찾아 달라는 것이었다. 이러한 상황 때문에 어느 정도 마음에 부담감을 느끼고 있던 터라 잠깐 이곳을 떠날 기회가 생기니 아주 잘됐다 싶었다. 계획했던 일을 해 놓고 보니 갑자기 아이들 살림살이도 걱정이 되었고(참 알량한 엄마다).

아주 귀국하는 게 아님에도 불구하고 학교와 연구 중심측에서는 송별회를 해야 된다면서 자리를 마련했다. 그리고 저녁 만찬에 앞서 가진 회의에서 박 교장은 내게 연변 대학 여성 문제 연구 중심의 고문으로 초빙한다는 증서를 주면서 앞으로 연구 중심이 해 나갈 일들을 성심으로 도와달라고 당부했다.

그 다음에 일어난 뜻밖의 사건. 박 교장이 웃으며 누런 봉투를 한 장 주는 게 아닌가. '촌지(寸志)'라는 글자가 씌어 있다.

나는 당황해서, 어떻게 자본주의 부자 나라에서 온 사람이 사회주의 중국의 가난한 교장 선생님에게 돈을 받을 수 있느냐며 극구 사양했다. 그러나 박 교장은 막무가내로, 자식들 다 두고 이역 만리 먼 땅에 와서 큰일을 했는데 박 교수 성격을 보니 아이들한테 선물 한 조각 안 사 갈 것 같다, 친척 아저씨가 주는 거라 생각하고 부담 갖지 말고, 꼭 중국에서 만든 선물을 사다 주라며 내 손에 봉투를 억지로 쥐어 주었다.

집에 돌아와 뜯어 보니 인민폐가 무려 1천 원이나 들어 있었다. 교수의 석 달치 봉급에 해당하는 거액이었다(후에 중국과 중국인의 기질을 잘 아는 한국 사람들에게 이 사건(?)을 고백하면 백이면 백 다 나를 다시 본다. 어떻게 했길래 그 인색한 중국인들의 호주머니에서 돈을 빼냈느냐며, 마치 내가 무슨 비장의 재간이라도 숨기고 있는 것처럼 훑어본다. 남편까지도 이거야말로 '역사적 사건'이라며 나를 찬찬히 볼 정도였다).

학술 대회 대표단도 '권력순'

학술 대회에 참석할 중국측 참가자는 원래 북경에서 아홉 명, 동북 3성에서 각 한 명씩 세 명이었으며, 길림성 대표로는 리봉련 연변 자치주 인민 대표 회의 상무 부주임이 예정되어 있었다. 일반적으로 학술 대회라고 하면 한국측은 으레 교수들이 주체가 되지만 중국은 사정이 판이하다. 특히 외국에서 개최되는 대회에는 아무리 학술 중심이라 해도 당이나 관의 실력자들이 참석하는 것이 관례로 되어 있다. 지식인의 위상이 별것 없는 데다가 외국에 나간다는 것 자체가 큰 이권이 되기 때문에 이런 현상이 벌어지는 것이다.

제1회 동북아 여성 학술 대회를 끝마치고. 네번째 이화 여대 윤후정 총장, 다섯번째 주한 중국 대사 부인.

이번 대회도 마찬가지여서 원래 예정된 참석자 가운데 교수는 단 두 명이고 나머지는 정치가나 행정가들이었다. 나는 리봉련 부주임과 함께 도문발 기차를 타고 서른여섯 시간 만에 북경의 남역에 도착했다. 리 부주임은 찰밥과 무짠지, 그리고 닭발 따위의 먹거리들을 한보따리 싸 가지고 왔다. 연변에서는 닭발 요리를 아주 귀한 음식으로 치는데 중국 특유의 양념에서 풍기는 냄새 때문에 나는 썩 구미가 당기지 않았다.

북경역에 내리자 리 부주임과 나는 각자의 숙소로 갈라졌다. 나는 남편이 잡아 놓은 곤륜 반점에 묵으면서 중국측 참가자들과 연락을 했는데 최종적으로 북경에서는 세 명만이 참가한다는 것이었다. 윤신숙 선생까지도 여권상의 문제 때문에 불참하게 되고, 북경대의 정필준, 리옥결 선생과 중국 인민 정치 협상 회의 전국 위원회 위원인 조위 선생만 한국에 가게 되었다고 한다. 한족 세 명, 조선족 세 명으로 중국측 대표단이 구성된 것이다. 단장은 물론 가장 지위가 높은 조위 선생.

중국과 관련된 일치고 제대로 되는 게 없다는 속설은 역시 정설이었던 모양이다. 겨우겨우 공항에서 만난 대표단은 그날 예정된 시간에 비행기를 타지 못하고 말았다. 천진으로 오던 아시아나 항공기가 상해에서 회항을 하는 해프닝이 벌어진 것이다. 그래서 천진에서 하룻밤을 자야 했으니, 한국에서 준비하던 사람들은 또 얼마나 황당했으랴.

김포 세관에 걸린 조선족 대표들

다행히 이튿날 비행기가 뜨긴 했는데, 그 다음 김포 공항에서 벌어진 또 하나의 해프닝. 조선족 대표 세 명의 가방이 몽땅 세관에 걸린 것이다. 약 때문이었다. 세 사람 모두 한국에서 돈이 된다고 소문난 웅담을 비롯해서 각종 약을 너무 많이 갖고 들어온 것이다. 정말 못 말릴 노릇이 아닌가. 이미 그들의 탐욕에 대해서 면역이 되어 있었던 나지만, 열이 올랐다.

이번만큼은 상황이 다르지 않은가. 우선 이번은 명칭이 그래도 학술 대회라는 점이며, 또 세 사람은 나름대로 조선족 사회에서 상당한 부와 명망을 누리는 최상층에 속하는 여성들이다. 천진 공항에서 여섯 사람이 만났을 때 조선족과 한족은 한눈에 구별이 됐다. 그 옷차림으로. 옷차림으로만 보면 나는 문제 없이 한족 쪽으로 분류될 만큼 조선족들은 고급품을 걸치고 있었으며, 여행 가방의 품질과 크기도 비교가 되지 않을 만큼 표가 났다. 닷새 동안의 학술 대회에 참석하는 데 웬 가방이 저렇게 클까 조금 의아했었는데, 과연.

조위 선생의 표정이 순식간에 경직되었다. 그는 나에게 무슨 문제가 있냐고 물었다. 나는 잘 모르겠는데 별것 아닐 거라고 둘러대었다. 긴장을 해서 그런지 중국 대표들이 하는 중국어가 마치 우리 말처럼 또렷하게 귀에 들어왔고 내 입에서도 유창한 중국어가 튀어나왔다. 조위 선생은 세관에서 저 조선족과 자기들의 관계를 물으면, 자기들은 이번에 처음 그들을 알았으며, 그 선발 과정에도 관여하지 않았으니 자기들과 연관시키지 말아 달라고 냉정하게 선포했다. 고장난 지퍼를 끈으로 동여맨 그들의 허름한 가방에는 한국측에 전해 줄 자료만이 빼곡이 들어 있었다.

두 시간쯤 지나서야 조선족 여성들이 출구를 빠져 나왔다. 어색한 웃음을 띤 그들 입에서는 그러나 미안하다는 말이 단 한마디도 나오지 않았다. 오히려 별일도 아닌 걸 갖고 같은 동포를 이렇게 홀대할 수 있느냐면서 큰소리를 쳤다. 나는 솔직히 그들을 쳐다보기도 싫었다. 나는 조위 선생에게 미안하다고 사과했다. "같은 민족이 저지른 실수를 사과드립니다." 그러자 조위 선생이 즉각 답했다. "우리 중국 사람이 저지른 실수, 미안합니다."

믿는 만큼 자라는 아이들

여섯 달 만의 귀가. 집안은 마치 다른 집처럼 깔끔하게 정리되어 있었다. 부엌 벽에는 못 보던 화이트 보드가 걸려 있었고, '식용유, 진간장' 따위의 글자가 씌어 있었다. 아마 구입할 물품을 메모해 둔 것 같았다. 그 밑에는 "동준, 오늘 늦게 귀가"라는 메모. 그러니까 이 화이트 보드는 이 집안의 연락망인 셈이다. 아이디어가 참신하다.

큰아이가 온 집 안에 기름 냄새를 풍기면서 동태전을 부치고 있었다. 밀가루를 묻히고 계란을 씌우는 그 복잡한 걸. 엄마가 도착할 시간에 맞추어 기다리고 있었던 모양이다. 그리고 식탁에는 불고기에 생굴, 생선구이까지… 부쩍 몸이 굵어진 듯한 막내가 덩치에 어울리지 않게, 혀 짧은 소리를 냈다. "형들이 아침에 안 일어나서 제가 밥해 놓고, 도시락 싸갖고 다녔어요." 이런 쾌씸한 형들이 있나.

4년 전인가, 위암으로 세상을 뜬 선배가 말했었다. 아이들 밥이 걱정이 돼서 입원을 꺼려했는데, 엄마가 없어도 잘살데요. 그때 그 선배는 자신이 금방 죽을 거라는 생각은 꿈에도 못하고 우스개처럼 말했었다.

그래, 아이들은 부모가 믿는 만큼 꼭 그만큼 크는 법이다. 아니, 그 믿음보다 훨씬 클 수 있는 거다.

감격해서 울어도 시원찮을 객관적 상황이었지만, 나는 푼수 엄마 답게 한마디 안할 수 없었다. 동훈아, 생선전을 부칠 때는 먼저 생선에 소금간을 해 놔야 해. 이건 너무 싱겁잖아.

"시번! 시번!" 진시황릉 앞에서 들리는 우리말

—서안에 서니 마음이 편하다

서태후가 건조한 북경의 이화원.
연못가에서 박완서 선생님과 함께.

꼭 한 달 보름 간 서울에 머무른 다음, 나는 다시 중국행 비행기를 탔다. 아이들의 깔끔한 살림 솜씨와 늠름한 자세는 이제까지 엉거주춤 일변도였던 엄마로 하여금 자기 앞의 삶에 대하여 보다 진지하게 생각하게끔 몰고 갔다. 이제부터 문제는 아이들의 독립이 아니라, 나의 독립이다. 아니 벌써.

북경에서 만난 남편에게 이런 생각을 털어놓으니까 그 역시 동의하면서, 우리 집에서는 이제 자기만 잘하면 된다나. 실은 아이들 셋이 다 똑같은 말을 했었다. 우리 집에선 다 자기만 잘하면 된다고. 다른 식구들은 다 잘 하고 있다고 보는 거다. 나 역시 아무리 도리질을 쳐 봐도 우리 집에서 가장 문젯거리는 나밖에 없는데.

고난의 한풀이 "목욕할 권리가 있다"

남편과 함께 지낸 나흘 동안은 역시 곤륜반점에 들어 있었는데, 이 호텔은 별 다섯 개짜리의 초현대식 시설을 갖춘 호화판이다. 지난번 귀국하

184

는 길에 이 호텔에 처음 들어선 순간, 나는 연변과 북경의 엄청난 부의 차이에 얼이 빠질 지경이었다. 프런트 복무원들의 세련된 태도는 중국인의 것이 아니었다.

그러나 못 올 데를 온 것 같은 거북스러움도 잠깐, 여섯 달 동안 겪었던 고난(?)을 일순간에 가시게 하는 그 안락함이 마치 그 동안 빼앗겼던, 당연히 누려야 할 권리처럼 다가왔다. 특히 날씨가 추워지면서 석 달 동안 목욕을 제대로 못했다는 데 생각이 미치자, 나는 욕실로 뛰어들어갔다. 그리고는 몸을 삶을 정도로 뜨거운 물을 콸콸 맞으면서, "그래, 난 이렇게 목욕할 권리가 있어. 권리가 있단 말이야, 누가 뭐래"라고 큰소리로 떠들어대기까지 했다. 치매증에 걸린 노인처럼.

가난의 한풀이라고 하면 정확한 표현일지. 이 호텔의 하루 경비가 연변의 한 달 생활비를 훨씬 초과함에도 불구하고 그렇게 숫자로 비교한다는 발상 자체가 뭘 모르는 짓처럼 여겨졌다(이러다 망하기 십상이지).

그러나 다행스럽기도 하고 미안하기도 한 점은 그 엄청난 돈들이 내 주머니에서 나가지 않는다는 사실이었다. 대학에서 받은 경비로는 꿈도 꾸지 못할 일이었다. 결혼한 지 사반 세기 만에 남편을 톡톡히 우려 내는 악처 노릇을 이 북경 땅에 와서 이렇게 단단히 하게 될지 누가 알았으랴. 서울에서는 남의 주머니에서 나가는 돈도 아까워 벌벌 떨던 짠순이도, 환경이 달라지니까 이렇게 안면을 몰수하는 거다.

북경에서 이번에는 한껏 느긋하게 나흘을 보냈다. 나흘이 지난 후 남편은 창주로 내려가고 나는 북경의 다른 쪽에 자리잡은 신대도 반점으로 숙소를 옮겼다. 한국에서 온 문학 기행 팀과 합류하기 위해서였다.

이번 귀국 기간 동안 소설가이신 박완서 선생님과 자리를 함께 한 적이 있었다. 《여성신문》의 이계경 사장, 사회 운동가 김희선 선생, 그리고 박

용일 변호사가 모여 저녁을 먹고 노래방까지 간 날이었다. 박 선생 말씀이 1월 중순께 현대 문학사에서 기획한 문학 기행 팀의 일원으로 중국 남쪽을 여행하기로 했다는 것이다. 나는 귀가 번쩍 뜨였다. 연변에 있는 동안 남쪽을 여행하고 싶다는 생각은 늘 갖고 있었지만 언제 어떻게 누구와 함께 할까를 정하지 못하고 있었기 때문이었다. 난 과연 행운아야를 되뇌이면서 담당 여행사에 연락을 해 두었던 것이다. 북경에서 만나기로.

열일곱 명으로 짜인 문학 기행 팀에는 문학 평론을 하는 김윤식, 김화영 교수를 비롯하여 이름이 익은 분들이 들어 있었다. 내 룸메이트는 시를 쓰는 최정례 씨였는데 30대 후반이라는 나이를 전혀 짐작할 수 없을 정도로 대학생 같은 청초한 외모에다가 주위에서 맑디맑은 감성이 절로 흘러나오는 것 같은 느낌이 들 정도로 순수해 보였다. 최정례 씨는 남편과 두 아이들을 두고 처음 떠난 여행이라며 아주 행복해 했지만 지나치게 들떠 있지는 않았다.

그 나이 언저리의 여성에게서 흔히 발견되는, 그러나 좀체로 실천에 옮기기 어려운 도전욕이 내게는 아주 신선하고 재미있게 느껴졌다. 나 역시 그 나이에 새로 시작했으니까.

문학 기행 팀에 합류, 서안을 찾다

박완서 선생도 우리 나이로 마흔에 소설가로 데뷔했다. 아마 1970년도였을 거다. 《여성동아》장편 소설 당선자를 결정하고 작가를 만나러 간 기자 팀에 스물다섯 살의 내가 끼어 있었다. 난 그때 결혼을 며칠 앞두고 있던 햇내기였다. 인연이란 이런 거다.

북경 대학에서 노신에 관한 세미나를 가진 후 북경 관광에 사흘을 보내기로 계획이 잡혀 있었다. 똑같은 장소를 반년 만에 두번째로 오니 관광은 예상한 것 이상으로 재미없었다. 며칠 있다가 합류할 걸 하는 후회가 일었지만 어쩔 수 없었다. 아무리 직업이라지만 같은 장소를 수십 번 수백 번씩 다녀야 하는 여행사 직원들은 얼마나 지겨울까 하는, 가이드에 대한 연민이 새삼스럽게 솟아올랐다.

북경 공항에서 서안으로 가는 비행기에 오르면서부터 기분이 잡히기 시작했다. 서안. 옛 장안. 2천여 년 동안 여러 왕조의 수도였던 중원의 옛 도시. 어렸을 때부터 우리 나라 역사보다 중국 역사를 더 재미있어 했던 사람이라는 점에서 나는 식민지적 근성의 소유자인지도 모르겠다. 아니면, 지난 반년 동안 텔레비전을 통해 중국말을 익힌다고 중국 역사 드라마를 너무 열심히 본 탓인지. 특히 귀국하기 전날까지 홍콩 스타 TV를 통해 방영된 연속극 〈진시황〉의 여운이 아직도 채 가시지 않았던 상태였다.

이 드라마는, 진시황이라면 떠오르는 단어들, 분서 갱유니 아방궁이니 하는 폭군의 이미지를 불식시키고, 중국을 최초로 통일한 정치인으로서의 야망과 권력, 그리고 인간적인 약점을 소상하게 그리고 있었다. 또 중국 본토에서 제작되는 역사 드라마는 돈을 적게 들인 탓인지 세트가 조잡하기 짝이 없는 데 비해 이 드라마는 홍콩제답게 엄청난 물량을 투입해서 화려한 세트와 의상 등 볼거리가 풍부했다.

클라이맥스는 역사상 최대의 자객이라는 징커(荊軻)가 진시황의 암살을 계획할 때부터 실패해서 죽음을 당할 때까지의 이야기였는데, 양념으로 러브 스토리에다 무협지적 요소까지 가미시킨 흥미 만점의 드라마였다. 그리고 이 부분까지는 진시황이 인간적인 매력을 듬뿍 풍기는 인물로 그려졌다. 전체적으로 보면, 천하를 통일할 때까지는 긍정적으로 그 이후에는 부정적으로 그렸는데, 사실이 그러했는지, 아니면 그렇게 해석하는 건지 뚜렷이 구별할 수 없었다. 하긴 역사는 만드는 사람의 몫이 아니

라 해석하는 사람의 몫이라고 했던가.

　그 진시황이 지금 서안에서 다시 살아나고 있다. 몇 년 전인가 진시황 병마용이 발굴되었을 때, 그 규모는 온 세계가 입을 벌리지 않을 수 없었다. 중국 대륙 한가운데 자리잡고 있어 개방의 물결에서 소외된 서안, 조금만 교외로 나가면 아직도 동굴집에서 사는 사람들이 쉽게 발견되는 서안은 지금 2천 년 동안 잠자고 있었던 진시황의 유물을 팔아 살아가고 있다. 서안 시내 어디를 가도 병마용의 모조품이 넘쳐나고 있다. 당시의 수레, 말, 병사들이….

전쟁 원혼 많아 안개가 잦다고

　작은 산과도 같은 진시황의 무덤도 관광의 필수 코스였다. 서안의 여름은 섭씨 40도가 넘는다고 한다. 그래서 그런지 1월이라고 해도 두꺼운 스웨터 하나로도 견딜 만했다. 무덤 입구에는 누추한 옷을 걸친 수십 명의 장사꾼들이 저마다 손에 기념품을 들고 악마구리떼처럼 달려들며 떠들어댔는데, 그들 입에서 나온 말은 놀랍게도 한국어!였다.

"시번! 시번!" 10원에 사라는 소리였다.

좀체로 물건을 사기 싫어하는 나도 이곳에서만은 뭐든지 사야 한다는 의무감 같은 것이 들었다. 절대 권력을 휘둘렀던 진시황의 후예들에게 연민을 느꼈기 때문일까. 병사 네 명에 말 한 마리를 한 세트로 묶어 놓은 조그만 기념품 값을 물으니 금방 20원이라고 오리발을 내민다. 나는 웃으며, 5원이면 어떠냐고 물었다. 내가 이겼다(중국말을 조금이라도 배우고 오길 잘했다는 생각이 들 때가 바로 이런 때다. 억만금을 번 것도 아니련만 이런 순간의 묘미는 기차다).

서기 2천 년에는 진시황의 무덤을 발굴한다고 한다. 무덤 주위를 둘러싼 수은을 안전하게 제거할 수 있는 방법이 개발되리라는 거다. 그 속에서는 과연 무엇이 튀어나와 우리를 기죽이게 할지.

양귀비와 당 현종이 목욕을 하던 화청지, 라마교 사탑인 대안탑 등을 쫓기듯이 둘러보았다. 어디를 가도, 심지어 탑 속에까지 상점이 있었다. 외화 획득을 위한 총동원 체제. 상품은 진시황과 양귀비와 현장 법사.

서안에서는 맑은 하늘을 보기 어렵다고 한다. 분지인 까닭이다. 겨울에도 늘 안개 같은 것이 깔려 있어서 숨을 답답하게 만든다. 워낙 전쟁이 잦다 보니 제명에 죽지 못한 원혼도 많아 그것들이 서안의 상공을 떠돌고 있어 이렇게 안개가 많다는 게 가이드의 그럴듯한 해석이었다.

서안을 좋아하는 사람은 진짜 중국을 좋아하는 사람이라는 말이 있다. 지저분하고 숨막히고, 거리에는 온통 거지투성이인 서안 시내 한복판에서 나는 왠지 마음이 편안해진다.

전생이 양귀비였나?

서안 박물관 앞에서였다. 일행 중 한 분인 극작가 신봉승 선생이 박물관에서 산 도록을 펼쳐보다가 나를 부른다. 어이, 연변 여사, 이거 자화상 같지 않아? 굉장히 닮았어. 양귀비였다. 그런데… 양귀비는 요즘 기준으로는 절대 미인이 아니다. 오히려 너무 뚱뚱해서 고민해야 할 여자였다. 그런데도 양귀비 같다는 소리를 들으면서도 화를 내지 않고 웃은 나. 전생이 당나라 장안 출신인가.

중국 스님에게는 '한국 중', 한국인에게는 '신라 스님'

−1천3백 년 전 서안에서 잠든 원측 법사의 탑 앞에서

해프닝이 없으면 중국 여행이 아니다. 서안의 하늘을 떠돌고 있는 원혼들이 놓아 주지 않은 탓인지 예정된 비행기가 취소되었다. 탑승객이 우리밖에 없기 때문이라는 아주 합리적(?)인 이유로. 그 비싼 비행기를 스무 명도 안되는 승객 때문에 띄울 수 없다는 거다.

서안 교외 흥교사 법당 안의 부처님. 중국의 절에는 불전함이 유리로 되어 있는 곳이 많다.

일행은 숫제 아무 말도 못했다. 말해 보았자 아무 소용 없음을 며칠 사이에 완전히 터득했으니까. 그저 웃을 수밖에. 그리고는 내게 묻는다. 그럼 내일은 꼭 뜰까요? 이 물음에 대한 나의 대답 역시 결과적으로 하나마나한 내용의 것 이외에 뭐가 있을까. 내일 보면 알겠죠. 중국 사람 뺨치는 만만디적 대답에 일행은 기가 딱 막히는 표정이었다.

서안 공항의 해프닝 덕에 우연히 들른 절, 흥교사

덕분에 서안에서 하룻밤을 더 보냈다. 그리고 덤으로 가 본 곳은 서안

교외에 있는 흥교사(興敎寺)라는 절이었다. 중국의 절들은 요즘 돈벌이에 혈안이 되어 가는 곳마다 불전함을 놓고 시주를 강요하는 것이 상례인데 이 절은 너무 외진 데 있어서 그런지 진짜 절처럼 고즈넉했다. 얼굴 생김이 한족 같지 않아 보이는, 늙은 스님 한 분이 나와서 안내를 했다. 이 절은 삼장 법사의 사리탑과 와불(臥佛)로 유명한 곳이라는데 나는 사전 지식이 전혀 없었기 때문에 그런 것들보다는 아기자기한 정원과 고즈넉한 분위기에 더 마음이 기울었다.

그런데 이 스님이 나를 따라오며 자꾸 뭐라뭐라 그러는 게 심상치 않았다. 무슨 말을 하는지 전혀 짐작도 못할 만큼 스님의 중국어 발음은 내가 알고 있는 북경어와는 너무 달랐다. 나는 그냥 건성으로 응 응 하고 지나치려 했는데 이 스님은 정성을 다해서 내게 뭔가를 전하고 싶은 눈치였다. 내가 친절하게 응대하니까 혹시 돈을 달라는 건 아닌가 잔뜩 긴장하면서 귀를 기울이니 간신히 몇 마디 단어가 걸려 들었다.

놀랍게도 '한국 중이 여기 있다'는 내용이 아닌가. 아니 벌써 여기까지 스님들이 진출했나. 천만에 그게 아니었다. 이 스님이 말한 한국 중은 신라 시대의 원측(圓測) 법사(613~696)였다.

지금부터 1천3백 년 전 당나라로 건너갔던 원측이 죽어서 여기에 사리를 남긴 것이다. 그는 삼장 법사가 가장 아끼는 두 제자 가운데 한 사람이었다고 한다. 그 스님은 내가 한국에서 왔다는 말을 듣고 너무 반가워서 그 이야길 해 주려고 그렇게 애를 쓰신 거다. 그것도 모르고 엉뚱한 오해를 품다니. 나라는 인간, 정말 이젠 더 이상 봐 줄 수 없을 만큼 오염되어 버렸군. 나무관세음보살.

삼장 법사의 사리탑을 가운데 두고 두 제자가 양쪽에서 잠들어 있었는데 원측은 왼쪽에 있었다. 갑자기 시공의 개념이 혼돈스러워졌다. 그래,

우리가 중고등학교 교과서에서 배운 것에 따르자면, 신라의 중들이 당나라에 가서 공부를 많이 했다지. 해방 직후 이 나라 지식인들이 대거 미국으로 건너갔던 것처럼. 그리고 당시의 중들은 계층적으로 최상류층이었다. 원측도 아마 왕손이었다지.

대한민국의 평범한 국민인 나에게 원측은 아득한 옛적 신라라는 나라에서 태어난 역사 속의 인물일 뿐이었다. 내가 그의 후손이라는 생각은 단 한순간도 해본 적이 없었다. 그런데 2천 년 동안 중국의 고도였던 이 싼시성 시안 셴닝현 반천에 자리잡은 흥교사의 이 못생긴 스님에게 원측은 한국인으로 기억되고 있었던 거다.

우리에게 역사는 늘 삶과 단절된 추상적인 영역에서 존재하는, 언제나 암기의 대상이기만 했던 건 아닐까. 탑 속에 봉안된 원측 법사의 영정을 들여다보며 나는 천 년을 건너뛰었다. 스님, 여기 계셨군요. 서안이 남의 땅만은 아니었군요.

쓰레기 몸살 앓는 천하 절경, 이강

24시간이 연발되긴 했지만 비행기는 정해진 시각에 정확하게 떴다. 중국 최고의 명승지라는 계림 국제 공항에 내리니 '그림 같은' 풍경이 눈에 들어왔다. 가도가도 끝이 없는 평원만 내리 펼쳐져 있을 듯한 평지에 여기 불쑥 저기 불쑥 '산' 들이 솟아 있었다. 꼭 장난처럼.

계림에는 사시 사철 세계 곳곳에서 관광객들이 찾아오기 때문에 소득 수준이 매우 높다는 안내원의 말대로 거리는 온통 돈냄새로 가득 찬 것 같았다. 큰길가의 집들은 그야말로 건설의 쇠망치 소리도 드높게 부수고 새로 짓는 집투성이였고, 백화점과 상장(商場) 건물도 유난히 많았다.

이강. 중국 관광 안내서마다 소개된 이강의 절경은 이강을 따라 죽 늘어선 봉우리들과 강에 비친 산그림자가 빚어 내는 환상적인 그림이다. 그러나 우리의 기대는 실망으로 끝나고 말았다. 겨울철이라 이강의 수량이 반 이하로 줄어들었기 때문에 유람선도 끝까지 못 들어갈 뿐만 아니라 산그림자가 제 모습을 비추기에는 강폭이 너무 좁았다.

천하에서 가장 맑다는 이강 바닥에는 각종 음료수병과 깡통들이 즐비하게 누워 있었다. 유람선은 비싼 운임값을 갚는 시늉이라도 하겠다는 듯이 억지로 바닥을 긁어 대면서 상류로 올라갔지만 결국 원래 안내서에 있었던 코스의 반밖에 가지 못했다.

그럼에도 불구하고 선실 안에 차려진 식탁 위의 광경이라니. 가스 곤로에 얹어 놓은 냄비에서는 정체를 알 수 없는 색깔의 물이 끓고 있었고, 그 옆에 놓인 쟁반에는 각종 고기류와 야채류가 쌓여 있었다. 남대문 시장 한복판에 앉아서 궁중 전골을 끓여 먹는 꼴인가.

경치 구경이 본업인지 먹는 게 본업인지 도통 구별이 가지 않았다. 게다가 재료들을 담아 놓은 모양새가 어찌나 불결해 보이던지 저걸 먹다간 틀림없이 배탈이 나고 말 거라는 걱정이 앞섰다. 그렇다고 다 돈 주고 산 건데 안 먹을 수도 없고 해서 앞자리에 앉은 젊은 청년들에게 중국어로 이런 음식 먹어 봤냐니까, 웃으며 끄덕끄덕한다. 그런데 세 명이나 되는 이 친구들이 전혀 요리할 생각을 하지 않는다.

결국 에라, 모르겠다. 끓는 음식이니까 설마 죽기야 하려고 하는 심정으로 야채부터 넣어서 먹기 시작했다. 그런데 이게 웬일, 예상을 불허하는 진미가 아닌가. 양념장에 찍어 먹으니 아주 개운한 맛이다. 그런데도 청년들은 웃기만 할 뿐 먹지 않는다. 중국 애들치고 먹는 거 안 밝히는 애들은 처음 본다 싶었는데, 갑자기 내 귀에 일본어가 들렸다. 일본 청년들이었던 것이다. 어쩐지 깔끔하다 했더니.

계림 시내에도 불쑥 솟은 산들이 있다. 어느 산 밑은 동굴이었는데, 벽에 글씨가 가득 씌어 있었다. 룸메이트인 최정례 시인과 함께.

인사 치레로 술대접하는 대학 병원

계림의 이미지에 결정적인 먹칠을 하는 순간은 그날 오후에 일어났다. 시내로 들어오던 버스가 멈춘 곳, 현지 안내원 말로는 무슨 대학 병원이라고 했다. 그럼 그렇지, 관광으로 먹고 사는 도시가 돈보따리를 곱게 보낼 리 없지.

조그만 강의실 같은 곳에 빽빽이 들어찬 장의자에 앉자마자 아가씨들이 날렵하게 계림의 명주인 계화주를 한 잔씩 따른다. 모르긴 몰라도 아마 병원에서 술대접하는 곳은 세상 천지에 이 나라밖에 없을 거다. 그러더니 흰 가운을 입은 중년 여성이 들어와 함경도 말로 인사를 한다. 연변 출신의 조선족이었다. 계림에는 동포가 세 가구 정도밖에 살지 않는데 그 여성은 이 대학 교수라고 자신을 소개하면서 동포의 건강을 위해서 이곳 계림 특산의 약을 소개하고 싶노라고 열정을 토로했다.

그리고 친절하게도 젊은 중국인 교수를 불러 한국에서 온 동포들의 건강 상태를 진단하기 위한 진맥을 부탁했다. 이쯤 되면 아주 흔한 각본이 아닐까. 나는 우리 일행이, 그래도 먹물이 새까맣게 든 문학 기행 팀이 이런 정석 스토리에 맥없이 넘어가리라곤 전혀 예상하지 못했다. 적어도 예의상, 또는 재미삼아 진맥하겠다는 거야 거절할 수 없겠지만 설마 조그만 약병 하나에 1백 달러 가까운 그 약들을 무얼 믿고 그렇게 다투어 사랴 싶었다. 그런데 상황은 정반대였다. 고혈압에 좋다는 약, 정력에 좋다는 약, 간장에 좋다는 약 등등 10여 가지의 약병들이 순식간에 1백 달러짜리 지폐와 교환되었다.

계림의 이미지에 먹칠한 한약 바가지

물론 중국까지 왔는데 부모님들께 빈손으로 갈 수는 없을 터이고, 약이라는 게 믿고 먹으면야 밀가루도 만병 통치약이 될 수도 있겠지만, 아무리 생각해도 한 병에 78달러라는 가격은 해도 너무했다. 첩약도 아니고 조그만 약병에 78이라는 숫자가 붙어 있는 걸 처음 봤을 때만 해도 난 그것이 인민폐로 78원인 줄 알았다. 인민폐라도 그 정도는 너무 비싸다고, 정말 양심도 없다고 생각했는데, 인민폐가 아니라 메이위엔(美元: 달러)이라니, 이쯤 되면 아무리 너그럽게 봐준다 해도 강도라는 말이 절로 나올밖에.

어쩌면 내가 너무 까다롭고 인색해서 그럴지도 모른다는 반성 같은 기분이 들즈음, 숙소로 돌아오는 버스 속에서였다. 자신들이 조금 전 일종의 최면에 걸렸던 것 같았다는 고백이 금방 몇 사람의 입에서 나왔다. 농담처럼, 아까 그 술 속에 뭐가 들어 있었던 것 아니야? 하는 이야기도 나왔다. 그런가 하면 한쪽에서는 중국 약초에는 농약이 많이 남아 있다는데 하는 걱정에 찬 중얼거림도 들렸다. 그러나 강은 이미 흘러갔다. 이제 남은 것은 믿고 먹는 일뿐.

땅은 넓고 볼 것도 많더라만, 스물넷의 그! 젊음이 나를 울리다
— 한 장의 사진이 말해 주는 윤봉길 의사의 삶

상해에서는 중국 냄새가 안 난다. 그도 그럴 것이 언제 적부터 상해였나. 인구 천만이 넘는 도시답게 상해의 거리는 사람들로 넘친다. 중국형 신세대라고 할 고급 청바지를 입은 청춘 남녀들이 쭉쭉 뻗은 다리를 자랑하며 도심을 활보한다. 내가 연길의

소주의 한 비단 공장에서는 관광객에게 실크 패션쇼를 보여 주며 구매 충동을 부추긴다.

국제 무역 백화점에서 사 입었던 스웨터와 오리털 코트는 둘 다 상해 제품이었다. 누구 말대로 패션의 'P'자(필자 주: 절대로 F자로 고치지 마시오!)도 모르는 나였지만 백화점에 쌓여 있는 수많은 중국 옷가지들 중에서 괜찮다 싶은 걸 고르면 영락없이 상해제였다.

황포강구에 있는 이른바 외탄(外灘)이라는 지역은 눈에 익은 양식의 고층 건물들이 즐비하게 서 있어 마치 유럽의 어느 나라처럼 보인다. 예전에 서양 사람들의 기관이나 사업체가 몰려 있던 곳이라고 하니 그럴만도 했다.

물론 중국인들의 거주지였던 곳은 여전히 누추하기만 했으며 외국의 조계였던 구역은 오랫동안 손을 보지 않아 당장이라도 폭삭 주저앉을 듯이 퇴락했지만 한때의 품위는 여간해서 사라지지 않는 모양이었다. 유럽식 주택과 널찍한 정원이 이제라도 손길만 닿으면 당장 살아날 것처럼 보였다.

호텔에서 임시 정부 청사까지 가는 길은 아침 출근길이라 교통 체증이 심했다. 자동차와 자전거가 마구 섞여 얽히는 건 북경과 진배없지만 자전거가 훨씬 적었다. 길거리에서 아침을 먹는 모습이 별로 보이지 않는 것도 북경과 다른 모습이었다.

밤이면 '러브 호텔' 되는 상해 공원

연길 사람들은 연길의 주택 보급률에 대해서 굉장히 자랑스러워했는데, 그럴 때마다 그들이 비교 대상으로 삼는 도시가 북경과 상해, 그중에서도 상해를 자주 꼽았다. 북경은 주택난이 너무 심해서 부부가 이혼을 해도 당장 따로 살지 못하고 방 가운데 이불 호청으로 벽을 삼아 살다가, 한쪽이 재혼을 해도 나가지 못하는 경우가 있다는 것이다. 그런가 하면 상해에서는 단칸방에 3대가 사는 집이 많은데, 방에다 3층짜리 침대를 놓고 제일 위칸에는 조부모, 중간에는 부모, 제일 아래칸에는 자식이 잔다고 한다. 그러다 보니 자식이 결혼을 하면 성생활이 심각한 문제로 대두된다. 결국 해결책은 공원. 그래서 밤이 되면 상해의 공원은 일종의 러브 호텔이 된다고 한다. 이쯤 되면 경범죄니 풍기 문란이니 하는 용어조차 사치한 낱말이 아닐 수 없다.

상해의 뒷골목에서 하늘을 쳐다보면 형형 색색의 깃발이 나부낀다. 집도 좁고 마당도 없는 형편이니 건물과 건물 사이의 하늘을 이용해 장대를 걸쳐 놓고 빨래를 널어 놓는 것까지는 이해 못할 바 아니지만 어쩌면 빨래들을 그렇게 노골적으로 원형을 살려서 펼칠 수가 있는지 감탄스럽다. 삼각 팬티에서 블래지어 따위의 속옷까지 그토록 정성스럽게 펴놓는 정성. 언뜻 보면 빨래 속에 투명 인간이 들어 있을지도 모르겠다는 생각이 들 정도이다.

우리가 찾아간 임시 정부 청사는 최초의 청사가 아니라 몇 번째 옮긴 집이라고 했다. 그나마 최근에 우리 정부에서 돈을 들여 정리를 해 놓았기 때문에 아쉬운 대로 기념관 같은 분위기를 풍겨 주었다. 층계를 오르는 입구에서 중국인 아주머니가 무덤덤한 얼굴로 신발에 비닐 봉투를 씌우고 들어가라고 말했다. 마루의 손상을 막기 위한 배려였다. 중국 어디를 가도 이런 세심한 배려를 볼 수 없었는데, 그 아주머니의 주문은 과연 누구의 아이디언지, 당연한 조치였지만 하도 오랜만에 당하는 광경이라 별게 다 신기했다.

아주 좁은 공간이었지만 그런대로 옛 가구와 자료 사진들을 갖추었는데, 그 동안 두 나라의 관계가 자유롭지도 못한 상황에서 이 공간을 마련하기 위해 애썼을 누군가의 땀냄새가 진하게 느껴졌다.

그리고 3층이었던가(워낙 좁은 계단을 따라 올라갔기 때문에 층에 대한 개념이 없었다) 맨 꼭대기 방이었다. 독립 운동가들의 사진과 신문 기사들이 주루룩 걸려 있는 벽에서 한 청년이 나를 사로잡았다. 단아한 이마와 끓는 듯한 눈동자, 그리고 꽉 다문 입술. 배경은 태극기. 손에는 폭탄.

'박제' 된 위인 아닌 살아 있는 청년, 윤봉길

윤봉길. 그는 1932년 상해에서 김구 선생에게 폭탄을 받아 일본 천황의 생일날인 천장절날 홍구 공원에 들어가 그 폭탄을 던졌다. 이날 기념식에 참석한 일본 상해 파견군 사령관과 상해 일본 거류민 단장이 그 자리에서 죽고 그외 요인 여럿이 중상을 입었다. 윤 의사는 그 자리에서 잡혀 오사카로 이송, 군법 회의에서 사형 선고를 받고 순국했다. 이상은 교과서에서 배웠던 윤봉길 의사의 의거 내용이었다.

그러나 오늘, 나는 그가 이렇게나 새파랗게 젊었구나라는 깨우침에 온몸이 떨려 왔다. 그는 스물네 살밖에 안되었으며, 그리고 너무나 잘생긴 청년이었다. 문자 그대로 일자로 꽉 다문 입술은 한번도 열리지 않았을 것처럼 단호했다. 뱃속 깊은 곳에서 뜨거운 것이 솟구치면서 눈앞이 흐려 왔다. 그는 내 큰아들보다 겨우 두 살 위였다.

이 사진은 얼마나 눈에 익었던 모습인가. 교과서에도 백과 사전에도, 그리고 우리 동네에도 있는 윤봉길 기념관(사람들은 그저 결혼식장으로 생각하지만)에도 이 사진이 숱하게 걸려 있었으련만. 그러나 그는 늘 교과서처럼 거기 걸려 있을 뿐이었다.

상해의 한귀퉁이 이 초라한 방에 걸린 윤봉길은 그러나 '박제된' 위인으로서가 아니라 살아 있는 청년으로 내게 다가왔다. 충청도 땅에서 야학을 열었을 때의 그의 열정과 울분, 한숨이 들려 왔다. 이렇게 버린 목숨 덕분에 찾은 나라에서 반세기 동안 과연 어떤 역사가 이루어졌던가. 내가 느낀 건 애국심은 아니었다. 그저 인간의 의지라는 것, 생명이라는 것에 대한 되새김이었다. 한동안을 사진 앞에 못박혀 있다가 떠나는 나의 입술에서는 나도 모르게 미안합니다, 라는 중얼거림이 흘러나왔다. 정말 미안합니다.

폭탄 던진 장소에는 아무 표지도 없어
홍구 공원은 노신 공원으로 이름이 바뀌어 있었다. 겨울이라 삭막하기만 한 공원 안은 평일 대낮인데도 짝을 지어 놀러 나온 사람들로 북적거렸다. 그러나 노신 기념관을 찾은 손님은 우리 일행밖에 없었다. 물론 입장권은 또 따로 돈을 내야 했다. 전시실의 입구에도 출구에도 어디든지 상점이 자리잡고 있었다. 상점을 통하지 않고는 들고날 수가 없었다. 《아Q정전》에서 경고했던 천민 자본주의적 인간상이 오늘 중국 대륙을 뒤덮고 있다는 사실을 알면 노신은 어떤 심정일까.

노신의 일대기가 사진으로 정리되어 여러 방에 나뉘어 걸려 있었다. 안경이나 펜 같은 약간의 일상 용품과 함께. 사람은 죽어서 사진을 남긴다?

윤봉길 의사가 폭탄을 던졌다는 장소에는 아무런 표지가 없었다. 혁명 기념탑 앞의 어디라는데, 정확한 위치를 아는 사람도 없었다. 나는 그의 발자취를 혼자 더듬었다.

이날 경험했던 느낌은 생각 같아서는 금방 잊혀질 줄 알았는데 그게 아니었다. 그날 이후 나는 내 속으로 빠져 들어갔다. 뭔가 분주하고 소란스럽기만 한 나의 외피가 부담스러웠다. 거울을 볼 때마다, 언제나 활기 차고 자신 만만하게 보인다는 나의 인상이 마치 가면처럼 비쳤다. 너도 우울할 때가 있니, 너도 남 앞에서 주눅들 때가 있니? 이런 말들을 들으면 항상, 내가 나를 모르는데 네가 나를 어이 알랴 식으로 웃어넘겼는데, 그러지 말았어야 한다는 후회도 일었다. 삶을 농담처럼 살아왔던 것만 같은 쓰디쓴 기억. 이러한 슬픔, 또는 외로움 비슷한 감정은 그 이후 다시 계속된 중국 생활 동안 내내 나를 지배했다. 억눌렸던 감성이 내 속에서 되살아남을 느꼈다.

소주와 항주, 틀에 박힌 관광 코스

중국에서 가장 아름다운 도시라고 하는 소주와 항주 관광은 전형적인 단체 관광 코스였다. 정해진 고적들을 구경하고 정해진 상점을 들르고 정해진 음식점에서 밥을 먹고 하는. 그리고 그 식단의 허술함이라니.

항주에서 용머리의 유람선을 타고 서호를 관광할 때는, 낮이 아니라 휘영청 밝은 달 아래서 술병을 앞에 놓고 뱃놀이를 하면 문맹이라도 정말 기막힌 시가 나오겠구나 싶었지만.

여행이 끝나던 날 상해의 저녁 식탁에서 박완서 선생은 호기 좋게 마오타이 두 병을 주문했다. 덩치는 자그마하신 분이 손도 크시지. 이튿날 아침, 상해 공항에서 나는 문학 기행 팀과 헤어졌다. 그들은 서울로, 나는 북경으로 가는 비행기를 탔다. 시간은 아마 비슷하게 걸릴 것이다.

좌석 벨트를 매다가 문득 10박 11일의 여행 기간 동안 한번도 창주에 전화를 하지 않았다는 데 생각이 미쳤다(전화에 관한 한 나는 여러 사람의 속을 꽤 태우는 편인데, 남편은 아예 내 전화를 기다리지 않고 먼저 걸어 버리는 걸로 문제를 해결한다. 어쩌다 내가 전화를 할라치면, 우짠 일이셔, 놀라기부터 한다).

헤어질 때 약속한 대로 과연 남편이 제 시간에 북경 공항에 나와 줄까. 일말의 불안감 탓인지 잠깐 속이 울렁거렸지만, 걱정한들 어찌하리. 이제 와서, 이 높은 곳에서.

나의 아내 노릇은 몇 점이나 될까

—창주를 떠나 연길로 향하는 침대차 속에서 쓴 편지

훈, 준, 윤에게.
북경 남역에서 도문행 기차를 탄
시각이 정확하게 낮 열두 시, 지금
이 오후 여섯 시니까 꼭 여섯 시간
동안 잠속에 빠졌었구나. 동윤이가
늘상 놀려 댔던 것처럼 엄마는 과
연 못 말리는 '잠퉁이'인가 보다.

공항에서의 남편과의 만남은 늘 반갑고 어색하다

루안워(軟臥: 4인용 침대칸) 표를 못 사고 잉워(硬臥: 3층짜리 침대가 죽 늘어
선 차칸)를 탄 바람에 굉장히 어수선했지만 잠자는 데는 아무 지장이 없었
단다. 중국 최대의 명절인 춘절(春節: 음력설) 기간에 기차표를 구하기란
문자 그대로 하늘의 별 따기인데, 잉워표라도 살 수 있었던 건 순전히 엄
마의 인복 덕분이었지. 만약 표를 못 사면 그냥 창주에서 구정을 보내려
던 참이었단다.

핸들만 잡으면 난폭해지는 중국인

창주에서는 4박 5일을 보냈어. 아버지가 어떤 곳에서 일하시는지 궁금

하지 않니? 아버지는 어김없이 북경 공항에 나와서 엄마를 기다리고 계시더라. 그 낡은 감색 소나타를 가지고. 운전은 동씨 성을 가진 중국인이 했는데 북경에서 창주까지 오는 세 시간 반 동안을 아버지는 쉬지 않고 '만만디'(천천히)와 '쭈이'(조심)를 외쳐야 했단다. 중국인들의 운전 솜씨는 가히 세계적이란 말을 너희들도 들은 적이 있겠지. 중앙선도 없고 신호등도 없는 도로를 그냥 마구 달리는 거야. 빵빵거리면서. 통계만 제대로 내면 틀림없이 교통 사고율이 세계 최고일 거다. 다른 일에는 너무 느긋해서 외국인들의 복장을 터지게 만드는 사람들이 운전대만 잡으면 한국 사람 뺨칠 만큼 급해지니 정말 이상해. 아마 핸들을 잡았다는 사실이 그들에게 묘한 특권 의식을 부여하는 모양이지. 우리도 그랬잖아.

북경에서 창주까지 가는 길은 언덕 비슷한 것도 없고 커브길도 없이 그저 평원만 끝없을 것처럼 펼쳐져 있더라. 앞으로 고속 도로를 닦는다 해도 비용이 하나도 안 들 것 같아. 끝없는 평원이 대부분 그냥 내팽개쳐져 있던 것 같은데, 땅콩을 많이 심는다고 한다. 밭 사이에 드문드문 벽돌집들이 자리잡고 있었지만 사람들은 잘 보이지 않더구나. 벽돌은 우리 나라 것처럼 단단해 보이지 않고 자칫하면 폭삭 주저앉을 것처럼 푸석푸석해 보였어. 실제로 그렇게 주저앉은 집들도 상당히 많고.

중국의 행정 구역 제도는 우리와 달라서 창주시도 시 하나가 아니라 그 주위에 몇 개의 현을 합쳐서 이루어져 있단다. 청현이나 창현도 다 창주시에 속한다고 해. 창현을 지나니 오른편으로 높은 탑 위에 성화 같은 것이 타오르고 있었어. 아버지의 설명에 따르면 이 지역의 땅 밑에는 천연 가스가 무진장하게 매장되어 있는데, 그것을 아직 개발하지 않고 저렇게 태워 버리고 있다는 거야. 아이구 아까워라 싶으면서, 정말 이 중국이란 나라에는 없는 게 없구나, 부럽기만 했지.

창주는 별로 내세울 게 없는 도시라 북경이나 천진에서 가깝다는 지리적 이점에도 불구하고 알려지지 않은 곳이지.

시장 한복판에 자리잡은 공장

그렇지만 《수호지》에 임충이 귀양 가다가 노지심에게 구출되는 장소가 창주라고 씌어 있는 대로 옛날 여기 사람들은 모두 무술에 관한 한 한몫을 했다고 하는구나. 그래서 그런지 지금도 사람들이 아주 거칠고 사납다고 해. 싸움들도 잘하고. 그 이야길 들으니까 왜 하필이면 이런 데다 공장 차릴 생각을 했는지 너희 아버지도 참 별나다 싶구나.

겨울이라 푸른색이 없어서 그런지 창주는 잿빛으로 다가왔다. 시내에는 고층 빌딩도 보이지 않고 그저 고만고만한 5층 정도의 건물들이 가지런하게 늘어서 있었지. 상대적으로 길은 아주 넓게 느껴졌어.

드디어 아버지의 공장. 아니 이건 시장 한복판이잖아. 그게 아니라 워낙은 도로인데 사람들이 난전을 벌여 놓아서 완전히 시장이 되어 버린 거란다. 돼지고기에서부터 푸른색 채소들, 온갖 과일들을 쌓아 놓은 길을 자동차가 간신히 뚫고 들어갔어. 어떨 때는 아예 길을 비켜 주지 않기도 한다나.

중국의 춘절 휴가는 거의 보름 동안이나 지속되기 때문에 아버지의 공장은 아주 조용하더라. 한국인 직원들도 벌써 귀국했고. 밥을 해 주던 조선족 아주머니도 동북으로 보내고 아버지 혼자 공장지기로 남으신 거지. 밥은 중국인 직원들이 교대로 나와서 해 주기 때문에 굶지는 않는다지만, 어때, 듣다 보니 좀 눈물 나지 않니.

한국인 라오반(老板: 기업주, 주인)의 타이타이(太太: 부인)가 온다는 소식은 중국인 직원들에게 약간의 긴장감과 호기심을 불러일으킬 만하지 않겠니. 엄마는 공장에 들어서는 순간 몇 쌍의 눈동자들이 나를 훑어내리는 느낌을 받았지. 아버지는 제일 먼저 키가 껑충하게 큰 30대 여성을 소개하셨지. 여기서 가장 중요한 일, 통역과 섭외를 맡아 하는 왕 여사였는데, 우리말을 기차게 잘하는 중국인이야. 평양에서 오래 살다가 중국으로 돌아온 화교였어. 크고 선량해 뵈는 눈을 마주치니 마음 한구석에 깔려 있던 일말의 불안감이 봄눈 녹듯 사라지더구나.

자주 오셔서 회장님 위로해 드리세요

마치 바라크처럼 일자형으로 지어진 건물의 끝 부분에 있는 아버지의 숙소에 들어가 앉았을 때의 그 기분은 정말 뭐라고 표현할 수 없을 정도로 묘했다.

애들아, 엄마는 늘 너희들에게 제대로 엄마 노릇을 하지 못한다는 자책감에 사로잡히는 것으로 엄마 노릇을 떼우곤 했는데, 아내 노릇이라는 것에 대해서는 그런 시늉조차 하지 않은 지 오래였다는 생각이 들더구나. 전업 주부를 10년 동안 했다는 사실, 너희들 셋을 반듯하게 키웠다는 사실을 전가의 보도처럼 휘두르며 큰소리 땅땅 치면서 살아왔지. 그렇다면 나는 그런 일들을 오로지 남편을 위해서 해 왔다고 주장하려는 셈인가. 엄마의 아내 노릇을 점수로 매긴다면 과연 몇 점이나 될 것 같니?

이틀 동안 여기 중국인 직원들의 집에 초대를 받아 대화를 나누면서 엄마는 평소 잊었던 '내조'라는 것의 의미를 되새겨 보았단다. 그들은 아버지가 처음 이곳에 와서 얼마나 고생을 했는가에 대해서, 그리고 자기들 중국인들이 얼마나 아버지를 골탕먹였는가에 대해서 말해 주었으며, 지금은 모두 다 잘되고 있으니 아무 걱정 말라고 나를 위로했지. 그러면서 '사모님'(왕 여사는 나를 그렇게 부르더구나)이 오신다고 해서 긴장했는데,

전혀 예상 밖으로 너무나 한국 여자 같지 않게 편안한 인상에 수더분한 옷차림의 여자가 와서 놀랐단다. 자주 오셔서 회장님을 위로해 드리라는 충고를 빼놓지 않더군.

동등하면서도 정겨운 부부 사이

한족들은 확실히 우리와는 다른 가족 문화 속에서 살더구나. 손님을 청해도 여자들은 앉아서 환담을 나누고 모든 음식은 다 남자들이 해서 나르더라. 어떤 남편은 우정국의 국장으로 꽤 높은 사람이었는데, 퇴근하는 길에 식당에 들러 음식을 사서 바구니에 넣어 오더라. 음식 가짓수도 셀 수 없을 만큼 많이 해 오고, 중간중간 남자들이 일어나서 새로운 요리를 튀겨 오고 볶아 오고. 분명히 물질적으로는 연변 사람들보다 가난한데 무언가 훨씬 풍요로운 기분이 드는 자리였단다. 부부 사이가 아주 동등하면서도 정겹게 보였어. 우리에겐 좀 낯선 풍경이지.

엄마는 그들이 권하는 대로 먹고 마시면서 유쾌하게 떠들어대고 웃어대는 것으로 내조를 열심히 했는데, 결과적으로는 오히려 아버지를 긴장시켰던 것 같았어. 평소에도 엄마가 먼저 마구 마셔 대기 시작하면 아버지는 술을 덜하시잖니. 아버지네 마당에 와서도 또 엄마가 기선을 제압해 버렸으니, 이런 아내는 차라리 안 오는 게 내조일 거야. 그런데 이게 웬일. 중국인들이 아버지 마음에 들려고 아부를 했는지 모르지만, 그 사람들이 엄마를 너무 좋아해서 아버지 인기에 지장이 있다는 후문. 어때? '우리집 부모는 아무도 못 말려' 라구?

흑룡강성 출신 조선족 가이드의 호의

연길 가는 기차표를 구해 준 사람은 문학 기행 팀의 북경 가이드로 이

씨 성을 가진 흑룡강성 청년이었어. 사람이 순수하고 수줍어하는 성격이었지. 지난번 여행 기간 동안 나는 별로 그 청년에게 특별히 잘해 준 게 없었는데 웬일인지 그쪽에서는 나에게 신세를 많이 졌다고 생각하고 아주 고마워하는 거 있지. 사람이 살다 보면 이런 일들도 가끔 있는 거란다. 그래서 상해에서 헤어질 때 기차표를 부탁해 놓았었는데, 창주에서 전화를 해보니 어김없이 마련을 해 놓은 거야.

게다가 이 청년은 아버지와 나, 그리고 운전사가 먹은 점심값까지 자기가 다 내질 않겠니. 그리고는 기차칸에서 파는 음식이 별로 좋지 않다면서 맥도널드 햄버거를 여섯 개나 사서 싸 주는 거야. 한 끼에 한 개씩 먹으라면서. 아버지는 계속 눈이 휘둥그래진 채 놀라기만 하고. 중국에도 이런 사람이 있다니.

그 복잡한 북경 남역까지 따라 나와서 가방을 침대 밑에 넣어 주고 내려가는 그에게 백 원짜리 한 장이라도 쥐어 주려고 하니, 이 청년 완강하게 거절하면서 하는 말이 뭔지 아니? 앞으로 저를 또 보시려거든 이러지 마십시오, 그냥 해 드리고 싶어서 그러는 겁니다, 라는 거야. 내성적인 성격인 줄 알았는데 어조에서 단호함이 느껴지더구나. 아무튼 전혀 예기치 못한 상황에서 인간의 선의를 발견할 때마다 엄마는 사람 사는 묘미가 이런 거구나, 라는 흐뭇함과 동시에 일종의 두려움 같은 걸 느낀단다. 내가 무심코 하는 말과 몸짓의 사회성에 대해서.

음력설을 맞아 모두 고향으로, 고향으로 가는데…

이 칸은 몽땅 조선족 차지인가 보다. 내 자리는 맨 아래칸인데 발치께에 젊은 부부가 무릎을 대고 마주앉아서 고스톱을 치고 있어. 아마 엄마의 위칸 손님들인가 봐. 다섯 살쯤 되어 보이는 아들은 계속 "톡 하고 건

드리면 터질 것만 같은 그대…"를 흥얼거리고… 맞은편 칸에는 일가족으로 보이는 세 사람이 아까부터 짠지 냄새를 풍기며 밥을 먹고 있고… 창문 옆 복도에 앉은 청년들은 맥주병을 벌써 세 병이나 비웠구나.

엄마는 저녁으로 햄버거를 하나 꺼내 생수로 목을 축이며 먹고 다시 누워서 눈을 감았다. 맞은편 사람들과 말을 트고 싶지 않은 기분이었기 때문이지. 그냥 그런 기분이 들었어.

차칸은 점점 더 시끄러워져 갔어. 한번은 한국에 열 번 이상 다녀왔다는 걸쭉한 음성의 중년 여자가 들러서 자기가 얼마나 돈을 많이 벌었는지 일장 연설을 펴고 가고, 그 다음 이내 한국인 중년 남자가 오더니 대구에 있는 백화점 하나를 팔아서 청도에 사우나를 차렸는데 거기서 일할 사람을 구하러 왔다고 떠들다 가더라. 두 사람이 떠들 때는 아무 말도 하지 않던 위칸 맞은칸 사람들은 그들이 돌아가자마자 바로 저런 사람들이 허풍쟁이라면서 비웃어 대더라. 이제 사람들은 알 만큼 알게 된 거 같아.

이렇게 음력설을 맞아 모두들 고향으로 고향으로 가는데, 엄마는 자꾸만 너희들로부터, 그리고 아버지로부터 멀리멀리 도대체 어디로 가고 있는 걸까. 무엇이 나를 그리로 이끄는 걸까. 이상한 엄마지?

형들아, 윤이가 고3에 올라가면 도시락에 신경 좀 써 주렴.

나도 곧 갈게.

"이런 이야긴 난생 처음 합니다"

―여성들의 삶을 녹음기에 담기 시작하며

연변대에서 이화 여대 사학과 대학원생들과 함께.
가운데는 신형식 교수.

내가 연길을 떠났던 두 달 동안 여성학 팀은 착실하게 공부를 계속했다. 떠나기 전 나는 그들에게 내 아파트를 세미나실로 내놓을 테니 최대한 이용해 보라고 제안했는데, 그들은 내가 기대했던 것보다 더 열심히 여성학 세미나를 열어 왔던 것이다. 원래의 멤버 이외에도 여러 명이 더 참여해서 아주 열띤 토론을 벌였다고 한다.

춘절 기간 내내 집집으로 초대받아 먹고 마시다 보니 어느새 2월도 반이나 꺾여 버렸다. 애당초 생각 같아서는 3월부터 대학에 여성학 강좌를 설치할 수 있을 듯싶었는데, 문제는 강사가 없다는 거였다. 여성학 팀의 교수들은 강의를 하기에는 아직 준비가 덜 되었으므로, 나에게 자신들을 더 가르쳐 달라고 부탁해 왔다. 그러나 나는 전과 같이 강의를 할 시간도 정력도 남아 있지 않다고 솔직하게 말할 수밖에 없었다. 나는 새로운 일거리에 몰두하고 있었기 때문이었다.

북한 여성들과의 만남은 틀어져

이제는 좀더 다양한 여성들과 만나고 싶었다. 그리고 그들의 이야기를 통해서 중국 조선족 여성들의 삶에 대한 밑그림을 그리고 싶었다. 처음 중국으로 향할 때의 막연했던 생각, 구술사 연구에 대한 계획이 점점 구체적으로 떠올랐다. 아무리 학교에서 과제를 주지 않았다 하더라도 최소한 논문 한 편 정도는 써 낼 수 있어야 하는 거 아닌가. 명색이 교환 연구 프로그램이라면.

사실 처음 이곳에 도착했을 때는 여기서 북한 여성들의 삶에 대한 자료를 많이 찾아볼 수 있을지도 모른다고 기대했었다. 그러나 현실은 전혀 딴판이었다. 여기 있는 북한 자료라는 것들은 다 '죽은' 것들이었다. 도서관에 꽂혀 있는 북한 요리책을 들춰 봐도, "위대하신 지도자 김정일 동지께서 콩나물이 영양이 높다고 교시하셨다"는 식이었으니. 나는 살아 있는 자료들을 만나고 싶었다. 그러나 북한 여성들을 만나 인터뷰를 하려던 계획은 금방 포기해야만 했다. 최근 조중 관계가 뜨악해지면서 조교 (북한 교포)들은 거의 다 귀국해 버렸고, 남아 있는 사람들은 열이면 열 모두 특무(간첩)이기 때문에 인터뷰를 할 수도 없을 뿐더러 해봤자 소용이 없다는 것이었다.

내가 좀더 치밀한 두뇌의 소유자였다면, 처음부터 은밀하게 북한 여성들을 만나 보는 일을 병행했을 텐데… 아니, 머리 탓이 아니라 겁이 난 탓인지도 모른다. 잘 모르면 일단 두려운 마음이 드는 법이다. 이제 와서 생각하면 도대체 뭐가 두려웠을까만.

결국 나는 이곳 여성들에게서 구술사를 받기로 결정하였다. 북한과 가장 가깝게 살아온 그들과 북한 여성, 그리고 남한의 우리 여성들의 삶을 나란히 놓고 보면, 분단이 빚어 낸 이질성을 찾아 낼 수 있을 테고 통일 후에 동질성을 회복하는 데 도움이 되는 자료들이 나올 거라는 의도에서였다. 아니 이게 웬 허풍? 솔직히 털어놓자면 그런 거창한 의도라기보다는 워낙 사람들을 만나는 것 자체를 좋아하는 자신에게 이런 핑계거리라도 내놓아야 그럴듯하지 않을까 싶었던 거다.

이민 첫 세대 여성을 찾아서

우선 이민 1세대의 여성들을 만나고 싶었다. 우리 여성학 팀의 일원이면서 조선 문제 연구소의 판공실 주임인 강순화 선생이 광영원(光榮院)이라는 기관에 수용되어 있는 노인들을 만나면 어떻겠느냐고 제안했다. 마침 강 선생이 어깨가 아파서 침을 맞으러 다니는 의사가 그곳에 근무한다는 것이었다. 어느 사회나 마찬가지지만, 느닷없이 외부인이 침입해 와 인터뷰를 하자고 하면 대개는 경계심을 품게 마련이다. 하물며 사회주의 사회인 중국에서랴. 콴시(關係)가 없으면 어림도 없는 일이다.

광영원은 연길시 교외에 자리잡고 있었다. 시내 택시를 타고 가면 통행세를 내야 통과할 수 있었다. 첫날은 강 선생이 돈을 아끼자고 해서 시 경계에서 내려 10분 정도 걸어 들어갔는데, 웬걸 만주의 2월 바람은 정말 녹녹지 않았다. 햇빛은 꽤 따뜻했건만 두꺼운 스웨터 사이로 파고드는 바람이 사람을 순식간에 얼얼하게 만들고 말았다. 그리고 바람에 실려 오는 먼지로 입술이 이내 껄끄러워졌다. 이럴 줄 알았으면 남들이 흉보든 말든 오리털 코트를 입고 오는 건데.

티끌만한 적의도 드러내지 않는 노인들

광영원은 열사이거나 그 가족, 또는 제대 군인의 노후를 책임져 주는 곳으로 설립된 지 30년이 되었다고 한다. 인근의 다른 건물들에 비하면

212

새하얀 외관이 아주 깔끔한 인상을 주었다. 강 선생이 소개한 의사는 장 씨 성을 가진 50대 초반의 다부진 몸매에 기운이 좋아 보이는 여성이었다. 중국 의사들은 우리가 소위 주방장 모자라고 부르는 양동이 모양의 흰 모자를 쓴다. 이런 모자는 중국의 전역에서 흔히 볼 수 있는데, 길거리에서 어떤 종류든 음식을 파는 사람들은 모두 이 모자를 쓰기 때문이다. 식료품을 파는 사람들은 쓰지 않는다(길거리에서 이 모자와 흰 가운을 쓰고 음식을 파는 사람들을 보면, 원래 색깔이 하얀색이었을 거라고 짐작도 할 수 없을 정도로 더럽다. 차라리 짙은 색깔로 해 입었으면 훨씬 좋았을 거라는 생각을 한국인이라면 아마 누구나 한번쯤 해봤을 거다).

강 선생이 미리 설명을 잘해 놓은 덕분에 나는 여기 온 목적을 장황하게 설명할 필요가 없었다. 더구나 장 의사는 연변 사회의 여성 문제에 대해서 나름대로 일가견을 갖고 있었다. 물론 구조적인 문제로서가 아니라 여성 자신들의 심리 상태에 그 원인을 귀속시키는 한계를 보였지만. 몇 마디의 대화를 통해서도 그는 내게 아주 친밀감을 느끼는 것 같았다. 사람 좋은 웃음을 지으며 그는, 선생님은 사람을 아주 편안하게 만드는 아주 특별난 재주를 갖고 있어요, 라고 면전에서 추켜 주었다.

우리는 먼저 시설을 구경하였다. 2층짜리 건물은 길게 일자로 지어졌는데 방문 앞마다 신발이 얌전하게 놓여 있었다. 방문을 열자 깔끔하게 정리된 방마다 할머니들이 네 분씩 침대를 차지하고 눕거나 앉아 있었다. 현재 75명이 수용되어 있는데 3분의 2가 조선족 노인들이라고 했다. 장 의사는 정겹게 몸이 어떠시냐고 인사를 하면서 나를 한국에서 온 손님이라고 소개했다. 노인들은 낯선 침입자에게 티끌만한 적의도 드러내지 않고 무척 반겼다. 멀리서 오셨구먼. 어떤 노인들은 내 손을 잡더니, 아이구, 한국분은 손도 곱다면서 비벼 댔다. 나가 며이오? 마흔아홉이에요.

음성도 곱소. 영 그게 안 뵈. 이내 방을 물러나는 뒤꼭지로 그들은 한결같이, 또 오시오를 연발했다. 또 오시오.

나의 시어머니를 닮은 아흔살 할머니

나는 장 의사에게 이분들께 뭐든지 사 드리고 싶다고 했다. 장 의사는 그럴 필요가 없다고 말렸지만 내가 간곡하게 부탁하자 그럼 과자와 사탕을 조금 사 드리라고 했다. 강 선생이 백 원짜리를 가지고 나가서 사 온 양은 엄청나게 많았다. 노인들에게는 한 달에 8원씩 용돈이 지급되기 때문에 간식을 거의 못한다고, 아주 좋아들 할 거라며 장 의사는 진심으로 고마워했다.

제일 나이가 많은 분은 아흔 살인데, 이분은 몸이 불편한 상태였다. 그래서 두번째로 나이 드신 여든아홉 살의 탁성녀 할머니를 인터뷰하기로 했다. 탁성녀, 탁씨 성을 가진 여자라는 뜻의 이름. 할머니의 인상은 어찌도 그리 우리 시어머니를 닮으셨는지 놀랄 정도였다. 자그마한 체구에 안색이 아직도 뽀얀 분이 젊었을 때는 굉장한 미인이었음을 쉽게 짐작할 수 있다.

탁 할머니는 자신의 인생은 '시시하다'면서 아무 도움이 안될 거라고 사양하는 척했지만, 누군가가 자기 이야기를 듣고 싶어한다는 사실에 대해 기쁜 마음을 숨기지 못했다. 나는 이번 작업을 위해서 60분짜리 테이프를 준비해 갔었다. 한 시간 안에 털어놓는 인생. 스무 살이건 여든아홉 살이건 꼭 이만한 길이로 남의 삶을 재단해 보자는 계획이었다.

특별한 주문도 하지 않았다. 여태까지 살아오신 이야기를 해보세요, 라는 말 외에는. 그리고 어떤 내용의 말이라도 막지 않았으며, 질문도 하지 않았다. 시종 일관 들어주는 일만 했다. 탁 할머니를 시작으로 해서 한 달 보름 동안 모두 스물두 명의 여성들을 만났는데, 처음에는 별로 할 말이 없다고 빼던 사람들이 어쩌면 그렇게도 술술 이야기 보따리를 잘도 풀어 놓던지. 사람들은 내가 남의 마음을 건드리는 특별한 재주를 갖고 있다고 칭찬했지만, 나는 그렇게 생각하지 않는다. 누군들 자신의 삶을 얘기하고 싶지 않으랴. 다만 이제까지 살아온 역사가 그 욕구를 짓눌러 왔을 뿐. 나는 그들이 속셈을 털어놓아도 뒤탈이 없을 외계인이었다. 더구나 이 외계인은 말이 통하는데다가 웃음까지 헤프구먼.

남편에 대한 깊은 분노로 지탱하는 삶

스물아홉에 바람난 남편을 찾아 중국으로 건너 온 탁 할머니는 강원도 출신이었다. 어렸을 때 부모를 잃고 고생하다가 결혼했지만 남편은 노동하기를 기피하는 건달에 바람둥이였다. 중국 땅에서도 남편은 외도를 되풀이했다. 아버지를 미워한 두 아들은 전쟁에 나가 일찍 죽었다. 열사 가족이 된 덕으로 생계 걱정 없이 국가의 보조로 남은 인생을 보내다가 남편이 죽은 3년 전에 이곳으로 들어왔다고 했다.

탁 할머니는 여든아홉 살이라는 나이가 무색할 정도로 정정했는데, 남편에 대한 깊은 분노가 오히려 그를 지탱시켜 주는 힘인 것 같았다. 남편이 죽었을 때 그쪽을 쳐다보지도 않았다고 탁 할머니는 자랑스럽게 말했다. 이야기가 거의 끝날 즈음, 탁 할머니는 고향을 떠나 올 때 압록강을 건너면서 부른 노래라며 사설을 읊었다. 가느다랗게 쪼그라든 눈에서 눈물이 흘렀다.

"부모 형제 이별하고

삼사촌을 이별하고

어린애를 업고 앞세우고

중국을 향하고 들어오던 일이

압록강 건널 때 대성 통곡하던 일이

어제 같네."

"내 그러고 들어왔어요. 얼마나 탕난을 쳤는지… 그렇게 들어와서 다
신 못 나갔어요."

무거운, 너무나 무거운 삶의 무게들

―그러나 뚜렷해지는 세대 차이, 도농 차이

자기 혼자의 인생만으로도 그 무게가 힘에 부쳐 질질 매는 판에 남의 인생, 그것도 스물 두 명의 인생을 기웃거리는 일은 당초의 예상을 훨씬 초월하는 막대한 에너지를 요구하였다. 나는 어떻게 된 셈인지 이제까지 살아오면서 남들의 내밀한 속내를 들여다

안도현 차조구역 앞에서 장봉녀 씨 세 자매와 함께.

볼 일이 자주 생겨서, 한 친구에게서는 그게 네가 이 세상을 살면서 해야 할 '보시'이니 피하지 말라는 조언까지 듣는 처지였다. 게다가 온갖 종류의 직업을 가진 사람들로부터 시도 때도 없이 소위 '자문'이라는 걸 해 달라는 요구에 시달리기 때문에 주위에서 아예 '모든 문제 연구소' 간판을 걸고 돈이라도 벌라는 권고까지 받은 적이 있을 정도다.

여성들의 삶은 어디서나 첩첩 산중

실속도 없는 일에 시간과 정력을 빼앗기다 보면, 어떤 때는 내가 바보

같다는 생각에 속이 상할 때도 많고, 때로는 착취당한다는 기분이 들 때도 있지만, 어느새 오십이라는 나이가 코앞에 다가오니 저절로 마음이 보살로 돌아가 버렸다. 게다가 내 성격 자체가 사람에 대한 호기심이 줄기차데다가 삶 자체를 만남 이상으로 생각하지 않으니, 결국 성격이 운명을 만들고 만 게 아닌가. 시체말로 냅둬유, 생긴 대로 살 수밖에 없잖아유.

한국에서도 나이가 어느 정도 든 여성들이면 길거리에서 아무나 붙잡고 과거를 털어놓으라고 해보라. 대개의 경우는 이제 살 만하다 싶은 사람들이 지나 왔던 길에도 믿을 수 없을 만큼 산도 많고 물도 많아, 꼭꼭 눌러담은 한(恨)이 보따리 보따리로 풀려 나오기 십상이다. 한반도라는 격변의 땅에서 40년 이상을 살아오자면 그 길에 치러야 했던 대가가 만만치 않을 수밖에 없잖은가.

이곳 중국 변경에서의 삶은 그보다 훨씬 더 간고할 수밖에 없었으리라. 충분히 예상한 일이지만 어쩌면 마흔 살이 넘은 여성들의 삶은 하나같이 그렇게도 짙은 그림자로 덮여 있는지. 비록 지금은 환한 빛 속으로 나와 있을망정 어딘가 순수한 밝음이라고 하기에는 거리가 멀게 느껴지는 바랜 삶들을 그들은 겪어 왔다.

듣는 나도 그런 느낌이었지만, 말하는 당사자들도 역시 마찬가지 기분이었나 보다. 그들은 하나같이 세상에 태어난 이후 자기 이야길 처음으로 해본다고 말문을 터뜨리고는 가슴이 격해져서 눈물을 흘렸다. 그들의 삶은 서로 닮아 있었다.

유년기의 지독했던 가난, 끊임없이 가족을 빼앗아 갔던 질병, 혹독한 시집살이, 남편과의 불화, 온갖 종류의 노동, 자녀의 미래에 대한 두려움… 그리고 펼치지 못한 꿈에 대한 아쉬움….

굳이 이름을 붙이자면, '세대 이기주의'라고 할지 어떨지, 60대 이상의 여성들이 겪어 온 고생이라는 것은 상상할 수도 없을 만큼 고통으로 가득한 것이었음에도 불구하고 나는 유난히 4,50대 여성들의 이야기를 들을 때면 한결 더 가슴이 아려 왔다. 그리고 일종의 죄책감 같은 것이 나를 휩쌌다.

만약 우리 부모님이 경주가 아닌 만주로 이주하셨더라면

나 역시 돈 없고 학벌 없는 실향민의 자식이었기에 한국 사회에서 뭐 크게 덕본 것도 없이 살았을 뿐더러 때때로 주류로부터 밀려났다는 소외감 때문에 심성이 비틀려 버린 축이지만, 여기 와서부터는 그래도 이곳으로 밀려나지 않기를 천만 다행이라는 엉뚱한 안도감에 한숨을 휘이 하고 내쉴 때가 많았다. 오죽했으면, 동생에게 편지를 쓰면서, 우리 부모가 1940년 초에 이 만주가 아닌 경주로 내려간 것에 대해서 진심으로 고마워하자, 라고까지 썼을라구.

여기서 내 아버지의 고향인 함경북도 명천군 출신들을 한 사람 걸러 만날 수 있었기에 이런 감회는 아주 절실한 것이었다. 내 부모님의 연배와 비슷한 분들로서 1930~40년대에 이주한 1세대들은 대개 농사를 지으면서 아주 가난하게 살았다. 우리 부모가 결혼 직후 이곳으로 이주했다면 그분들도 역시 비슷하게 사셨을 테고, 따라서 우리들 6남매는 그나마 대학 문턱에도 가 보지 못했을 게 뻔했다. 이런 상상은 기실 연변에 오기 전까지는 한번도 해보지 못한 것이었는데, 여기 도착하자마자 '만약…' 이라는 가정법이 저절로 떠올랐다.

남편은 있으나마나한 존재

그랬기에 내 또래의 여성들이 한숨과 더불어 털어놓는 그 과거가 마치 내 것처럼 다가왔다. 그들의 아버지는 대개 어머니와 자식을 세상에 남긴 채 일찍 세상을 떴다. 형제 가운데 두셋은 홍역을 앓다가 죽었으며, 여성들은 어린 시절부터 강도 높은 노동으로 생계를 해결해야 했다. 결혼 이후에도 그들의 삶은 별로 달라지지 않았다. 그리고 그 시집살이… 물론 내 또래 여성들이 겪었던 시집살이는 그 윗세대 여성들이 몸서리치며 되새기는 시집살이에 비하면 한결 부드러운 것이었다. 혁명 덕분이었다.

그럼에도 불구하고 여성들이 겪었던 시집살이는 우리 민요에 나오는 사례들에서 크게 벗어나 있지 않았다. 전통은 하루아침에 바뀌지 않는가 보다. 혹독한 시집살이를 한 여성 가운데 한 명은 시어머니가 사망했을 때 '해방된' 느낌이었다고 고백했다.

이 여성들의 삶에서 남편은 과연 무엇인가. 이들의 이야기를 듣다 보면, 거의가 다 남편은 한껏 봐줘서 '있으나마나한 존재'라는 인상을 지울 수 없다. 좀 심한 표현으로 들릴지 모르겠으나, '차라리 없었으면 더 좋았을 존재'인 경우도 많았다. 그들은 자조적으로 '부모 덕 없는 년은 남편 덕도 없다'고 푸념했는데, 그래도 남편을 잘 받들고 살아야 한다는 마음에는 변함이 없었다. 내 또래 여성 중 이혼한 경우는 단 한 명뿐이었는데, 24년 동안 상습적으로 맞고 살았던 이 여성도 지금은 이혼에 대해서 후회하는 빛을 보이고 있다. 여자 혼자 산다는 것에 대해서는 놀랄 만큼 두려움을 갖고 있었다.

여성들의 삶에서도 세대 차이와 도농 차이는 뚜렷하게 드러나고 있었다. 40대 이상의 여성들이 공유하고 있는, 듣기만 해도 끔찍한 가난의 경험은 30대에 이르면 거의 남의 나라 이야기처럼 들리는 것 같았다. 고부 관계도 일거에 역전이 되어서, 30대 여성들은 자연스럽게 시어머니에게 경제적인 도움을 바라는 세상이 되었다. 특히 도시의 미혼 여성들은 시부모가 집을 사 줄 수 있을 정도는 되어야 결혼하겠노라는 말을 서슴없이 하고 있었다. 물가가 너무 올랐기 때문에 둘이 버는 돈만으로는 집세를 물면서 생활비를 댈 수 없다며.

실제로 전직 노동자였던 60대 여성은 퇴직 후 자기 집에서 보모(탁아모) 일을 해서 돈을 모았다가 수시로 아들의 생활비에 보태고 있었는데, '아들이 둘이 벌어도 바빠서 헤매기' 때문에 도와야 한다고 말했다.

농촌 여성들의 가장 큰 두려움은 자녀 교육

농촌 여성들의 상대적 박탈감은 상상할 수 없을 만큼 심각했다. 당장의 경제적인 낙후도 문제지만, 이대로 농촌에서 계속 살다가는 자녀들 앞날을 망칠지도 모른다는 초조감이 여성들을 괴롭히고 있었다. 우리와 똑같은 문제였다. 조선족 농촌 여성들은 자신들의 현실 타개를 위한 유일한 방편으로 한국 취업을 원하고 있었지만 브로커에게 거금의 소개비만 뜯기고 말았다고 한다.

농촌 여성들이 어떻게 한국에 갈 수 있는 길이 없겠느냐는 간곡한 질문을 할 때마다 나는 죄를 지은 것 같은 기분에 심정이 착잡했다. 한국 가는 일에도 빈익빈 부익부 현상 같은 것이 생겨서, 한번 갔던 사람은 자꾸 갈 길이 뚫리고, 도시에서 힘깨나 쓰는 사람들은 쉽게 갈 구실을 만드는데, 정말 가난한 사람들에게는 도통 기회가 생기지 않는 것 같다. 왜 세상 일은 언제나 이 모양일까.

여성들의 삶을 녹음기에 담은 날이면, 나는 책상 앞에 혼자 앉아서 녹음을 푸느라고 꼬박 밤을 새웠다. 한 시간짜리 테이프에 담은 인생을 종이에 옮기는 데는 꼭 여덟 시간 정도가 들었다. 서울 같으면 이렇게 단순한 일에 이만한 시간을 투입하지 않을 거다. 공연히 바쁜 척하면서 시간

없어, 시간 없어를 되뇌일 터이고, 그러다 보면 아예 테이프 상태로 던져 놓고는 차일 피일하다가 잊어버리고 말 거라는 예감이 나를 이 일에 몰두하게 만들었다.

왼손은 엄지손가락이 짓무르도록 녹음기의 버튼에 고정시키고 오른손으로는 팔이 떨어져라고 볼펜을 옮기면서 나는 다시 한 번 스물두 명의 인생에 동참했는데, 그때마다 머리가 아니라 가슴으로 느껴지는 것이 있었다. 말로 옮겨 놓고 보면 너무 진부해서 창피하기까지 한 건데, 그건 바로 '모든 삶은 그 자체로서 존귀하다'는 깨달음 같은 것.

그걸 확인하기 위해서 내가 지금 이곳에 있는 건지도 모른다.

어린이날처럼 보낸 연변의 3·8 부녀절

― 로마에서는 로마법을 따르기로

만주의 봄은 시장에서부터 느껴진다. 겨울 내내 감자나 양파, 마늘 등속밖에 보이지 않던 우리 동네 골목 시장에도 봄을 알리는 파아란 채소들이 등장하기 시작했다. 개방 이전에는 겨울철에 채소 구경을 못했는데 요즘은 비닐하우스에서 나오는 채소들이 철을 잊게 한다고 이곳 사람들은 신기해 했다.

연변에서 두 달간 기숙했던 집에서

하지만 아직은 이렇게 생산된 채소들이 비싸기 때문에 대부분은 겨울이 닥치기 전에 감자나 무, 파 등을 대량으로 구입해서 집 창고에 저장해 놓고 겨울 내내 먹는다. 큰 파를 저장할 때는 미리 소금물에 담가 놓았다가 말리는데 이렇게 해 놓으면 얼어도 괜찮다고 한다.

그러나 3월의 날씨는 아직 겨울이다. 곳곳에 먼지를 뒤집어쓴 잔설이 남아 있는 도시는 오후만 되면 뿌연 먼지 바람이 살갗 속으로 파고든다. 여기는 4월이 되어야 나무에 물이 오른다고 하니 북쪽은 북쪽인가 보다.

중국에서 맞은 3·8 부녀절(여성의 날)의 풍습은 나를 놀라게 했다. 한국에서는 일부에서만 이 날의 의미를 되새기는 행사를 하는 데 비해 여기서는 마치 어린이날 행사와 비슷하게 보내는 것이었다. 즉 모든 사람들이 이 날만은 여성들을 위해서 봉사해야 한다. 물론 행사는 개인 차원이 아니라 단위(직장) 차원으로 이루어진다.

흥청망청 먹고 마시는 부녀절 풍습

이 날은 단위에서 여성들에게 저녁을 대접하는데 남성들이 함께 참여한다. 또 여성들에게 돈을 주거나 선물을 주는데, 단위에 따라 그 양이 다르다. 연변 대학의 정치계에서는 여성 교직원들에게 똑같이 돈 5원씩을 주었다고 한다. 따라서 이날 연길 시내의 모든 음식점은 어디나 만원이라고 한다. 남편이 있는 창주에서는 이날 오전 근무만 시키고 타월을 한 장씩 선물로 준다고 하니까, 이런 점에서도 조선족은 훨씬 흥청망청이다.

부녀절이 닥치기 며칠 전 연구 중심의 주임단이 와서 이런 내용의 행사 이야기를 했을 때 난 상당히 실망스런 표정을 지을 수밖에 없었다. 주임단은 이 연구 중심을 학교에서 매우 중시하기 때문에 령도들이 다 참석한다면서 의기 양양하게 설명하다가 내 표정을 보더니 멈칫했다. 나는 비용을 누가 내건 이런 식의 행사를 할 게 아니라 좀 의미 있는, 예를 들면 여성 문제 간담회 같은 걸 하기 바랐다. 그런데 비용도 일부는 학교에서 대주고 일부는 연구 중심에서 낸다고 한다. 힘들여 모은 돈을 거의 몽땅 먹는 데다 쓰는 게 이곳 풍습이라는 것쯤은 알고 있었지만, 그래도 여성들은 좀 달라야 하지 않겠습니까라는 게 나의 주문이었다.

주임단은 '도리 있다' 면서 일단 수긍을 하긴 했지만, 이미 다 약속이 되어 있기 때문에 취소는 불가능하다고 했다. 내년부터는 새로운 문화를 만들어 가겠다는 그들에게 내가 뭐라고, 주제 넘은 잔소리를 하겠는가.

그들 말대로 '사고를 개변하기'가 어디 그리 간단한 일인가 말이다.

부녀절 저녁 학교 앞 식당으로 갔더니 리주석 부교장을 비롯해서 조직 부장, 선전 부장, 김동화 소장, 박영호 비서실장 등 연변 대학의 령도란 령도는 다 나와 있었다. 주임단은 연구 중심이 이토록 관심을 받고 있는 데 대해서 아주 흡족해 하는 모습이었다. 그래, 오늘은 즐겁게 마시고 놀 자, 로마에서는 로마법을 따라야 한다는데, 나는 기분을 바꿔 분위기를 띄우기 시작했다. 박 교장은 다른 약속이 있어서 못 나오고 그 대신 박 실 장이 박 교장이 권하는 술이라며 따라 주고 역시 박 교장의 명령이라면서 노래를 불렀다. 그는 어딘가 문학 청년 같은 기질이 드러나는, 세련된 멋 을 풍기는 젊은이로 평소에 나에게 누님 같은 기분을 느낀다는 말을 자주 했었다. 아마 같은 박씨라는 점이 친밀감을 더해 주었나 보다.

풍부한 화제, 넘치는 덕담

나는 연변의 놀이 문화, 아니 술 문화에 대해서 비판적인 말을 많이 해 왔지만, 그렇다고 해서 이 문화를 매도하는 쪽으로만 나간다면, 내 고리 타분함을 만천하에 떠벌이는 짓일 뿐이다. 내가 못마땅하게 생각하는 것 은 술자리에서 낭비가 너무 심하다는 것이며, 그것이 거의 다 공금으로 해결된다는 점이다. 그러나 또 입장을 바꾸어 생각해 보면, 생계비에 빠 듯한 공자(임금)로는 요리 한 접시, 술 한잔 사 먹기도 힘든 게 현실이다. 전 시대에 비해서 식료품이 흔해지고 살기가 나아진 건 사실이지만 이들 의 일상적인 식생활을 들여다보면 빈약하기 짝이 없다. 여름 같은 때는 늘 감자 볶음이나 열콩 볶음 하나로 떼운다. 쌀 문제는 해결이 되었기 때 문에 밥은 놀랄 만큼 많이 먹는다. 아주 사치스럽다 싶을 정도의 옷으로 단장한 유치원 아이들의 경우도 얼굴을 보면 버짐투성이에 키도 작다. 우유나 기초 식품 섭취가 절대적으로 부족하기 때문이다.

외식은 이들의 영양 보충 시간이다. 주인 없는 돈이다 보니까 세 접시만 시켜도 될 것을 여섯, 여덟 접시씩 시키게 되는 것이다. 이렇게 입장을 바꿔 생각하면 한탄할 일도 아니련만. 중국 정부에서도 최근에는 이렇게 공금으로 때려 먹는 습관을 없애기 위해서 캠페인을 벌이고 있지만 아마 조만간에 해결되기는 어려운 문제일 것 같다. 한국도 비슷하잖은가.

각설하고, 남의 호주머니까지 걱정하는 오지랖만 좁힌다면, 이곳의 술 문화는 반드시 부정적인 것만은 아니다. 특히 이런 자리는, 한국에서와 같은 권위적인 분위기가 없이 누구나 대등하다 싶을 정도로 자유롭게 열린 자리라는 점에서 아주 유쾌하다. 그리고 또 하나의 특색은 아무리 술을 많이 마셔도 취해서 추태를 부리는 사람이 없다는 점이다. 우리처럼 술자리가 따로 있는 것이 아니라 음식과 함께 마시는 술 문화이기 때문이다. 2차니 3차니 하면서 고꾸라질 때까지 마시는 버릇이 없다. 그러다 보니 술자리에서도 남의 험담이나 사업 얘기 같은 것은 아예 존재하지 않는다. 그들은 오로지 덕담만 나눈다. 따라서 화제가 풍부한 사람이 인기가 있다. 한국 사업가들이 술자리에서 사업 이야기를 꺼내고 자기 식으로 낙관적으로 해석했다가 나중에 낭패를 보는 일이 많은 것도 이런 중국식 술 문화를 이해하지 못한 데서 나온 것이다.

막내의 학교 소식에 떠날 결심 굳혀

중국의 3월은 2학기가 시작되는 때이다. 원래 내 체류 기간은 4월 중순까지로 못박혀 있었다. 그때만 해도 중국은 특정 국가로 정해져 있었기 때문이다. 그러나 그새 한중 관계가 놀랄 만큼 부드러워진 덕분에 체류 기간 연장이 얼마든지 가능해졌다. 따라서 이번에 다시 돌아오면서 2학기를 여기서 다 보내며 여성학 강좌를 개설하는 일에 도움을 줄까 생각도 해보았으나, 애초의 계획대로 구술사 채록이 다 끝나는 대로 일단 3월 말에 연길을 떠나기로 마음먹었다. 갑자기 막내에 대한 걱정이 생긴 것도 이런 결정을 내리게 된 원인으로 작용했다.

한국에서 발송되는 신문을 2, 3일 뒤에 받아 보는 남편에게서 전화가 왔다. 동윤이가 다니는 상문 고등학교가 요즘 매일 신문에 난다는 것이다. 상문고는 워낙 학기 초만 되면 신문에 단골로 나오는 학교다. 학부모에게 찬조금을 많이 걷기로 유명한, 그러면서도 교육청에서 조사를 하면 늘 '증거 없음' 으로 귀결되는 학교가 상문이다.

나는 10년째 서초동의 낡은 아파트에서 붙박이로 살면서 아이들 셋을 고등학교에 보냈는데, 어찌된 셈인지 셋이 다 다른 고등학교에 배정받았다. 워낙 개성이 달라서 그런지 어쩐지. 고등학교를 배정받던 날, 막내와 나는 '상문만 아니면' 어디든지 다 좋다고 했는데, 원수는 외나무 다리에서 만난다고 덜커덕 걸린 거다. 그날 막내가 보였던 맥없이 피식 웃던 모습은 두고두고 잊을 수 없는 것이었다. 오죽하면 한 번도 면식이 없는 담임 선생님까지 전화를 걸어 와, 어쩌다 그렇게 됐는지 모르겠어요, 우리 반에서는 몇 명 안 갔는데… 동윤이한테는 안 어울리는 학교인데요 하며 위로를 다했을라구. 선생님의 말씀인즉, 동윤이처럼 자율적인 아이들은 아주 괴로움을 겪을 거라고 했다.

사람들마다 생각은 다 다른 법이라서 어떤 엄마들은 상문이 '애들 잡는 학교' 라면서 그래야 아이들이 대학 잘 간다고 부러워하는 이도 있었다. 그런가 하면 동윤이에게 시련을 주기 위해서 하느님이 그곳으로 배정했으니 감사하게 여기라는 동네 친구도 있었다. 어쩌랴, 이것도 다 자기 운인 걸. 나는 이내 마음을 느긋하게 먹고 아이에게 네 할 일만 잘하면 된다고 다독거려 주었다.

그런데 세상에, 나는 가만히 있는데 학교가 나를 못살게 구는 게 아닌가. 1학년 올라가자마자 연례 행사로 찬조금에 대한 토론이 여기저기서 터지고, 나는 학부모 연대 대표 자격으로 문화 방송의 여론 광장이란 프로그램에 나갔었다. 물론 상문고 학부모라는 개인 상황은 드러내지 않았다. 나는 그야말로 유연하게, 찬조금의 '자발성'에 대한 허구를 지적하고, 이를 해결하기 위해선 정부가 사학에 대폭적인 재정 지원을 해야 한다는, 지극히 상식적인, '하나마나한' 말을 했는데, 학교에서 학년 주임이란 분에게 연락이 왔다.

그날 1학년 교무실에서 있었던 감정적인 힘겨룸, 그 씁쓸함이라니. 학년 주임은 나를 '아이를 맡겨 놓고 학교에 해를 끼치는' 못된 학부모로 몰아붙였다. 그러면서 교육 운동도 좋고 인간 교육도 좋지만 '아이를 위해서' 당분간 어머니께서 이 일을 그만두시는 게 좋겠다고 충고했다. 이 정도였나, 학교라는 데가.

최소한 아이 옆에 있어는 줘야지

막내가 2학년으로 올라가자 담임 교사에게서 면담 요청이 왔었다. 상당히 부드러운 인상의 담임은 내게 이번 한해 동안만이라도 좀 조용히 계셔 달라고 당부했다. 나 개인적으로는 다른 일들에 밀려서 학부모 운동을 제대로 못했다는 자책감에 빠져 있는데, 한쪽에서는 여전히 요주의 인물로 찍혀 있는 거다. 인생은 요지경이라더니. 나는 중국에 가기 때문에 어차피 조용하게 지낼 수밖에 없노라는 말로 담임을 안심시켰다. 담임은 갑자기 환해진 얼굴로, 아이 일은 걱정 말라고 나를 안심시키려는 성의를 보였다.

그 상문고가 이번에는 내신 성적 조작에 관한 교사들의 양심 선언으로 매스컴의 표적이 되고 있다는 거다. 교장도 구속되었단다.

'고3 엄마'라는 병을 앓지 않고 아이들 둘을 대학에 보냈던 강체질의 엄마인 나도 이런 상황 앞에서 무심할 수 없었다. 내가 간들 별 수 있으랴만, 최소한 아이 옆에 있어는 줘야 하지 않을까. 막내는 워낙 말수가 적은 아이지만 나하고는 장난을 아주 잘 치는 사이였다. 그러면서 스트레스를 푸는 것 같았다. 도시락을 싸 주느냐 아니냐는 별 문제가 아니다.

중국은 나중에 또 와도 된다. 내가 아이들에게 너무 무심하다면서 이웃들이 늘 하던 충고, "나중에 얼마나 후회하려고 그래"라는 말이 어쩌면 그리도 새록새록 파고들던지. 별수없는 한국형(?) 엄마.

우리 어디서 무엇이 되어 다시 만나랴

—두 차례의 특강, 그리고 이별

연변에서 만난 여성 중 가장 당당한 사람 려운 엄마(오른쪽), 순대 만드는 솜씨가 일품이다.

3월 말일에 연길을 떠나는 기차표를 사 달라고 부탁하자 주임단은 서둘러 특강을 기획하였다. 그들은 남녀를 불문하고 연변 사람들의 가장 큰 고민거리가 자녀 교육에 관한 것이며, 한국을 방문했던 사람들의 입을 통해서 한국에서는 비교적 아이들 교육을 잘 시키고 있다는 말이 퍼져 있기 때문에 이런 내용의 특강을 하면 사람들이 많이 들으러 올 거라고 했다. 더구나 내가 그 동안 짬짬이 내 아이들 기르는 이야기를 했기 때문에 설득력이 크리라고 믿고 있었다. 여성학 팀 역시 자녀 교육에 대해선 늘 자신 없어했기 때문에 어쩌다 내가 아이들 이야기를 하면 높은 관심을 나타냈었다.

개방 이후 포기가 불가피해진 '만만디' 기질

그리고 두번째로는 여성 문제 연구 중심 설립 이후 대학 안팎에서 여성학에 대한 관심이 고조되어 있는 상태이기 때문에 자신들이 여성학 강좌를 개설하기 이전에 여성학에 대한 소개를 해 달라고 했다. 쉬운 말로 붐을 조성하자는 것이었다.

잡아 놓은 날짜는 빨리 흐르게 마련인지 계획대로 구술사를 채록하랴, 또 갖가지 일로 상의하고 싶다며 찾아오는 사람들을 만나랴, 중국에 온 후 길어졌던 하루가 갑자기 짧아지기 시작했다. 또다시 서울에서와 같은 일상이 되풀이되는 기분이었다. 한국에 가 본 사람들은 으레 생활의 절주(페이스)가 달라 정신을 못 차리겠다고 말한다. 한국 사람들은 뭐가 그리 급한지 입술에다 '바쁘다, 바빠'를 달아 놓고 살면서 시간이 아니라 분초 단위를 쪼개서 사는 것같이 보이는데, 자기들로서는 도저히 따라잡기 바쁘다는 것이다.

그래서 한국에 갔다온 사람은 생활 절주에 대한 의견에서 꼭 두 가지 부류로 나뉘는데, 하나는 중국 사람들은 너무 시간을 낭비하면서 살기 때문에 경제상의 발전도 더디니 한국을 배우자는 것이요, 다른 하나는 그렇게 바쁘게 산다고 하루에 다섯 끼를 먹는 것도 아닌 바에야 그냥 사회주의식으로 편히 살자는 것이다.

나는 처음에는 이곳 사람들이 너무 게으른 것만 같았는데 1년 가까이 살다 보니 어느새 그 절주에 맞추어 사는 데 익숙해졌다. 급한 것도 없이 세월아 네월아 하고 살아도 입에 밥만 들어온다면 그게 상팔자인 것도 같았다. 아무리 낮이 짧은 겨울이라도 여기 사람들은 점심 후에 꼭 낮잠을 자는 습관이 있는데, 이것도 별 할 일이 없는 사람들로서는 시간을 죽이는 아주 좋은 방법처럼 생각되었다. 그러나 개방 이후 이런 만만디 기질도 앞으로는 대폭 바뀌지 않을 수 없게끔 되었으니 중국인들의 행복했던 시절도 이미 끝장난 셈이다.

공감 일으킨 '자녀 교육' 특강

3월 17일의 첫 특강은 '미래 사회와 자녀 교육'이란 제목이었는데, 예상했던 대로 학생들보다 교직원들이 더 많이 들어왔다. 본관 회의장을 가득 채운 청중들 가운데 남성들도 꽤 눈에 띄었다. 이런 종류의 강의는 처음이기 때문이라고 준비 팀은 아주 흡족한 눈치였다.

나는 먼저 한국의 자녀 교육과 관련된 문제들을 열거하면서 이 가운데서 연변과 다른 점이 있느냐고 반문하는 것으로 말문을 열었다. 우리 민족의 자식 사랑과 가족 중심주의에 대한 확인은 그들로 하여금 이 한국 여성에게 친근감을 느끼게 하는 데 아주 효과적이었나 보다. 아이들에 대한 과보호, 아이들의 버릇 없음, 세대 차이, 미래에 대한 불안 등등을 나는 거의 한국 청중을 대상으로 한 것과 진배없이 털어놓았다.

특히 여기 사람들이 마음속으로는 아이를 지나치게 끼고 돌면서도 겉으로 표현할 때는 부정적인 말을 잘 쓰는 습관을 지적하자 그들은 폭소와 더불어 동의를 표시하였다. "밥을 먹자" 하면 될 걸 "밥 아이 먹겠니?" 한다든가 "인사 드려라." 하면 듣기도 좋을 걸 손님 면전에서 "이 머저리 같은 게 인사도 할 줄 모르니?" 하고 면박을 주는 일들을 꼬집었다.

또한 자식에 대한 과잉 기대와 동시에 과잉 의무감에서 파생되는 문제들, 즉 공부 못하면 바보 취급을 하고 이미 과열되기 시작한 과외 공부로 몰아 넣는가 하면 과다한 혼수 문제와 결혼 이후에도 생활비를 대주는 풍습 등에 대해서 지적하고, 만약 이 시점에서 이런 풍습을 바로잡지 않으면 자본주의풍의 확산과 함께 앞으로 심각한 사태가 초래되리라고 진단하였다. 그리고 교육이 내 아이만 잘 기른다고 되는 것도 아닌데 이곳 사람들이 연변 사회의 변화에 대해 너무 속수 무책으로 있는 점, 예를 들면 퇴폐 유흥업소의 번창, 청소년 문화 공간의 부재, 어른들의 술 문화, 텔레비전에 대한 무방비 등을 지적했는데, 물론 한국에서처럼 시민 운동을 조직하라고 권유할 수는 없었다. 아직은 문제를 인식시키는 것만으로도 벅찬 수준이니까. 마음 한구석에서는 내가 지금 여기서 이런 말을 하고 있다는 사실이 농담 같다는 기분도 들었다. 5, 6년 전만 해도 상상이나 할 수 있었을까.

워낙 좁은 사회다 보니까 이튿날부터 길에서 만난 사람들마다 어제의 '연설'에 대해 치하를 했다. 소위 대성공이라는 거다. 한국에서 온 교수는 책에 씌어 있는 말이 아니라 생동한 언어로 연설한다면서. 그리고 더 많은 사람들이 들어야 한다면서 연설회를 조직하겠다는 제안이 서너 곳에서 들어왔지만 나는 시간을 핑계로 사양할 수밖에 없었다.

여성 해방은 왜서 남성 해방인가

떠나 오기 일주일 전에 있었던 두번째 강연은 소문이 난 탓인지 의자가 모자라 서서 듣는 사람들까지 생길 정도로 붐볐다. '여성 해방은 왜서 남성 해방인가?'라는 제목에서 호기심을 느꼈는지 남학생들도 많이 들어왔다(연변에서는 '왜' 대신에 '왜서'라고 한다. 작가 최명희 씨는 이 '왜서'라는 단어에서 말할 수 없이 소박하면서 간절한 느낌을 받는다고 말한 적이 있다).

나는 한국을 떠나 올 때 사회주의권의 여성 해방 수준에 대해 가졌던 막연한 기대 같은 것이 어느 만큼 맞아 떨어졌는지, 또는 어긋났는지에 대해 솔직히 고백하고, 같은 연변 사회에 살더라도 한족과 조선족 사이에 큰 격차를 보이는 여성에 대한 관념들과 현실에 대해 내 나름의 인상을 구체적인 예를 들어 가며 짚어 냈다.

'여성을 비하하는 문화'라는 측면에서는 한국이나 중국 조선족이나 마찬가지고, 또 여기서 듣자 하니 북한은 연변보다 훨씬 더 심하다고 하니,

과연 피는 물보다 짙은 모양이라고 이죽거리자 객석은 온통 웃음 바다가 되고 말았다. 술 좋아하는 문화, 여성을 비하하는 문화, 뜨거운 교육열, 이 세 가지야말로 한민족임을 증명하는 가장 확실한 증거가 아니고 무엇이랴.

이제 일주일 후면 이곳을 떠난다는 사실을 떠올리자 일종의 비장감이 나를 사로잡으면서 처음에 계획하지 않았던 내용의 말이 쏟아져 나왔다. 나는 "주제넘은 말씀인지 모르지만"이라고 토를 달면서, 이곳 연변이 요즘 겪고 있는 문제들을 그냥 어쩔 수 없는 과정으로 간과하지 말고 여성들이 주체가 되어 바로잡아야 한다고 역설하였다. 아이들의 미래를 위해서. 한마디로 '더디 가도 제대로 가라'는 부탁이었다.

그러나 돈이 전부가 아니라는 나의 말을 그들이 어떻게 받아들일 것인가에 대해선 나로서도 짐작하고도 남음이 있었다. 그래, 우리도 자네처럼 일단 돈부터 벌고 난 다음에 그 다음에, 사람다움에 대해서 생각해 보겠네라는 것일 테지.

그럼에도 불구하고 나는 철없는 이상주의자처럼 하고 싶은 말을 쏟아 놓을 수밖에 없었다. 따지고 보면 그 말은 바로 내가 몸담고 있는 곳을 향한 외침이었을지도 모른다. 이곳에서는 서울에서 보내 오는 신문들을 일주일 내지 이주일 후면 받아 보는데, 두꺼운 지면에 그려지는 한국의 모습이란 어쩌면 그리도 아수라장 같은지. 평양에서 보내는 인쇄물들에서는 오로지 우상만이 존재하는 듯한 인상 때문에 숨이 답답해진다면, 서울의 소식들은 너무 악취가 심해 숨이 막힌다.

이것이 전부가 아니다, 이것이 바로 비판의 묘미가 아닌가라는 논리로 스스로를 달래 보지만, 한국 신문들을 펼칠 때마다 가슴속에서 쿵 하고 내려앉는 소리가 들렸다.

234

의외의 만남에서 느낀 점들

두 차례의 특강에서 눈에 띄는 두 청중이 있었는데 공교롭게도 둘 다 남성들이었다. 그들은 강연 도중 열심히 고개를 끄덕이는가 하면 무언가를 적기도 하는 열성적인 수강생이었기 때문에 저절로 관심이 끌리지 않을 수 없었다. 그런데 재미있게도 두 사람이 각기 다른 사람을 내세워 나를 만나고 싶다고 청했다. 알고 보니 한 분은 이미 퇴직한 교수로 우리 여성학 팀 중 가장 소장학자인 철학계 반창화 선생의 부친이셨고, 한 분은 연변 대학의 조문계 교수이며 박사 과정에 있는 분으로 소설가이자 평론가로 유명한 분이었다.

두 분 다 새로운 문화에 대한 관심이 높은 남성학자라는 점에서 나는 매우 반가웠다. 어느 사회나 이처럼 자신만의 빛깔을 내는 사람들이 있는 법이다. 반 선생은 해외에 나가 있는 동포들을 총괄하는 야심찬 연구를 기획하고 있었지만 유감스럽게도 나는 실제적인 도움을 드릴 수 있는 위치에 있지 않았다. 반 선생이 아마 현직에 있었다면, 즉 조금만 젊었다면 한국과 쉽게 연계를 맺을 수 있었을 텐데 하는 아쉬움이 컸다. 소위 시운(時運)이라는 것의 의미에 대해서 새삼 생각하지 않을 수 없었다.

조문계의 김 교수는 마흔을 갓 넘은 소장학자로 한국의 전남 대학교에 몇 달 있었으며 광주에서 나오는 잡지에 글을 연재하기도 했다고 한다. 그는 한국 대학생들 중에 마르크스주의자가 많이 있는 현상에 아주 놀랐다고 털어놓았다. 농담처럼 그는 중국에서는 공산당이 점점 인기가 없어져 가는데 아마 한국 대학생들에게 공산당 입당증을 팔면 돈벌이가 꽤 될 거라고 꼬집었다.

이런 식의 유머를 구사하는 사람은 아주 드물다. 그는 중국의 소수 민족 정책에 대해서도 내가 이제까지 들어 왔던 것과는 전혀 다르게 비판적인 태도를 보였다. 즉 조선족은 이제까지 늘 정부에 의해 이용당하고 버려지는 존재로 살아왔으면서도 그 사실을 인식하지 못하게끔 길들여져 왔다는 것이다. 항일 투쟁에서, 사회주의 혁명 과정에서, 그리고 한국 전쟁에서, 가장 가까이는 문화 대혁명기에 이르기까지 언제나 스스로 앞장 서도록 부추기면서 민족끼리 분열되도록 조장하는 것이 소수 민족 정책의 핵심이었다고 말하며 눈시울이 붉어지는 그에게서 나는 문득 아, 이곳이 선구자가 말 달리던 만주 벌판이었지 하는 깨달음에 기분이 숙연해졌다.

그는 또한 문인답게, 자아(自我) 인식에 대한 경험을 적나라하다 싶을 정도로 솔직하게 털어놓았다. 불과 몇 달 전까지도 열 평이 안되는 집에서 여섯 식구가 들끓었기 때문에 자신은 자아에 대해서 생각하지 말아야 했다는 것이 그의 고백이었다. 자아라는 단어는 다만 책에 씌어 있을 뿐이었다. 그러나 이제 아파트에 입주하여 자신의 공간이 생기면서 자아를 인식해도 좋게 되었다고 한다. 문학을 전공하는 사람으로서 이렇게 살아 왔다면서 그는 시니컬하게 웃었는데, 그 속마음이 통째로 전해지는 것 같았다. 연변을 떠나기 전에 이런 만남을 가질 수 있었던 건 아무리 생각해도 행운이라고 말할 수밖에 없다. 연변 사회에 대한 전체적인 밑그림을 그리는 데 균형 감각을 유지하도록 도와주었으니까.

연변에서 가장 씩씩한 려운 엄마

떠날 날이 다가오자 정리할 것도 많았다. 짐이야 간단하지만 그 사이 짧지 않은 기간 동안 다져 온 인간 관계가 적지 않았다. 려운 엄마가 제일 먼저 떠올랐다. 내가 떠난다고 알리니 려운 엄마는 직장에서 막 퇴근한 피곤한 몸으로 손이 많이 가는 순대를 만들어 접대했다. 손맛 그 자체인 순대를 안주삼아 맥주를 마시면서 우리는 밤을 새다시피 하며 대화를 나누었다. 절대로 울지 않겠다던 려운 엄마는 끝내 눈물을 흘리고 말았다. 연변에서 만난 여성 중 가장 씩씩하고 자존심 강한 려운 엄마, 그는 나를 언니라고 불렀다. 주먹으로 눈물을 훔치는 려운 엄마를 보면서 나는 연변에 있는 동안 좀 자주 만날 걸 그랬다는 뒤늦은 후회를 속으로 삭여야 했다. 나의 정 없는 짓거리가 정말 미웠다.

떠나기 바로 전날은 《연변 여성》의 총편(주간)인 박민자 선생과 점심을 같이했다. 사실 연변에 있는 동안 나는 늘 박 선생에 대해서는 빚을 진 기분이었다. 연변에 도착한 첫날 연변 빈관으로 찾아온 박 선생은 만나자마자 속사포 같은 질문으로 나를 테스트했던 무서운 여성이었다. 무엇을 여성 해방으로 보느냐가 주된 포인트였는데, 내 대답을 듣자 그는 당신과 나는 지향하는 바가 같다면서 악수를 청했었다. 박 선생을 칭할 때 나는 서슴없이 연변에서 가장 총명한 여성이라는 수식어를 붙인다.

아쉬움 남긴 여성 · 이산 가족에 대한 야심 찬 계획들

그는 여기 식으로 표현하면 그야말로 '정확한' 민족 의식과 여성 의식으로 무장된 이론가이며 행동가이다. 그와 더불어라면 상당히 야심적인 기획을 세워도 걱정될 것이 없으리라는 게 내 확신이다. 그는 스스로 조선족 여성 연구 센터의 필요성을 느끼고 추진해 왔는가 하면 중국 땅에다 남북한 이산 가족 상봉 센터를 만들려는 기획을 하고 있었다.

그러나 나는 자본주의 사회의 대학에서 온 사람답게 연구소는 대학을 중심으로 세워야 한다는 원칙을 갖고 있었기 때문에 박 선생을 파트너로 할 수 없었다. 이런 연유로 나는 그에게 늘 미안한 감을 갖고 있었는데, 역시 통이 큰 박 선생은 누가 하든 결국 조선족 여성에 대한 연구가 이루어지면 그만이라며 괘념하지 않는 듯이 보였다. 당신과는 자주 안 만나도 늘 동지 같은 감을 느낀다는 게 박 선생의 말이었고, 나 역시 그에게는 아무 말이나 털어놓아도 거리낌이 없었다.

밤에는 강의를 들었다는 젊은 연구생(대학원생)들이 찾아왔는데, 윗세대 여성들과는 전혀 다른 분위기를 풍겼다. 그들은 매우 학구적이고, 진취적이었으며 기성 세대들에 대해서 불만이 높았다. 이곳의 세대 차이도 놀랄 만큼 큰 것 같았다. 이들을 조금만 일찍 만날 수 있었다면 나로서도 여러 가지 계획을 세울 수 있었을 텐데… 그들의 용기 부족과 나의 정보 부족이 이런 아쉬움을 남기게 한 것이다. 세상 일은 이렇다.

여성학 팀에 속했지만 시종 일관 소극적이었던 한 여성도 밤에 찾아와 자신의 일생을 털어놓았다. 두 번의 결혼, 한 번의 사별, 그리고 한 번의 이혼에 대해서. 나는 이미 벌써부터 알고 있던 일들이었다. 그 말을 하기가 그렇게 어려웠다고 했다. 이렇게 수줍은 사람들.

낮에 떠나는 기차역에는 낭만이 없다. 도문을 출발해 북경으로 향하는 기차는 늘 저녁에 떠난다. 시간은 저녁이지만 이곳은 언제나 밤이다. 차창 밖에서 열심히 손을 흔들며 눈물을 흘리는 얼굴들을 보며, 나는 활짝 웃어 주려고 애썼는데 어쩐지 잘되지 않았다. 우리 어디서 무엇이 되어 만나랴.

238

나를 찾아 떠났던 먼 길

연변을 떠난 지 꼭 1년이 지났다. 1년
전 아직은 꽃눈이 틔지 않은 연길역
에서 또 한 번 서른 시간이 넘게 기차
를 타고 북경 남역에 내리니 개나리
가 활짝 피었더랬다. 그리고 지금 서
울은 다시 봄.

훈춘 방천에서. 러시아·북한·중국 세 나라가
만나는 지점이다.

　1년의 중국 생활, 그리고 다시 1년
의 서울 생활이 지난 것이다. 이 글을
쓰기 시작한 것도 벌써 여덟 달 전이다. 시간의 속절없음에 허무해진 나
는 요즘 틈틈이 시몬느 드 보봐르의《노년》을 읽고 있다.

정화된 사회주의에서 자본주의 사회의 얼굴로

　서울로 돌아와서 나는 좀 우울했던 것 같다. 친구들은 내 얼굴이 좀 슬
퍼 보인다고 말했는데 정말 나는 좀 슬픈 기분에 사로잡혔다. 어떻게 생
각하면 성취감 뒤에 오는 허탈감이었던 것도 같다. 이런 기분이 얼굴에도
그대로 비쳤는지 김은실 같은 친구는 내가 '정화된 사회주의자의 얼굴'

을 하고 돌아왔다고 말했다. 그 다음부터는 만날 때마다 '자본주의 사회의 얼굴'로 변해 가고 있다고 중계 방송처럼 언급했다.

연변의 1년은 내게 무엇으로 남을까. 그곳에서 내가 무엇을 했건, 애초 길을 떠날 때부터 돌아올 때까지 나는 이 여행이 나를 찾기 위해 돌아가는 먼 길이라는 생각을 멈춘 적이 없었다.

태어나서 처음으로 마흔여덟의 나이에 세 아이의 엄마라는 자리에 있는 여성으로서 가족으로부터 혼자 떨어져 살았던 경험은 분망함을 핑계로 자신을 잊고 살아왔던 나로 하여금, 나는 누구인가, 가족은 내게 무엇인가, 어떻게 살 것인가와 같은 본질적인 문제들에 대해서 차분하게 생각해 보는 기회를 제공해 주었다.

자신에 대한 너그러움, 이것이 가장 큰 수확이라고 할 수 있다. 바꾸어 말하면 자신의 능력과 한계에 대한 보다 객관적인 눈을 갖게 되었달까. 남들이 나를 평가하는 것과는 달리 나는 종종 자학 심리에 잘 빠지곤 했는데, 예를 들면 나는 왜 이렇게 진득하지 못할까, 왜 이렇게 정리를 못할까, 왜 이렇게 잠이 많을까, 왜 이렇게 살림을 못할까라는 자책 때문에 옆 사람들, 특히 가족들을 괴롭힐 때가 많았다. 그렇다고 본격적으로 자신을 개조하려고 애쓰는 것도 아니다. 그저 습관처럼 우울증에 빠져 들곤 했다. 그런 버릇은 결국 타인이 갖고 있는 장점들을 노력 없이 얻고 싶은 심리의 반영이었던 것 같다. 또는 자신을 무한한 가능성의 지평 위에 세워 놓음으로써 현재 자신의 못남을 정직하게 직시하지 않으려는 일종의 핑계였는지도 모른다.

낯선 곳으로의 여행은 껍질 벗기를 쉽게 만든다. 나는 보여지고 싶은 나와 보이는 나 사이에서 내숭을 떨지 말자고 스스로에게 다짐한 덕분에 껍질 벗은 나로 살 수 있었고 놀랍게도 껍질 벗은 내 모습은 그런대로 꽤 봐 줄 만했다.

　새로운 것에 대한 호기심, 사람에 대한 애정, 잘 먹는 것, 잘 자는 것, 깔끔하지 못한 것 등은 낯선 곳에서 얼마든지 장점으로 작용할 수 있었다. 이런 성격은 무엇보다 사람들의 경계심이 아니라 마음을 끌 수 있었다. 그리고 잘 웃는 점은 생각보다 큰 장점이었다. 서울에서는 간혹 치명적인 결점으로 치부되었던 건데(비지성적으로 보인다나. 원래 지성적이지 않은 사람에게 이런 지적은 별로 적합하지 않은 것임에도 불구하고 지적을 받을 때마다 완전히 초연할 수 없었던 지적 허영이여).

　서울 생활은 일종의 소모전이다. 얽히고설킨 관계 속에서 일과 놀이를 균형 있게 조화시켜 나간다는 것은 거의 곡예에 가깝다고 할 수 있다. 늦은 밤 혼자 앉아 있으면 뇌가(머리가 아니라) 욱신욱신하는 게 느껴진다. 단순함을 향한 동경이 아무리 강해도 그것은 이루어질 수 없는 꿈이었다. 그런 점에서 중국 여행은 행운이었다. 별로 애쓸 필요도 없이 나는 단순해졌다. 덕분에 내 속에서 언제부터인가 말라 버렸던 감성의 샘물이 다시 솟아올랐다.

　감성의 되살림. 그래서 나는 그 1년 동안을 거의 늘 행복하게 지냈다. '그리움'이라는 단어를 진부하다는 느낌 없이 쓸 수 있었던 것도 큰 수확이었다. 만주의 세찬 바람에 허술한 나무 창틀이 덜덜 떨며 우는 밤에도 어떤 얼굴들을 떠올리면 쓸쓸한 기분을 갖지 않고도 마음이 고즈넉해졌다. 보물 같은 사람들. 나는 얼마나 많은 것을 가진 자인가.

메마른 감성 샘솟게 한 중국 여행

　온몸으로 느끼기 위해서, 말하자면 감성 여행을 즐기기 위해서 나는 일체 기록을 하지 않기로 결심했었다. 메모지도 펜도 꺼내지 않았었다. 나중에 생각하니 만약 아이들에게 편지를 쓰는 일조차 하지 않았다면 33회에 걸친 〈중국 체류 일기〉는 불가능했음에 틀림없었다. 느낌에 겨웠던 나는 부치지 않은 편지들 속에서 아이들을 향해 그것을 풀어 냈다. 인편에 두 번 부친 편지를 아이들은 그 두께에 질려서 건성으로 읽었단다. 괘씸한 녀석들이라고 욕을 했지만, 입장을 바꾸어 생각하면 나라고 해도 별달랐을까. 자료로 남은 것만 해도 감지덕지.

또 하나, 솔직히 이번 여행 기간처럼 남편이 나에게 곰살맞게 군 적도 없었으며, 나 또한 남편이 이번처럼 고맙게 생각된 적도 없었다. 의무로 꽉 짜여진 일상으로부터 벗어날 수만 있다면 부부는 얼마든지 친구처럼 살아갈 수 있음을 확인한 좋은 기회였다. 그런데 중국에서 만날 때면 늘 환상적인 커플인 것만 같았는데 서울에서 만나면 왜 그렇게 노상 티격태격인지. 아직도 서로에게 기대할 것이 남았다는 말인가.

아이들은 나를 떠받쳐 주는 기둥이었다. 멀리 떨어져서 보니 더욱 그랬다. 막내가 걱정이 되어 돌아왔노라고 귀국의 변을 늘어놓으니, 막내는 웬 핑계?냐는 표정으로 씩 웃기만 했다. 돌아온 첫날 새벽, 따르릉 소리에 소스라쳐 놀라 부엌에 나오니 어느새 막내가 일어나 쌀을 씻고 있었다. 오늘은 그냥 주무시고 내일부터 도시락을 싸라나. 아니 이 녀석이 나를 뭘로 보고.

유난히 더웠던 지난 여름을 짜증 한번 안 내고(적어도 겉으로는 그렇게 보였다) 유유 자적 보냈던 막내는 기특하게도 자기가 원하는 대학에 거뜬히 합격해서 이 엄마를 감격시켰다. 세번째의 불로 소득이라고, 이번만은 꼭 한턱을 내야 한다는 주위의 성화를 못 이기는 체, 나는 생전 처음 여러 차례 합격 턱을 내느라고 바빴다.

지난 여름 이화 대학과 연변 대학이 공동 주최한 학술 대회 참가차 다시 연길에 갔었다. 이번에는 혼자가 아니었다. 여성 연구소의 새 책임자로 온 이배용 교수와 장필화 교수를 비롯해서 10여 명이 함께 갔는데 연변대 여성들은 기대 이상으로 대회를 잘 이끌어서 우리를 놀라게 했다. 나는 늘 베푼 것 이상으로 돌려받는 것 같다. 그것도 너무 빠르게.

그리고… 내 딴에는 꽤 조절을 하느라고 했는데 어느새 또 수첩이 새까매지도록 일을 만들었다. 대학 강의와 강연과 글과 프로그램 기획 등등… 일상의 바퀴에 채여 아득하게 멀어져만 가려는 연변을 되살려 낸 작업이 〈중국 체류 일기〉였다. 서울로 돌아와서도 몇 달인가를 머뭇거리다가 어느 날 문득 4회분을 단숨에 두드렸다. 머뭇거림은 이 글이 다른 사람들에게 실제적인 도움이 되어야 한다는 부담 때문이었다.

여성적 글쓰기를 통해 만난 여성들

그러나 내 속에는 아직도 되살려진 감성의 꼬투리가 남아 있었나 보다. 그냥 글을 통해서 다른 사람들과 만난다는 목적이면 어떠랴 싶었다. 더구나 《여성신문》 독자들과의 만남인데. 나는 '여성적 글쓰기'를 시도했다.

그리고 이 목적은 초과 달성되었다. 전에 알고 있었던 여성이건 아니건, 이 글을 통해서 나는 새로이 무수한 만남을 이루었다. 많은 여성들이 나에게 글을 매개로 말을 걸어 왔다. 길을 떠나기 전 주부의 발목을 잡는 것들을 쓴 글에서 아이디어를 얻어 드라마를 제작한 프로듀서도 있었다. 안도현의 성당 방문기를 읽고 감동을 받았다는 여성도 있었고, 윤봉길 의사에 대한 글을 읽고 어쩌면 자기가 느낀 그대로를 썼느냐면서 반가워한 여성도 있었다. 생전 처음 미인 소리를 듣고 감격했다는 글에 자신도 그런 경험을 하고 싶다는 전화를 걸어 온 여성도 있었다. 연재를 빨리 끝내면 안된다고, 연속극 늘이기처럼 늘여서라도 길게 써야 한다고 주문한 여성도 있었다.

모임에서 새삼스레 "아, 그 중국 이야기 연재하는 분이세요?" 하며 악수를 청하는 경우도 꽤 여러 번 있었다. 중국에 대한 정보를 얻고 싶다며 전화해 온 여성도 많았다. 《여성신문》 독자들이라면 대개 나하고 움직이는 궤도가 비슷한 경우가 많을 테니 이런 반응은 이미 충분히 예상한 터다. 그럼에도 불구하고 글을 쓰는 사람으로선 아주 기분 좋은 경험이었다.

이제 나는 세상을 조금 알 것 같고, 나를 조금 알 것 같다. 그리고 나는 어느새 쉰 살이 되어 있다. 나이 탓인지, 나는 좀 맥이 풀리는 기분이다. 자칫하면 그냥 고즈넉하게 늙어 갈 일만 남은 것도 같다. 그런데 보봐르는 《노년》의 끝머리에서 이렇게 충고하고 있다. "우리의 삶에 의미를 주는 목표를 계속하여 추구하라"고.

나는 가고 싶은 곳이 딱 한 곳 있다. 북한. 그곳의 여성들과 만나서 이야기를 나누고 싶다. 어려울까.

1995년 5월에

박혜란

1946년 수원에서 태어났다.

서울대학교 독문과 및 동 대학원을 수료하고,

이화여자대학교 대학원 여성학과를 졸업했다.

68년 동아일보사에 입사해 74년 둘째아이가

태어날 때까지 기자 생활을 했다.

84년 이대 대학원에 입학하면서

전업주부에서 여성학자 박혜란으로

새로운 출발을 하게 되었다.

1993년 6월부터 1년 동안 연변대학 초빙교수로

있으면서 중국 곳곳을 여행했다.

현재 이화여대 한국여성연구원 연구원,

인간교육실현 학부모연대 상임운영위원,

또 하나의 문화 동인으로 활동하고 있다.

저서로는 『삶의 여성학』, 『남성을 위한 여성학』(공저),

『믿는 만큼 자라는 아이들』이 있다.

자기만의 여행—1

변경에서의 일년

초판 찍은날——1997년 9월 5일

초판 펴낸날——1997년 9월 8일

지은이——박혜란

펴낸이——유승희

펴낸곳——도서출판 또 하나의 문화

120-110 · 서울 서대문구 연희동 76-15 3층

전화 (02) 324-7486 팩스 (02) 323-2934

천리안 go femi.36

등록번호——1987년 12월 29일 제9-129호

책값——6,000원

※ 잘못된 책은 바꾸어 드립니다.

ISBN 89-85635-29-8 03810